サンボの創始者
V・オシェプコフと
心の師聖ニコライ

久遠の闘い

アナトリー・フロペツキー
水野典子／織田桂子 訳

未知谷
Publisher Michitani

まえがき

私は、この本をロシアの格闘技のひとつであるサンボの起源と歴史、その哲学に捧げる三部作の第一分冊として企画執筆した。

ロシアの古来の勇士たちは悪と戦ったという伝統は、ロシアの格闘技に脈々と息づいている。おのれの力を悪のために使うことは戒められ、弱者や虐げられた者や、戦いに倒れた者を哀れみ、自身の友には何をおいても味方する精神。また、いったんは敵対し敗北は喫したが、悔い改めた者たちを許すこと。これがロシアの古の勇士たちがよって立つところである。

これらのことを、私はこの本で語りたいと思った。そのような真にロシア的な土台があってこそ、のちのサンボの創始者となったワシリー・オシェプコフのような特筆すべき人格が生まれたのだ。

この物語の鍵となったのは日本に正教を伝えた亜使徒聖ニコライだ。この本を通して、聖人ニコライの誕生からその最期の日までつづいた偉業の足跡をできるだけ多くの人に知ってほしいと私は思う。

少年時代のワシリー・オシェプコフに、東洋の格闘技の奥儀の習得の道を歩むうえで祝福を与え、その力をロシアに役立たせようとしたのが聖ニコライだったという重大な事実がある。私は、聖ニコライの祝福によって習得された東洋の古来の規範がロシア固有の伝統と統合し、サンボというロシアにとって重要な、根本的に新しいスポーツ格闘技が編み出されたのだと確信している。

今日まで多くの人々の知りえなかったワシリー・オシェプコフの精神の容貌や、最近まで歴史の闇に閉ざされていた彼の生涯を読者に語りながら、私は、オシェプコフがサンボを編み出したとき、単なる効果的な護身術の技以上のなにかを彼は見出していたのだ、という思いに至った。ロシア民族の最高の生活慣習と、全人類の道徳的伝統と深い知恵が融合した新しい生活のイデオロギーが誕生したのだ。そのことは、おのれの民族とおのれの国への真摯な献身の模範例というべきオシェプコフの生涯そのものが物語っている。

多くのサンボの達人たちの姿をとおして、私は、この格闘技に取り組むことで、人はどんな年齢であっても、おのれの成長にとってきわめて重要な険しい道に踏み出すのだ、と信じるにいたった。それは、おのれの性格と道徳的原則、そして生き方が根底から変わることであり、周囲の人々に対する見方と、生きることにおいて自分が占める場所に対する見方が根本から変わることである。

サンボは、非常に短い時間でおのれの力を最大限に集中させる能力、相手の攻撃を使って敵に打ち勝つ能力や、本能的に敵の行動を予見し、それを待ち受ける能力を養う。けれどそればかりではない。自己に対する信頼、生活への実際的な態度、冷静さ、そして自身の外と内からやってくる悪に対して、その攻撃がどのような形をとろうとも、いついかなる時であろうとも、戦いに入る覚悟――そのような性格をサンボは育む。そのような資質を、二十一世紀に生き、将来のロシアの担い手となる若者たちに、育む努力をしなくてはならないと私は思う。これは、そのような人々はどのように、鍛え造られるのか、という物語だ。

本書を執筆しながら、サンボというロシアの国民的な格闘技がいかに生み出されたのか、そしてロシアの歴史で運命的役割を果たすべく神の意志によって定められた人々に対して、このサンボがどんな影響を与え、与えつづけているのかを描きながら、そこには神の意図があるのだ、という考えに至った。私は、柔道と同様国際的スポーツへと成長しつつあるサンボという格闘技が、大きな精神的な力をもっていると信じている。この道徳的な力を、私たちは、これからもまた再認識し、人類全体へ献身することになるだろう。本書を通して、私が取り組もうとしたのは、この重要な課題だ。

国際級スポーツ・マスター　功労トレーナー　アナトリー・フロペツキー

アナトリー・フロペツキー

大主教聖ニコライ

久遠の闘い　目次

ワシリー・オシェプコフ

久遠の闘い

＊サンボの創始者V・オシェプコフと心の師聖ニコライ

Anatoliy Khlopetskiy

I vechnyi boi

Japanese edition 2015 by Publisher Michitani Co., Ltd.

1　東京

その国は、成田国際空港から始まった。建物はモスクワのシェレメチェヴォ空港に瓜二つだった。ただ、こちらの税関職員はロシアの職員とは違って友好的、にこやかである。私には、ロシア大使館から迎えが来ていたが、都心まで七十キロほどの道のりだった。目前に迫った交渉で頭が一杯の私は、迎えの職員の質問には気乗りがせぬままに答え、車窓から次々と見える水田や竹林、農家の色とりどりの瓦屋根を興味深くじっと眺めていた。

やがて銀座、渋谷、上野といった都心の名前が道路標示に見え隠れするようになった。周囲の景色はあたかも別の惑星であるかのように変っていた。コンクリートの高架道路と同じ高さに、別の高速道路やビルの列が次々と車窓を流れて行き、それらのビルの屋上には巨大な看板や有名企業のブランド名の入った電子時計が、所狭しと並んでいた。

車のスピードは下がり続け、都心に近づくほど、渋滞に巻き込まれる回数が増えた。長い道のりを退屈させまいと、大使館員の一人がガイドの役を買って出た。東京は、京都の都市構造を真似て建設が始められたそうだ。その京都は、古代中国の都市建設の規範に従って建設されたという。古代中国の思想によれば、都市の北方には山、南方には水のある大きな空間、東には川、西には大きな道がなければならない。面白いことは面白い。しかし、目前の交渉のことで頭が一杯の私は、いい加減に聞いていた。

目前の交渉について色々考えを巡らせているうちに、ヨーロッパとはまったく異なった特徴のあるホテルへのチェックインも、レストランでのエキゾチックな日本料理も、大した印象を残さないままに終わってしまった。もちろん、匠の技で料理されたフグ料理を御馳走になることはなかったが、もし別の機会に、例えば、すき焼きが出たならば、十分に評価したであろうに。

日中の休憩時間や夜のホテルの部屋で、そしてベッドの中で、私は、旅立ちの前や大使館の相談役との打合せの中で聞いた無数の忠告を、何度も思い返した。その忠告の中では、一見全くつまらない些細な事に、特に多くの注意が払われた。

「あなた、名刺は忘れないでください。役職と地位がきちんと書いてあって、企業名もはっきりと記載されているものじゃないと駄目ですよ。ここでは、どう紹介されたかによって、その後の付き合い方が決まりますから」

「紹介状は持っていますか？　じゃあ、見せてください。誰からですか？　ああ、彼らなら大丈夫です。ここでは敬意を払われている人物です。ここでは、新参者は、誰かの紹介なしには、ほんのわずかな取引だってできないんです」

「先方が話している時や、通訳が訳している間は、たとえ英語でもいいですから、『ああ、そうですか』とか『はい、そうですね』とか『本当ですか！』とか、その類の感嘆詞をはさんでください。そうすれば、あなたが先方の話を聞いて、理解しているということになります」

「覚えていて下さい。彼らは、決して『いいえ』とは言わないんです。『貴方様の真心のこもったご提案はよく理解できます。しかし、残念ながら、私は今、しかるべき形でこの問題を十分に検討する権限を持ち合わせておりません。ただ、必ずご提案について一考させて頂き、出来る限り詳細に検討させていただきます』という類のことを、彼らは言うんです。これを期限延長だなどと解釈しないでください。無駄な待ちぼうけです。これは断られたってことなんです」

そして話は、この間、いかにしてあるアメリカ人の取引がここで潰れたかという例に移った。日本側は、注意深く耳を傾け、何度も頷いていたにも拘らず、開けてみると、互いに全く話が通じていないことがわかった。全くの無理解であった。シベリアの毛皮買取所で原住民がいかに毛皮を売ろうとしたか、という小話を、大使館員の誰かが持ち出した。つまりここでは同じように行動すべきだというわけだ。小話はすぐ忘れてしまったが、間接的な仄めかしを使って如才なく行動すべきで、直接的に圧力をかけず、常に相手に対する賞讃を惜しむべきでないと助言されたことだけは理解できた。

もっとも、他にも助言はあった。

「交渉が長引いた時に、『社長が命令したら、すぐに全てが解決するだろう』と言って、直接、彼らの上役に掛け合ってみようなんて思わないことです。ここは、我々の国とは訳が違うんです。下の者がすべてをまとめて、上層部に報告しないうちは、上層部からは何の決定も出ません」

その場では、理解するには理解できたが、すぐに頭の中はこんがらがってしまった。もしこの時、この説明があった大使館の公務室で、それまで静かに沈黙していた男が話に入って来なかったら、その後の日本側との交渉の時に、きっと何か大事なことを台無しにしていたことだろう。

「ニコライ・ムラショフと申します」と彼は自己紹介した。声の調子や、彼が立ち上がってうやうやしくお辞儀をした様子から、彼がかなりの年齢であることは明らかだった。しかし、目は鋭く生き生きとしていて、白髪の交じったブラシのような短い口髭は、勢いよくピンと張っていた。彼は相談役に話しかけた。「すみませんが、もう少し詳しく彼に話をしても良いでしょうか?」

私はこの時、東京で海上運輸に関する契約を成立させるところまでこぎつけたのだった。交渉の詳細は省くとしても、集中する能力と意見の衝突に入り込まない鍛錬の力、そしてスポーツのトレーニングで養った言葉なしに敵を本能的に理解する能力に大いに助けられたことだけは、言っておきたいと思う。もっと正しく言えば、相手の言葉の背後にあるもの——本物の力か自信の無さか、譲歩する用意があるのか、新参者に対する罠か——を感じ取る能力が役立ったのだ。

ムラショフの話は的を射ていた。彼は、交渉で何が最重要課題なのか、どのような結果を目標にすべきか、どんな譲歩を受け入れるべきか、そういったことすべてをすぐに整理してみせた。ここアジアでは、価格は相当大きな範囲で変化し得る。我々の掛け値のレベルは、十分に高いものでなければならない。さもなければ我々が相場を理解していないと思われる。そして私とムラショフは戦術を練った。すなわち、質問を出し、交渉中にメモすることを遠慮しないこと。相手が話すときは、必ずなにか余計なことを漏らすはずだ。これを有効に利用しなくてはならない。彼らの提示する安い値段には、すぐに食いつかないこと。合意は調印できるが、それには、馬鹿にならない間接税や関税やらがおまけについてくる。それで良いはずはない。

ムラショフは特に何かを教え諭すのではなく、ただ落ち着いて相談に応じているかのようだった。

「相手に勝利して帰国することではなく、契約の成立こそが重要です。それも、先方が満足して、今後も我々と取引を続けたがるような契約の成立です。そうでしょう? つまり、もし、意見の衝突になりそうだなと気がついたら、早めに衝突を和らげ、相手と対立し合うのでなくて、生じた問題を相手と一緒に対処するようにして下さい」

すぐにぱっと閃いて、思わず声に出た「それは合気道ですか⁉」

ムラショフは、まっすぐ私の目を覗き込み、笑みを浮かべた「心得がおありですか？」

「いいえ、別の格闘技ですが」

「同じことです。それなら、うまく行くはずですよ。では、ご成功をお祈りします！」

先廻りして言えば、我々は契約を交わし、その企業とはその後何度も協力を重ねることになった。この時の体験は、他の人たちが交渉の場でしかるべき結果を獲得する上でも、何度も役に立っている。

私はムラショフに貴重な助言に対する心からの礼を述べ、恐らく二度と彼と会うことはないだろうし、そもそも東京にこれ以上来ることもないだろうと、心底そう思って別れの挨拶をした。

しかし、運命は別の判断をくだし、四年後、私はロシアのスポーツ使節団の指導者の一人として、ふたたび日本の地を踏むこととなった。

自由時間に、といっても短い時間だが、かつて車窓の向こうであっという間に通り過ぎて行ったこの街を、もっと近くで知ってみたくなった。きついスケジュールではあったが、一人でホテルの周辺をぶらつく時間を何とかつくった。ホテルは神田にあった。神田というのは多くの大学や単科大学、専門学校、学生寮、安食堂、そして無数の書店と古本屋が集中している地域だ。この地域に、私たちスポーツ使節団のジャージやジーンズはぴったりだった。年齢にしても、ここの学生たちとそうかけ離れていたわけではない。

神田かいわいを散策中、突然、とても懐かしく、この場所にあっては、到底信じられないような鐘の音が私の耳に届いた。その音色は、広島の鐘の悲しげな響きとも、仏教寺院の重々しい鐘の音色とも違い、神田の空をゆっくりと厳かに響き渡って行った。私は迷うリスクも恐れず、その音色の方へと歩いていった。辿り着くまでに鐘の音が止まないように心のなかで願いながら、どれくらい歩いたのかは分からない。

人で溢れかえった通りを、人の波に押されるようにして進むうちに、私は小高い丘のふもとに出た(後で「駿河台」というのだと知った)。その丘の上に寺院がそびえ立っていた。ロシア人の目にはこの上もなく馴染みのある建築だった。教会の金色のドームは、正教の十字架を厳かに頂いていた。教会が博物館などではなく、本来の、教会としての使命を果たしているのは明らかだった。鐘は、訪れた人々に奉神礼(礼拝)に集うよう呼びかけているのだった。

観光客の一団が私を追い越していった。カメラのシャッターが何度も切られ、美しい日本女性が、かすかな訛りのフランス語で話し始めた。ガイドだ。このあたりの学生なのだろう。

彼女の説明に耳を澄まして、私はこの聖堂が一八八四(明治十七)年の三月に起工され、ロシアの建築家シチュルポフの設計により、七年の歳月をかけて建立されたことを、何とか理解した。聖堂はビザンチン様式で建てられ、高さは三十メートル。かつてはこの首都でもっとも壮大な建物のひとつであった。現代の摩天楼の群れがそびえ立つ前は、教会のドームと十字架は二十キロ先からでも望むことができた。聖堂は皇居よりも高くそびえ、その音は神田中に響いたという。建設当時の神田はまだ肉屋やその他の商人たちの町であった。一九二三(大正十二)年の大震災で倒壊した聖堂は、その六年後に以前の形で復元された……

「美しいでしょう?」聞き覚えのあるロシア語が背後から聞こえた。嬉しくなって振り返ると、何と思いがけずムラショフの姿があった。四年前に助言してくれた人物だ。彼はほとんど変わっていなかった。短いブラシのような口髭の白髪が増えたくらいだ。いや、杖をついている。しかし、彼はそれに頼ってはおらず、背中を曲げることなく良い姿勢を保っていた。明るい色のジャージと紺のベレー帽のおかげで、彼は、自由を愛する神田の学生街にすっかり馴染んでいた。私は、初めて彼の年齢に興味を持った。そして、今どきのものでない彼のエレガントな気品と立ち居振舞いが、何に由来するのかを突きとめようと心に決めた。

「夜の祈禱に行くんですよ」と、彼は教えてくれた。

勤勉に教会に通うようなロシア大使館の職員など、一度もお目に掛かったことがないが、その言葉はどういう訳か、しごく率直で自然なことのように響いた。

「いかがですか？　一緒に中に入りましょう」そうこうする間に、ムラショフは私を中に誘った。

私は、彼に続き聖堂の門廊に足を踏み入れた。大都市の夕暮れの喧噪は背後に消え去り、広々とした空間がつくる光の海が優しく私を包み込んだ。私は周囲を見回した。聖堂内部は、私が観光客として訪れたことのあるカトリック教会の聖堂の絢爛さとは、およそ異なっていた。しかし、つい近頃訪問した仏教寺院にも全く似ていなかった。イコンの聖人たちの面立ちは古代ロシアそのもので、日本風のアレンジのようなものは全くなかった。

しかしながら、参拝者の大方は日本人だ。これは、私にはとても不思議なことのように思われた。奉神礼はしかるべき手順で進められていた。聖歌隊が歌い、香炉のお香と暖かいろうそくの香りが漂っている。ムラショフはどうやら深い祈りに入っているようで、それ以上私に注意を払うことはなかった。それで私は、もう静かに出口に向かう時ではなかろうかと、考え始めた。

と、その時、私は自分がここを去りたくないと感じていることに気がついた。最近の東京での生活の喧騒、巨大なメガロポリスの人波、外国語で意志を伝える必要から生じる絶え間ない緊張感と気苦労は消え、突然、私の心は何か幼子のような、何の濁りも無い安堵感に満たされた。私はそこから動けなくなった。はかることのできないような時間が流れた。そして、私は突然、時おりトレーニングや、瞑想で集中して自己の中に入っていく時に経験するような、私の中のある心の状態に気がついた。それは、あるいは集中とは反対に、溶け込むと言うべきだろうか……そこには、思考もなく、欲望もなく、ただ全世界、あるいは全宇宙との深い平安があった。何か偉大な神聖なるもの、その何ものかが、突然私の心の琴線に触れた。

ムラショフが静かに私の手に触れ、私はハッと我に返った。私たちは外に出て、しばらく黙って、通りの人ごみをかき分けるように歩いた。

「驚いたな。どうして、ここにこんな奇跡のような教会があるんだろう?」聖堂がほとんど視野から消え去ってから、私はようやく口を開いた。

「お気づきでしょうか、日本には、神道の信者や仏教の信者、それにカトリック教徒だって居ますが、正教徒も居るんですよ。そして、この聖堂の歴史は、言うなれば、ある一人の人間の歴史そのものなんです。その人間は、我々と同じロシア人で、スモレンスク出身の生粋のロシア人です。日本の亜使徒聖ニコライと言います。私自身から彼についてお話しして差し上げたいところですが、私が知っているのは人伝えの断片のみです。むしろ、あなたはお帰りになってから、キリル府主教にお会いになった方がいいでしょう。スモレンスク、それにカリーニングラードは、ちょうど彼の教区です」

「どうして、あなたはそれをご存じなんですか?」私は驚いてしまった。

「それは、あなたとは同郷だからですよ」ムラショフは笑った。

「私の方が先に、郷里のカリーニングラードに帰れそうです。あなたは、ここにまだ週末までいらっしゃるのでしょう。私は二日後にはここを去ります。長年の大使館勤務が終わりました。しばらくここに相談役として残るように頼まれ、残っていたのですが、それももう長くなりました。ここの大使館の手の届くところにいるように、ウラジオストックにマンションを提供することまで申し出てくれましたが、もうすっかりバルト海、ヴィシュティニェツ、クルシュ岬が恋しくなりました。それに、家族も向こうですから。倅が海軍に勤務していて、娘もチェルニャホフスクで軍人に嫁いでおります」

私たちは郷里のことを話題にして、互いが知っている街の知人の姓を次々に挙げてみた。しかし、共通の近しい知人は見つからなかった。

「ところで」と、ムラショフは続けた「私たちには、おそらくあなたが思っておられるよりも、もっと多くの接点があるんですよ。あなたは、サンボの競技者ですよね？　サンボのルーツの一つがこの日本にあることは、覚えておいでですか？」

「最初にお会いした時のことを考えると、あなたもやはり東洋の格闘技に何かご縁があるんですね？」

「いかにも。柔術と柔道、中国武術、それにサンボの稽古をしていました。もっとも、稽古をしていたという言い方は正しくないかもしれません。ご存じでしょうか、日本の人たちは、一度この道『道《どう》』に踏み出せば、死ぬまでその道を行く運命にあると言っています」

これは面白い。訪れたばかりの聖堂を思い出し、私は思った。この紛れもない東洋の神秘が、どのようにして彼の中で正教会の教えと共存しているのだろうと。私はこのことについて慎重に彼に訊いてみた。しかし、彼は直接の回答を避けた。

「まあ、お帰りになって、気が向かれたらこの年寄りを訪ねて下さい。私は長く生きて来ました。色色なことがありました。もし関心があるなら、あなたに何か面白いことをお話しして差し上げることはできると思いますよ」

彼は、昔のケーニヒスベルグ（カリーニングラードの旧名）の時代から今も残る通りにある家の住所を教えてくれた。私は季節や天候を問わず、こういう趣のある通りをぶらつくのが好きだった。

私のホテルはもう目の前にあった。彼は中に入るのは辞退した。私たちは握手を交わし、彼は地下鉄へと急ぐ人混みの中に吸い込まれて行った。彼の後姿を見送りながら、東京の地下鉄のすし詰め状態の車両について聞いた話を思い出した。一体、彼は何歳なのだろうと、再び自分に問いかけた。彼が自分と格闘技との関わりについて仄めかしたことは、私の興味を掻きたてた。私の大好きな格闘技、サンボの歴史、その起源から現状に至るまで、本質的に、今まで誰も存分に書いていないということを、私は当時すでに真剣に考えていた。それに『サンボはスポーツ以上のものだ』というフレーズは、当時、もう誰もが知っている言葉となっていた。そして、私もこの言葉の背後にあるものを解明して、このフレーズに実のある内容を与えたいと、もう久しく思っていた。

しかし、郷里に戻ってみると私は日々の仕事に追われ、日本の印象を振り返ってみることも、東京の正教会の聖堂で私を捉えた驚くべき状態を、記憶の中だけでも、もう一度再現してみることも、到底ままならなかった。もちろん、東京で知り合った彼と会うことが、自分の人生でどんなに大きな役割を果たすことになるのか全く予想もせずに、その出会いをだらだらと先延ばしにしていた。

そうこうする間に、キリル府主教の定例のカリーニングラード訪問が、地元のテレビニュースで報じられた。すると、自分はキリル府主教に、何かどうしても先延ばしにすることができない用件があるのだという強い思いが沸き起こった。テレビ画面に映し出された主教の真っ白な修道帽と知的で毅然たる表情、そして透徹した眼差しを見て、私はムラショフの声を、再び聞いたような気がした。彼こそが、日本の聖ニコライの名前を口にし、彼についてこのスモレンスクとカリーニングラードの府主教に詳しく尋ねるよう、アドバイスしてくれたのだ。

キリル府主教と著者

私はキリル府主教に会うことができた。彼が話してくれたことは、私の想像力を掻き立てた。あたかも目の前に、異国の地で聖人になることを運命付けられたロシアの田舎生まれの少年、そしてそれから成長した青年を見たかのようだった。私が感動したのはそれだけではない。キリストの使徒としての活動というものは、古代キリスト教会だけに与えられたものではなかった。そういう霊的に完全な人物が、現代においても実在し得たとは！

2　聖人ニコライの剃髪　キリル府主教の談話による

聖ニコライの幼年期

人間である聖人の聖性とは、聖なるものとは名づけられているが絶対的なものではない。絶対的に聖なるものは主のみである。しかし、人間である人の聖性とは、完成へ向かう炎のような情熱だ。地上の十字架の道だ。その道では、おのれの救いよりも、神に従う他の人々への配慮、彼らへの大いなる愛が尊ばれる。ニコライ大主教はそういう人物だったようだ。日本の正教徒たちが、ニコライ神父が建てた聖堂を彼に因んで「ニコライ堂」と親しげに呼ぶのも偶然ではないだろう。しかしこれら全ては、今はまだずっと先の話である。

一八三六（天保七）年の八月、スモレンスク県ベリスキー郡のイェゴリエ・ナ・ベリョーゼ村は、熟しかけた林檎の香りに包まれていた。村の教会の輔祭のドミートリー・カサートキンの家に、二人目の息子が誕生した。産婆は輔祭の妻クセーニャのお産が楽に済んだことに驚きつつ、産婦のまわりであくせくと働き回っていた。

「それにしても、まあ、なんて、力持ちで丈夫なお母さまでしょう」

お礼が弾まれることなどもとより期待せず、産婆はクセーニャを褒めちぎった。カサートキン家は善良な一家だが、さほど余裕のある暮らしをしていないことは、誰の目にも明らかなことだった。

「本当の力をお持ちなのは、神様だけですわ」産婦は、澄んだ目で、産着に包まれた赤ん坊の血色の良い小さな顔を見つめながら、産婆の言葉を正した「すべては神様の聖なるご意志です」

生まれた子供は、祖父と同じくイワンと名付けられた。彼は普通の田舎の子供としての幼年時代を過ごした。けれどもそのありふれた田舎の生活には幼い日々を豊かに彩る全てのものがあったに違いない。それはどこにでも見られる「裸足の幼年時代」だった。

イワンは、裸足で踏みしめたときに感じた太陽に灼かれた地面の熱さ、丸太小屋の鉋削りの床板の感触、春になって玄関の前で踏みしめたときの大地のぬくもり、色あせた秋草に降りた初霜の刺すような冷たさを、生涯にわたり思い出すことになる。

村の市で買ってもらった木のおもちゃ、父が作ってくれた、熊と男が木を切っているおもちゃや、二本の柱の間ででんぐり返しする小猿のような、たわいもないおもちゃが彼を喜ばせた。手で弾ませて遊ぶゴム入りの布製の鞠、長い棒につけた風車、木の繊維で作った尾がついている凧、アヒルや鶏の恰好をしたさまざまな素焼きの笛などもあった。冬には、「レジャンカ」と呼ぶ板があった。それを背中に敷いたり、坐ったり、あるいは腹ばいになって、坂を滑り降りるのは何と面白いことだったであろう。

しかし、何よりも強く印象に残ったのは、教会に行く日であった。母は、身なりを整え、背をすらりと伸ばし、いつもとは違った威厳を持ち、あたかも心の内側からなにものかに照らされているかのようだった。長女のオーレニカとイワンは、清潔に身を清めてもらい、髪を梳いてもらった。弟のヴァーシャトカも少し大きくなると、母の手に抱かれて教会にやって来た。教会堂で、素晴らしい袈裟をまとった父は家で見る父とは、まったくの別人だった。教会での父は話すというよりは、荘重な低い声で重要なことを告げているかのようだった。父と母を敬わなくてはならないのは、単に彼らが肉親だからというばかりではなく、彼らが自分より早く神を知り、子供たちよりさきに神の創造した世界に触れ、それが神の被造物だと知ったためだと、イワンが理解したのはこの教会でであった。

幼年時代にあっては、こういったことは、外面的に彼の関心を惹いただけだったことであろう。しかし、彼の成長を常に見つめ、心の底から敬虔で、自分の子供たちに対し、その健康と食事を思いやるばかりでなく、精神的な教導についても思いやる母がいつもそばにいた。彼の頭に載せられた母の手のぬくもり、そして「さあ、祈りましょう。『天にまします、我らの父……』」と語りかける優しい声が、彼の中に生涯残った。母は自ら範を示して、子供たちに神の法に従って生きることを教えた。嘘をついても、隠し事をしても、母には分かってしまう。そのようなことが何回となく確かめられたならば、嘘をついたり、何かを母の鋭い目から隠そう、などということが出来ただろうか？　どんな嘘でも、遅かれ早かれいつも「自ずと知れる」、曝かれるということを、賢い母は何度でも実証してみせるのであった。

父もまた、いつも傍にいた。父は子供たちにとって力と善の具現であった。ある時、教区の教会の修繕が必要になったときなど、思い立ったかと思うと、ドミートリー・カサートキン輔祭は、自分で七つの県を歩きとおし献金を集めた。父は、労働から個人的、物質的な利益を求めるのではなく、労働を神の祝福であると見なすようにと、自ら範となって教えた。

のちに十字架への奉仕の道となるイワンの人生の小径は、こうして、両親の尽きることのない思いやりと愛、彼らが示す日々の模範によって日毎に踏み固められた。

もちろん、少年時代にはそれなりの悲しみや怒り、そして憂いがあったはずだ。多分、当時誰かに訊かれたとしたら、イワンは自分の毎日を幸せだとは、言いはしなかったことだろう。もっとも、災いもなかった。この明るい世界を真っ暗にしてしまうような災いがやってきたのは、突然の母の死だった。死は力尽きた老人だけのもののように思えたのに、健康で元気なように見えた母にもかかわらず……

「数えで三十一の若さでなあ。まだまだ生きるはずだったのに」村人たちは噂し合った「しかも、一番下の子はまだ一歳だっていうのになあ……」

しかし、悲しみに表情を暗くした父は、自分や子供たち、そして埋葬に集まった隣人たちに厳粛に答えた「すべては主の神聖なる思し召しです」

カサートキン家に母がいなくなってしまうとは。家の中の何と多くのことが、母であるクセーニャの毎日のこまごまとした労働に支えられていたのだろう。子供たちと輔祭の身だしなみの良さや、清潔で快適な家だけではない。カサートキン家にあったわずかな余裕すらも、主婦の倹約のおかげであり、家族に必要なものは、何でも何もないところから作ってしまうというロシアの女性の才覚のお蔭だったのだ。もっとも、愛する家族のために休みなく働いていた彼女と、彼女の愛情の成果を「何もないところから」などと言ってはなるまい。

しかし、こういったことすべてが五歳で母を失ったイワンには理解できなかったであろう。イワンは、ただただ今は亡き母の手のぬくもり、香り、その声と愛撫が泣きたいほどに恋しかったはずだ。それでも日々の生活は続いた。幾年もの歳月が経ち、子供たちも成長した。食うや食わずの生活をしながら、父ドミートリーはすらりと背の伸びたイワンを眺めながら、妻の言葉をよく思い出すようになった。

「この子は呑み込みが早いわ。神様の思し召しで大きくなったら、勉強させないといけないわ」

時が来て、輔祭は息子をベリスキーの神学校に入れることにした。母親の持つ優しさから離れたのではないにしても、肉親から離れ、イワンが入れられた当時の寄宿学校は、厳粛さと乱暴さの両方を兼ね備えていた。彼は、子供用のシャツを脱がされ、背丈に合わない短いフロックコートを着せられて学校に連れて行かれたその日のことを、懐かしさと共にではなく、重い気持ちで思い出すことになる。そのフロックコートは村の仕立て屋が父の古い袈裟を仕立て直したものだった。

寄宿学校の「先輩」たちは、意地の悪い悪戯とあらゆる悪ふざけで新入生を試したはずだ。しかし、イワンは密告屋ではないことを証明し、歯を食いしばって自分を守った。「いつか慣れるさ」一番辛い瞬間、彼はそう思った。それでも、時折帰りたくてたまらなくなり、親しい家族と会うことが至上の幸福の瞬間のように思われるときもあった。

休暇のたびに、イワンら寄宿生たちが故郷まで百五十露里（一露里は約一〇六七メートル）を歩いて帰れたのも、健康と力に恵まれていたからだ。このことは、ただただ神に感謝すべきだろう。スモレンスクの平原は漠として広がり、その森は深く、昼なお暗い。森の奥には狼の目が光っていた。復活祭の季節には、川は雪解け水で溢れかえり、窪地は濁った流れで渦を巻いた。クリスマスの前には、凍てつくような寒さに震え、田舎道を吹雪が吹き曝すのだった……

しかし夏の休暇には、三ヶ月間も生まれ故郷の家で、羊の鳴き声や窓の外の荷車のきしむ音、晴れ渡った空に響く教会の鐘の音色を聞きながら過ごした。そんな時、まだ母が生きていたころ、やはり夏に十字架行進でイコンを掲げながら村々を練り歩いたことが思い出された。どの村でも一日中、教会の鐘が打ち鳴らされたものだ。まだごく幼かった彼も、人々の喜びの大きなうねりの中で、裸足で帽子も被らずイコンのあとに従って歩いたものだ。

彼の若々しい、ほとんど幼子のものだと言っていいような、湧き出てくる生きる喜びは、寄宿舎の生活にすら打ち砕かれることはなかった。学校でも、彼は生き生きとした知性、才能、親しみ易さを発揮して、周囲の人々を惹きつけた。質素な生活は、生まれた時から馴染みのものだったから、気になるものではなかった。彼は、そのころから、生活の些末事は気にかけず、学校で教わる大事な教理の意味を理解することが出来たようだ。イワンは「最優秀生」として学校を修了した。

優秀な才能を認められた少年は、スモレンスク中等神学校に進学した。当時はまだ鉄道がなく、かといって馬車に乗るお金もなかったので、中等神学校の門をくぐるために、ほかの貧しい神学校生と一緒に、またもや百五十露里を歩いたことを、後年彼は回想している。

中等神学校の厳格な生活は才能豊かな少年をさらに鍛えるものであった。イワン・カサートキンのその頃の先生の中には、思いやりが深いと共に要求の高い教師もあったようだ。彼らは棒暗記をさせなかった。先生方は、イワンの若い魂を霊的な創造と、のちに向かう修道の道へと導いた。中等神学校卒業後は、ペテルブルク神学大学での勉学がまだ彼を待ち受けていた。彼は神学大学に国費奨学生として進学を許された。スモレンスク中等神学校でもまた最優秀の卒業生の一人となったからだ。

ペテルブルク神学大学生

私は思わずキリル府主教に質問した。

「確かに興味深い一人の人間の運命ですが、すみません、私には、神学大学生のイワン・カサートキンが将来の聖人ニコライにどこで変わって行くのか分かりません。あの『寄宿生日記』を書いたポミャロフスキーのぞっとするような寄宿学校の記録はどう考えるべきでしょうか？　作者のポミャロフスキーは実際に寄宿生だったんですよ。彼は、当時の寄宿学校は若い魂をもっぱら傷つけるもので、卒業生は、もっぱら付和雷同者や無神論者になったものだと書いています。彼は残酷ないじめの様子や、教養に欠けいつも酔っぱらってばかりいる講師たちの悲しい姿を記しています。これは、全て実際にあったことではないのですか？」

「否定はしません。しかし、覚えておいでですか。ポミャロフスキー自身が『少数ではあるが、優れた知性を備え、寄宿生たち憧れの的となる者もいた』と書いています。神学大学にはそういう『精鋭』が集まったのです。あなたのおっしゃる『変身』について言えば、こういう場合には、生を授かったときからその歩みの全てが将来の十字架（神）への奉仕への着々とした準備であるように思えます。この『準備』の進行には、この道に選ばれた者自身も気づかないことが多々あります。

聖人ニコライ自身がこのことについて回想録に記した箇所を、あなたのために引用いたしましょう。『私は、生まれついての楽天家で、自分の運命をどう切り開くかということについてあまり深く考え込まなかった。神学大学の最終学年の頃、私は将来についてまったく平静で、可能な限り、人生を楽しみ、数ヶ月後に自分が修道士になることなど考えずに、親戚の結婚式で踊るようなことすらあった。そんなある時、私は大学の教務室で、机に置かれた白い紙にそれとなく視線を落とし、次の文を読んだ。『日本国に赴き箱館（明治九年に函館と表記が統一された）の領事館付属教会の主任司祭になり、同国における正教の伝道に努めることを希望する者を求む』。それなら、私が行こうではないか、そう決意して、その日の徹夜祈禱のあと私の魂はすでに日本のものになっていた』

「それだけですか?」私は驚いた「まったく偶然に募集要項を見て、すぐに決意して、それでもう彼の一生の運命が定まったのですか? もし、そのとき彼がその教務室に入らなかったらどうだったでしょう?」

キリル府主教は笑みを浮かべた。

「まず、第一に、この募集要項のもととなった箱館のロシア領事ゴシュケヴィッチの要請が、イワン・ドミートリエヴィッチ・カサートキンに気づかれずに終わったということは、いずれにせよなかったでしょう。イワン・カサートキンは神学大学でもっとも優秀な学生に数えられていたのです。領事は、外務省アジア局を通じて宗務院に宛てて、『神学大学を修了した者で、その宗教活動のみならず研究者としても有能なる者を求む。私的生活においても、日本人のみならず、当地に居住する外国人に対しても、我が国と聖職者階級について正しい概念をあたえる者でなければならない……正教会の主任司祭は日本における正教の普及を助ける者である』と書いていました。

ゴシュケヴィッチは自分の書いていることをよく理解していました。彼自身がベラルーシの聖職者である教区学校の教師の息子で、ペテルブルク神学大学を終えているのです。その後、中国に派遣され、十年間ロシアの正教宣教団の団員として奉職しました。言語学の才能に恵まれ、北京で中国語、満州語、朝鮮語、モンゴル語を研究し、最初の露日辞典を編纂しました。長年、彼は天文学的観察と気象学的観察を続け、その報告をプルコフの天文台に送っていました。ゴシュケヴィッチは書斎に籠もるタイプの学者ではなく、帆船で三度にわたり世界一周もしました。将来の領事館付聖職者の候補者にたいする彼のいささか執拗なまでの要求は十分に理解できるものです。

そして日本へのある程度の関心は、それまでにもイワン・カサートキンにあったようです。彼の図書貸出票に、ゴロヴニンの素晴らしい本が記載されているのです。サンクトペテルブルクで一八一六年に出版された『一八一一年、一八一二年、一八一三年における艦長ゴロヴニンの日本幽囚記。日本国と日本人論付き』です。スモレンスク生まれのカサートキン青年の心には、遠い国々とその国民への好奇心もあったようです。

ゴロヴニンは、遠洋航海のための補給用の淡水を求めて日本の島に上陸した人物です。そこで現地の役人に捉えられ、逃げだし、岸に近い日本の漁師の家に隠れました。そこでまた捕まり、二年間を幽閉のうちに過ごしました。自分が日本に至ったすべての事情を江戸で、オランダの水兵を介して説明することができて、釈放され祖国に戻りました。彼の冒険、なによりも未知の国に関すること細やかな描写は、この若い神学生に強い印象を与えたはずです。

私は、あなたのために今引用したばかりの聖人ニコライの回想録を、もう一度慎重にお読みになるようにお勧めします。この運命の転機が、こんなありふれた目立たない形で訪れたというのは、外見上だけのことかもしれません。覚えておいででしょうか？　彼はその晩、徹夜祈禱を行いました。多分、教会での奉神礼の最中に、聖人ニコライは誰にも語らなかったけれども、彼の人生を決定するような、その針路を定めるような出来事が起こったのかもしれません。彼は、主が日本での正教信仰の伝道を彼に呼びかけ、これが彼に与えられた『道』である、と感じたのではないでしょうか」と、キリル府主教は続けた。

自分の運命を潔く決めたこの晩、彼は一体どのような声を聞き、また何に抗うことが出来ないと思ったのだろうか？　翌日、イワン・カサートキンは神学大学の学長のところに赴き、剃髪（僧職となること）と日本行きを願い出た。彼はもともと大学の教授研究室に残ることになっていた。しかし、この願いが彼の運命を決めた。というのは、カサートキン以外に十二人が伝道に身を献げたいと願い出ていたけれど、その誰もが妻帯を条件にしていたからだ。彼は修道士の位を受けて、妻帯せず、日本に赴く決意を申し出た唯一の学生であった。それがまさしく彼のその後の運命を定めることとなった。

それまで彼は、教会への奉仕に身を捧げようとは決めていたが、修道士の位を受けることを一度も考えたことがなかったと言われている。しかも、領事の募集要項には、将来の箱館の付属教会の主任司祭が修道士の位を持つべきとの希望は書かれていなかった。箱館を去る聖職者も妻帯者であった。

ロシアの古の勇者のような力をみなぎらせ、自ら語ったように、生まれつき楽天的であった二十四歳の若者が、どうしてこのような決意をしたのか？

「どちらか一つだ。家族か？　それとも伝道活動か？　それも、遠く離れた未知の国で」彼はのちに自分の決定についてこう語っている。二十四歳で彼は全てを主のために捧げる決意をしたのだ。

正教会の伝道活動の支持者であった学長、主教ネクタリイは青年の願いを受け入れたが、彼に注意を与えなければならないと感じた。

「いいかね。日本では今でもキリスト教は禁じられていて、その宣教は重罪に処されるということは分かっているね？」

「はい。迫害があり得ることは知っています。しかし、それでもわたくしの申し出に祝福を与えていただきたいと思います」

学長はその祝福を授けた。恐らく、多くの人が彼を理解できなかっただろう。考え直すように説得した者もあったかもしれない。ロシア帝国首都での輝かしい高位の聖職がすぐには望めないにしても、ロシアの静かなどこかの教区、例えばスモレンスクの教区での平穏な奉仕の仕事は与えられ、危険な異国の地での布教などに従事しなくても良かっただろうに。しかし、彼は穏やかでありながらも、動じなかった。若者の決意の強さを見てとった学長は、彼の願い出をペテルブルク府主教に報告した。府主教もカサートキンに祝福を与えた。

聖ニコライの誕生

こうして彼に授けられた道における第一歩が踏み出された。六月二十四日、神学大学の十二使徒教会で彼の剃髪式が行われ、修道士の位が授けられた。

彼を剃髪した主教ネクタリイは、青年にニコライという聖職名を与えて（修道者はそれまでの世俗の名前を失う）、青年に告げた「お前は修道院で苦行の生活を送るのではない。お前は祖国を後にして遠い異教の国で主に仕えなくてはならないのだ。献身者の十字架とともに、お前は遍歴僧の笏杖をたずさえなくてはならない。修道の苦行と同時に、使徒としての奉仕がおまえの役目なのだ」

六月二十九日、光栄にして讃美すべき聖使徒ペテロとパウロの日、彼は修道輔祭の位を受けた。翌三十日、神学アカデミーの寺院の聖堂祭の日には、修道司祭の位を授かった。

この聖なる位階を一段一段と上りながら、彼はスモレンスク生まれの無邪気なイワン・カサートキンからだんだんと遠ざかっていくようだった。自身の視線すらが、別のものになったかのようだった。この時から、眼前に開かれた新たな霊的な世界、特殊な叡智と知恵、そして善なる感覚の世界を見据える深い眼差しが、彼のものとなった。世界の中で全ての者たちと和して、愛に生きるという賢者の自戒が、深い宗教性に培われた彼自身の性格の一部になった。

一八六〇（万延元）年七月、修道司祭ニコライ・カサートキンは肉親たちと別れ、任地に出発した。

生家との別離がどのようなものであったかは推して量るほかはない。彼は、スモレンスクの聖母のイコンを持って行った。このイコンはその後カサートキンとともにあった。彼の埋葬にあたっては、このイコンが棺の前に掲げられ運ばれている。

東京復活大聖堂（ニコライ堂）

ここで私たちは対面を終えた。私はそれから聖人ニコライにより一層の興味を抱き、彼の使徒としての奉仕の人生について、より多くのことを知った。それまで、私が知っていた聖ニコライと言えば、私の祖母を初めとする老人たちの思い出から聞いていた神僕聖ニコール（ニコライ）くらいのものだった。多くの信者たち、特に田舎の信者たちは、ありとあらゆる災禍の際に聖ニコールのイコンに祈りをささげた。

毎日の些事に追われつつも、私はキリル府主教から聞いた話を思い出していた。そして、東京の正教寺院とその建立者に思いをはせるとともに、私が最初にこの聖人の名前をその口から聞いた人物、ニコライ・ムラショフのことも思い出された。そして、私の頭の中には、はっきりとはしないが、ムラショフと東京の印象をひとつに結ぶものがあった。

3　ロシアの日本人　N・ムラショフの談話による

茶の湯のお点前

この疑問を解くため、ある晩、私は教えられたカリーニングラードの住所を訪ねた。私のメモには電話番号の記載がなかったので、相手の都合の悪い時に訪問することになったのではないかと、少々心配だった。しかし、快適そうな古い小邸宅の前までやって来て、暗くなるのが早い秋の夕闇に灯る窓の明かりが見えると、私は意を決して、ひびの入った石段を二段上り、呼び鈴を押した。名前も訪問の目的も問われることなく、扉が開けられた。

「泰然自若としたお暮らしぶりですね」戸口に現われた主人の手を喜んで握りしめながらも、私は彼の不用心さをちょっと注意した。彼は、手編みのゆったりしたセーターを着て、自宅ですっかりくつろぎ心地よさそうに見えたが、凛々しい姿勢の良さは、ちっとも失われてはいなかった。

「ええ、ここには、仲間内以外の人間は、ほとんど立ち寄らないんですよ。それにもし善良でない方がお見えになったら、しかるべくお迎えしますよ」と、彼は笑みを浮かべた「さあさあ、テーブルの方へどうぞ。ちょうどお茶を頂こうとしていたところです。今朝、息子の嫁が自家製の黒スグリのジャムを持って来てくれたのです。実に香り高いものができました」

彼は、一人暮らしに慣れた人間特有の手際良さで、丸テーブルを格子模様のテーブルクロスで覆い、エレガントで、薄く繊細なティーセットを二客テーブルに並べた。

「これは日本の磁器ですか？」私は言い当てた。

「ええ。ついつい、持って来てしまいましたよ。娘がいつもこのセットをねだるんですが、私はいつも奴目に答えてやります。駄目だ。わしの目の玉が黒いうちはやらん、とね」

ほとんど透けて見えるような、上品なセットの急須に熱湯を注ぎながら、悪戯っぽく彼は尋ねた。

「それでは、完璧なムード作りのために、緑茶といきますかな？」

私は返答に手間取った。当時は、日本のお茶にまだそれほど慣れていなかったのだ。そもそも、ロシア自慢の黒スグリのジャムが、緑茶に合ったりするものだろうか……

「分かります。分かりますよ」ムラショフ氏が突然笑い出した「どうやら、あなたは日本のお茶ではなく、インドのお茶の信奉者のようですな。しかも、象のマークの。お見通しかな？」

私は、参ったという風に両手を拡げて見せた。実際、緑茶の元気と活力を取り戻す力に大いに感服して、緑茶のファンになったのは、その少し後のことだった。

「それじゃ、あなたにはインドの正真正銘のダージリン・ティーをお入れいたしましょう。もっとも、正しくはチベットのものですが。ところで、日本では、茶の湯のお点前は御覧になられたかな？ご覧になってない？　そりゃ残念ですな。あなたには、あれは特に面白いかと存じますよ」

「どうしてですか？」この推測には心から驚かされた。

「ご存じかな。茶の湯を日本語でなんと呼ぶか。『茶道』というのです。茶の道という意味です。何か思い出しませんか？　さあ……」

「柔道、合気道」ほとんど機械的に私は答えた。

「それそれ、その通りです。そして武士道。これはサムライの道です。これを偶然の一致、言葉の妙とお思いかな? まったくそうではありません。茶の湯のお点前の本当の意味というのは、平常心を得て、周囲の喧噪を忘れ、外部の世界から自らを絶縁させることにあるのです。そうしてこそ、平凡な茶の儀式を、人間的完成の手段にまで高めることができるのです。だからこそ、茶の湯のお点前は、正に仏教の修道院から日本に入ったのです」

「すると、つまり茶道というのは一種の瞑想ですか?」私は閃いた。

「勿論です。心身を整え集中して、自分の行為を自動の状態にまで至らせるためには、すべての手段が正しいのです。いかがですか? 何かよくご存じのものに似てはいませんか? 正式の茶会は、四時間は続きます。何かするのを忘れたり、取り違えたりしたら大変です。しかも、同時に楽しい会話が交わされ、曲も流れます。私は一度ならず経験いたしました。良かったら、お話しして差し上げましょうか?」

茶の湯のお点前については、旅行記などで何度も読んだことがあったが、断わって客好きの主人の気分を害したくはなかったので、私は頷いた。

「ええ、喜んで」

「日本には茶道の専門の学校もあるのです。そこでは、まず客人の心構えを教わります。それから、小さな日本庭園に入りますが、そこでは、一つ一つの石や草にそれぞれの来歴があります。これらすべての説明を聞いて、その姿を愛でなくてはなりません。それから、茶室です。四畳半の小さな部屋です。つまり、茶室の床には、藁で作られた四つ半のマット『畳』が敷かれているということです。部屋の調度も、しばらく愛でなくてはなりません。生け花や、炉や、茶釜を愛でなくてはならないのです。我々は甘いものを頂きながら茶を飲みますが、日本ではお茶の前に菓子を食べます。そうやってお茶の味の準備をするわけです」

「日本のお茶は粉末みたいで、インスタントコーヒーみたいだって聞きましたが」

「日本人の前で、そんな不謹慎な比較をしてはいけませんよ！　もっとも、それは本当のことですが。確かに緑色の粉です。ただ、彼らはそれを特別の道具で泡立てます。一つ一つの動作が、間によって分けられていて、大変神聖な動作なのです。お茶は趣のある茶碗で、礼を尽くして差し出されます。お茶を頂いてから、茶碗や茶釜、漆塗りの茶器、茶杓の由来を聞いて、それぞれを愛でます」

こんな話を聞いているうちに、わたしたちのロシアのお茶も用意ができたようだ。ティースプーンで香りの良いジャムを味わいながら、私は自分とキリル府主教との出会いについて彼に語り、その時までに日本の聖ニコライについて自分が知り得たことの全てを話した。

格闘技の兄弟たち

「まったく、その通りです」彼は物思いに耽るかのように言った「これは彼の十字架の道の出発点です。私は、ほとんど晩年の聖ニコライを知る人物と、かなり近しい知り合いになることができました。この人物は、あなたにとっても無関心ではいられない人物のはずです。誰のことかお分かりかな？　あなたが大いに愛好するサンボの創始者です」

「え、ワシリー・オシェプコフですか？」わたしは思わず驚きの声をあげた「本当にこの人は、ほとんど伝説の人物です！　そして有名な『ロシアの日本人』です！　オシェプコフの話は、全露サンボ連盟・国際サンボ連盟会長のミハイル・チホミーロフから何度も聞いてます」

「ええ。私もチホミーロフとは知り合いです。すばらしい人格者で、サンボの優れた大家です」

「オシェプコフがどうして『ロシアの日本人』と名付けられたのかは、ご存じでいらっしゃるかな?」

「ミハイル・チホミーロフから、オシェプコフが講道館を修了したって話は聞いています……でも、そもそもどうして彼は日本に行ったのですか? 日露戦争の捕虜か何かだったのですか?」

ムラショフは、これは呆れてものが言えないという風だった。

「全くご存じじゃないようですな……もっとも、あなたを責める訳にはいきますまい。ごく最近まで、ワシリー・オシェプコフは全くの無名だったのですから。お望みなら、わたくしがこの驚くべき人物の真実の物語をお話しいたしましょう。ところで、チェーホフのサハリンの徒刑地の話は読まれたかな? 彼の『サハリン島』というルポルタージュはご存じかな?」

私がサハリンについて読んだことがあるのは、チェーホフの本ではなく、現代において大変人気のあるヴァレンチン・ピクリの本であると、恥じ入りながらも認めざるを得なかった。

「それならお聞きなさい。これもまた非凡な人間の運命です。言ってみれば、この人物の誕生の条件からして、すでに悲劇的な運命です。この話をするためには、まずは心の中でサハリン島に行ってみなくてはなりません」

「何故ですか?」私は驚いた。

「あの『日本人』はサハリン生まれなのですか?」

「まあまあ、そうあせらずに。しばらくの我慢です。少しずつ、全てが明らかになっていきます。まあ、お聞きなさい」

サハリン島

——チェーホフのサハリンについての描写にしおりが挟んであります。ちょっと読ませて頂きます。

『サハリンに近づいたのは夜であった。八時過ぎに錨が下ろされた時、サハリンのタイガは、岸辺に燃え上がる大きな五つの焚き火で赤く照らされていた。海面に広がる暗黒と煙の向こうには埠頭も建物も見えず、ただ、ぼんやりとした歩哨の灯火が見えるだけで、そのうちの二つは赤い灯火だった。漆黒の暗闇と山の稜線、煙、炎、火の粉で荒々しく彩られたその恐ろしい光景は、私の目に幻想的に映った』

アントン・パーヴロヴィッチ・チェーホフが初めてみたサハリンはこのようなものでした。一八九〇(明治二十三)年、ワシリー・オシェプコフが生まれる二年前のことです。

チェーホフは自分の本の出版者のスヴォーリンに、こう書いています。

『ちなみに、私はサハリンの全人口を苦心して調査しました。あらゆる居住地を回り、あらゆる丸太小屋にも寄り、一人一人と話をしました。調査に際してはカード方式を用い、徒刑囚や移住者など約一万人の記録ができました……特に、私が少なからぬ希望を託している、子供たちの調査をすることができたのです』

多分、今でもどこかチェーホフの文書保管館に、このときの記録カードが保管されていることでしょう。ワシリー・オシェプコフのカードはもちろんその中にはありません。当時は、彼はまだこの世に存在していなかったのですから。しかし、その父となる運命にあった移住者と、そして、その母となるマリヤ・オシェプコヴァは、きっとこのチェーホフのカードに入っているはずです。そうであれば、彼らもまたチェーホフに出会い、会話を交わしたことでしょう。あるいは、名前や呼び名、生まれの県やらサハリンに至った経緯など、あらゆることを根掘り葉掘り訊ねてメモした、鼻かけ眼鏡の背の高いハンサムな「旦那」のことを記憶したかも知れません。そして、恐らく不安にかられたでしょう。この調査記録のせいで、自分たちに何か良くないことが降りかかりはしまいかと。

当時のサハリンがどういうところであったかを思い浮かべてみましょう。そして私は、ワシリー・オシェプコフの両親が、どういう経緯でここに住むことになったかをお話しします。あなたのような若い方にとっては、これはあまり知られていない大昔の話で、多分、ロシアへの蒙古襲来のような遙かなる出来事に映るでしょう。一言で言って、歴史物語というわけです。しかし、そんな歴史の背後にも生きた人間がいたのです。ご存じの通り、その歴史は、今日でも呼べば答えてくれるほど身近なものです。求めよ、さらば与えられん、という訳です。

さて、ごく普通の学校の色々な教科を一つの切り口にすれば、どんな人間の人生描写も、なかなか面白く見られるのではないかと思います。まずは、歴史と地理から、すなわち、その人物の誕生の日と場所から始めます。人によっては、それが、小説やら短篇物語、あるいは続篇が何巻も続くような壮大な長篇小説になります。行間には、生物学、物理学、化学、そして社会、そしてもちろん、犯した過ちのおさらいです。

ワシリー誕生

一八九二（明治二十五）年、骨に染みるような大洋からの寒風が吹きすさぶ厳寒の十二月末、サハリンのアレクサンドロフスク市の教会で、教区のアレクサンドル・ウニンスキー神父が洗礼の機密を執り行いました。洗礼親の役を務めたのは、サハリン島の軍管理局の書記頭のゲオルギー・スミルノフと、七等文官ヤーコヴ・イヴァノフの娘、ペラゲヤ・ヤコヴレヴァです。これについては、教会の過去帳に記録も残っています。

赤ん坊はワシリーと名付けられました。アレクサンドロフスク監獄の徒刑囚である母、マリヤ・オシェプコヴァがそう望んだのです。父の姓名の欄には、小さな但し書きがあって「私生児」と書いてありました。

この洗礼の際に盛大な証人の儀式などというものは、まずなかったでしょう。いずれにせよ、証人たちの署名は過去帳には残っていません。たとえ洗礼と新年のお祝いに、サハリン名物の火縄ウオッカの小杯とイクラを用意したと言っても、誰がわざわざこの年の暮れに、方々に雪溜まりのできた長いニコラエフスカヤ通りを、押し黙り、寒さに凍えた書記のスミルノフとヤコヴレヴァの後について辿りたいなどと、思ったことでしょうか。土地の女たちがうまく焼きあげるあの赤イクラと擦りジャガイモのお焼きは、当時の島では珍味とはとても呼べませんでした。

そうはいっても、洗礼の代父役と代母役から、洗礼を受けたばかりの健やかに寝る我が子を受け取って、マリヤ・オシエプコヴァはそう悲しんではいませんでした。赤ん坊の父となった連れ合いのセルゲイは、事実上、監獄が彼女にあてがったものにせよ、悪い人間ではないようで、ここの移住地では、少しばかり財産もちの方でした。その拳に威力はあっても、逃亡者としてすでに鞭で打たれた経験をもつ彼女に、手を挙げるようなことはありませんでした。息子の出生を認め、自分が父であるという証の父称を与えてくれました。彼は囚人ではなく、単に島にやってきた移住者だったのです。

飲み干したウオッカの小杯の酔いがかすかに回り、マリヤは、大陸での自分の以前の人生がいかに遠いものになってしまったかを思い返していました。実際には、農家の寡婦であった彼女を、幼い娘から引き離して貧窮院に追いやった、あの思い出したくもない辛い過ちからは、わずかな歳月しか経っていませんでした。村の気楽な暮らしに慣れた彼女には、貧窮院の工場での暮らしは地獄のように思え、最初のチャンスに脱走をはかりました。しかし、当時の逃亡は重罪です。鞭で打たれ、十七年間の矯正のためサハリンの徒刑地に送られたのです。そして、その瞬間から、彼女の昔の人生ははるか遠くに流れ消え、今や自分の娘についてさえ、何一つ知ることもできないのでした。

一八九二年の時点で徒刑地は二〇年以上の歴史がありました。幸運にもマリヤは、シベリア全土を経由する囚人の一団の一人として太平洋岸に到着したのではありませんでした。最初の徒刑者たちは、言わば、家畜のように追い立てられました。約一年、足枷をがちゃがちゃさせながら囚人の一団は歩いたのです。多くの人々が辿りつかず、ウラジーミル街道沿いや、シベリヤの徒刑地への道沿いには遺骨がころがっていました。マリヤの時にはもう「秋の浮送船」があり、オデッサから軍隊に伴われ、志願艦隊の船でマリヤは護送されたのでした。

しかし、海でも辛酸はありました。多くの死人がでました。寒さからではありません。船底の暑さと息苦しさ、そして腐り水のせいです。女たちは自分の運命を呪い、なおいっそうに、サハリンへの恐怖に怯えて、泣きじゃくりました。アレクサンドロフスクでは女たちは監獄には留め置かれずに、移住者たちに「生計用に」割り当てられて嫁がされると、すでに聞き知っていたからです。

マリヤ・セミョーノヴァは頬づえをつき、酒で赤ら顔になったセルゲイを見守りながら、移住者の彼が、怖がらずに彼の「家庭に入る」ようにと、彼女を口説くのがどんなに下手だったかを思い出していました。一人では、家の中も畑もどうにもならず、それに借家人に賃貸するための二つ目の小屋も建てたというのです。この地では大変な住宅不足でした。袖の下を受け取った監獄の書記は、セルゲイの選択に文句を言いませんでした。こうしてセルゲイは、教会での結婚式こそ挙げていないにしても、当局からまんまと妻をせしめたのです。ようやく所帯持ちになったと実感して、セルゲイは、父の家にあったのと同じ家庭の温かな調和、つまり、一方で男の重労働、他方で妻の愛、敬意、忍耐に支えられる和やかさを、この地の果てのサハリンで、自分が求めていることに気がつきました。セルゲイも物思いに耽っている様子の連れ合いに視線を向けました。父親の戒めが思い出されました。

「男の仕事は稼ぎを持って来ること。妻の仕事は家事・家計をやりくりすること。夫婦生活では色んなことがある。自分が正しくないこともある。その時は非を認めるんだ。だが、もし妻が言うことを聞かなくなったら、夫も自分を敬わなくなるし、周囲も夫を非難し、家のなかに不和が起きる」

父は息子を『家庭訓』という名の古い知恵の書によって教えました。

「もし神から良き妻を授かったなら、それは高価な宝石より価値があることだ。妻は、何が必要なのかを想起しながら、日々、家計の全てについて夫に尋ね、相談するように。病気でない限り、夫と妻は別々に朝食をとるべきではない。飲食はいつも決められた時間にするように。妻は夫に隠して何かを食べたり飲んだりしてはならぬ。夫の知らぬ間に、自分の女友達や親類のところで、何であれ、何かをせがんだり、自分から贈ったりしてはならぬ。夫に隠して、何か他人のものを家の中に置いたりしてはならぬ。何でも夫と相談すべし。

息子よ。自分の仕事を妻にも教えよ。神への畏れ、さまざまな知恵や技能、あらゆる仕事、家のしきたり、その他あらゆる秩序を教えよ。妻が自分でパンを焼いたり、煮物をしたりできるように。そして家のどんなことでも知っていて、女としてのあらゆる手仕事が出来るように。妻が自分でこういったことすべてが出来、その知識も持ちあわせていれば、子供に全てを教え、どんなこともできるようにし、全てにおいて正しく導くことができる。

良き伴侶をもつ夫は祝福されている。その寿命は倍になる。良き妻は自分の夫を喜ばせ、その人生を平和で満たす。良き妻は神を畏れる者への褒美である。善良で仕事好きでおしゃべりでない妻は、夫の王冠である。もし夫がそんな良き妻を娶ることができれば、家庭で得るのは幸せのみである。良き妻をもつ夫に栄誉と栄光あれ」

福音書にもあります「有徳の伴侶は夫を喜ばせ、その生涯を平和で満たす」

どうやら、血のめぐりの良い、やりくり上手な妻が見つかったようでした。こうして、息子も産みました。生まれた息子は、家計の収入の足しにもなりました。当局は、子供に対して、監獄の受刑者並みの一人前の食糧の配給をしていました。腹一杯というわけにはいきませんが、飢えて死ぬことはありません。残念なのは、出生証明書に一生ついてまわる烙印を押されたことです。神のご加護があって、マリヤが刑期を終えれば、セルゲイはマリヤと教会で正式に結婚でき、息子も父親の名字をもらえます。しかし、差し当たり息子には、同じような境遇の他の子供たちと同様の、少々辛い運命が待っています。

歳月が経ちました。父親が予感したように「サハリンのパリ」でのワシリー・オシェプコフの人生は、幼い頃から甘いものではありませんでした。サハリンのパリというのは、アレクサンドロフスクのことで、島民がそう敬意を込めて呼んでいたのです。呼び名からは豊かな感じに聞こえるこのサハリンのパリの街角の掟は、子供同士の間では残酷でした。多くのサハリンの子供たちと同じように、ちょっと喧嘩をすれば、私生児だの捨て子だの、あるいは大人の言葉から借用してきたもっとひどい言葉でからかわれました。そういう言葉の意味が彼にもわかるようになると、彼はいじめっ子たちを、言葉でなく拳骨で撃退するようになりました。

母は、息子の目の下に毎度の青痣を見ては嘆き、父親に報告してベルトでお仕置きしてもらうと脅しました。しかし、父自身が、昔はご近所一帯の一番の喧嘩屋として腕をならしてきたのです。ベルトは手にとりませんでした。しかめっ面の息子を横目でじろりと睨みつつも、息子が鼻を鼻血の出るほどに殴られても、泣きべそをかいたあとがないのに気づき、密かに満足を覚えました。どうやら息子は泣き虫にはならず、逞しい男になりそうです。

父は自分の少年時代を思い出しました。自分、セルゲイの参加しない殴り合いなどというものは、当時一つもありませんでした。聖神降臨祭第一日や聖堂祭、降誕祭の祭日、大斎前週の祭り（冬を送り春を迎える祭り）など、少年たちや若者たちが腕力比べをしようと集まったものです。悪意のない取っ組み合いで、互いにそそのかし合いながら、誰か一人の鼻から鼻血が出るまで殴り合いました。とはいえ、痣や瘤は正真正銘のもので、勲章のようにそれを見せびらかして、誰をこっぴどくとっちめてやったかを自慢しあいました。勝ち喧嘩よりも負け喧嘩の方が記憶に残りました。それは、むしろセルゲイの父の方が、セルゲイよりもその負けをいっそう悔しがったからかもしれません。

「おい、セルゲイ、このろくでなし。貴様、家名を傷つけやがったな」父は憤って、怒鳴りつけました「俺たちの家にはな、殴られて、ハイそうですかって、ひょろひょろしてるような奴は、今の今まで一人も居なかったんだぞ。何度、教えたら分かるんだ。雄鶏みてえに、やたらに突っ込んで行って、喧嘩する奴があるか。まずは相手をよく見ろ。無駄に拳骨を振るうな。一度手を振り上げたら、相手を良く見て打つんだ。頭を使ってな。でないとこめかみか鳩尾《みぞおち》にあたったら、お前の力でもすぐに死んでしまうぞ。おう、よく聞け。お前に、これから良いもんを見してやる。こりゃあ、お前の爺ちゃんが、昔俺に授けてくれた隠し技なんだ。これには、誰も太刀打ちできねえぞ」

セルゲイにその技が披露されました。息子は父親の逞しい腕で、丸太小屋の土間の上に何度も放り投げられました。

「父ちゃん」ある時、彼は父に尋ねました「爺ちゃんは、どこでこんな技を全部覚えたんだい？」

「お前、これを爺さん一人で編み出したとでも思ってるのか？　こりゃ俺たちの家に大昔から代々受け継がれた秘伝よ。俺たちのご先祖さまたちってのはな、イェルマークと一緒にシベリアを征服したんだ。おう！　こういう歌、聞いたことあるか？『暴風呻り、雨打ち騒ぐ、闇に光るは稲妻か……』ってな。イェルマークに仕えた最初の兵士は、俺たちの家の者だったんだ。奴らは魔法に護られ、矢も受け付けない……と言われたもんよ」

「本当に魔法で護られていたの!?」セルゲイは目を大きく見開きました。

「それは多分、違うな。倅。魔法ってのは、黒魔術とかの類の話で、俺たちの力は神のご加勢の力よ。爺さんは、俺が覚えてる限りじゃ、古い秘伝書を持っててな。こんなに分厚くて、革を張った板の表紙がついていて、おまけに銅の留め金が付いてたぜ。ページが羊皮紙とかいう特別の革でできてな。爺さんは言ってた。手書きの本だって」

「その本には何が書いてあったんだい？　父ちゃん」セルゲイは思わず身を乗り出した。

「色々よ。お祈りだとか、ありがたい聖人様の伝えとか、修道院に昔から伝わる色んな知恵とかな。どうやって傷を治すかとか、どうやって薬草を集めるかとか、まあ、そんなところよ。俺たちのご先祖様には、一人の勇士がいたらしいんだが、年を取って、おまけに古傷が疼いて力が衰えて、修道院に籠もったんだ。それが、あろうことか、あのラドネジの聖セルゲイさまにお仕えしたってことだ。例の本は、その俺で書いたって話よ。拳法の話も書いた。仲間の修道士のためと、親類縁者のために書いたんだ」

「あーあ」がっかりしたように、セルゲイが声を伸ばして言いました「僕はその本の中に、喧嘩のやり方が書いてあるのかと思ったよ。それなら読んだのに」

「読めるもんなら読んでみろ。この本の虫！　爺さんはお前とは比べものにならないほど学があってな、神父様に直々にお経の読み方を教わったんだ。晩年にはすっかり暗記してお経を唱えていて、指でページをなぞってるんだが、目は見えねえものでも見てるみてえだった。それからな、喧嘩の話だが……そう言や、一つ言い伝えを教えてくれた。『昔々、言い伝えによれば……』」

「で、どういう言い伝えなの？」

「つまりはな、まだママイの時代の大昔の話だ。クリコヴォの戦い（十四世紀末のロシアとタタールの戦い）より前の話だ。蒙古の汗がムーロムのユーリー公にこういう手紙を送ったんだ。互いに敵対して殺し合うのはもう十分じゃないか。和議をとり結ぼうではないかってな」

「まさか！　そんなことってあるかな？」セルゲイが言いました。

「まあ、ただおいそれと、和議を申し入れたわけじゃないんだ。ユーリー公のせいで汗のかなりの戦士がやられたんだ。それで、汗は、全軍勢同士で戦を交えるのはもう止そうじゃないか、互いに一人の強者をたてて、一騎打ちで戦わせよう。もし自分の戦士が勝ったなら、貴様は三年間、自らきちんと、汗国に貢ぎ物を持って来い。もし、ユーリー公の戦士が勝ったなら、貴様の国を五年間、朝貢の義務から解いてやろう。いずれにせよ、自分の軍勢はユーリー公の領地から引き揚げてやるって、言ったんだ」

「で、ユーリー公はどうしたの？」

「ユーリー公は考え込んだ。それから馬に乗って、少人数の護衛を引き連れて森を抜け、ディオニーシイ長老様の庵を訪ねた。『どうすべきか？』って尋ねたんだ。『我が公国を朝貢の重荷から解放して、人々の命も救いたい。しかし、蒙古兵に太刀打ちできるような強者は、我が公国には居ない。蒙古は、我々の貢ぎ物で富を築き、計り知れない力を蓄えている』ってな。ディオニーシイはただ頷いて、自分の見習修道士にオレクス修道士を呼べと命じた。それでオレクスってのが庵にやって来た。敷居で背は屈めなかったというから、背丈は高くなくて普通だったんだろう。ユーリー公は、これじゃどうにもならない、とでも言うように、両手を広げた。『わしのところには、この程度の戦士なら三人に一人はいる』。でもディオニーシイは譲らない。『公よ。この若者なら、蒙古の猛者と互角に闘える』それでユーリー公は二人に礼を述べて、その修道士を連れて帰った」

「で、勝てたの？」

「まあ、聞きな。蒙古の強者が出てきた。爺さんが言うには、山のような巨漢だ。血管の一本一本が浮き出て、腰まで裸で、馬の脂を体に塗りたくって、銅で出来てるみてえに鍛えた体だ。腰には幅の広い帯を巻いている。

一方、我らがオレクスの方は、柳の枝みてえにしなやかな身体だ。修道院の斎を守ってちゃ、体に脂肪はのらないはずだ。体は色白で、髪の毛は亜麻色だ。胸には十字をぶら下げている。蒙古兵はオレクスを見て、歯を剥き出し、横に唾を吐いてみせた。こんな奴、軽くやっつけてやるさって訳だ。

一方、オレクスは、ただ天を仰いで十字を切った。

蒙古兵は厚かましくも、相手をへし折りに一歩前に出た。オレクスを地面に叩きつけ、蒙古式に背骨を折ってやろうとした。ところが、とんだ計算違いだ。オレクスは相手の襲撃を逃れて、するりと交わす。後ろに下がったかと思えば、巨漢の足元に滑り込む。そんな具合に、まるで鬼ごっこだ。そこで、蒙古兵の方は、どうやらオレクスが怖じ気づいたと思って、オレクスに警戒するのを全く止めちまったわけだ。オレクスはその隙をついて、蒙古兵の巻いた帯を掴んで、エイッと背負い投げにし、地面に叩きつけた。蒙古兵は自分の体重が仇になった訳だ。

『この脂の塊を拾いに来い！』オレクスは、蒙古兵の胸に足を置いた。オレクスの勝ちだ！　汗は怒りで全身がまっ赤になったそうだが、それでも、諦めてこう言ったらしい。

『貴国の勝ちだ』そしてムーロムから隊を引き上げた。

爺さんの話じゃ、そのオレクスってのが俺たちのご先祖様らしい。まあ、俺たちの力がどっから来たのか、大体分かったろう。

おう！　それから呪文もあった。お前に呪文をかけてやる。『手斧と火縄、タタールの槍と鍛えられた矢、戦士、拳闘士から主がお前を護り給うように……』この呪文はすごく古いんだ。遠いご先祖様が蒙古との戦で使ったらしい。この文句を書いたものを香袋に入れて、持って歩いたそうだ」

セルゲイはこの話にいたく感じ入りました。喧嘩では、町一番のガキ大将のイェゴールカの拳骨には当たらないようにしていたにせよ、今や、自分が何かの魔法に護られているのか、あるいは、闘いで決して負けることのなかったご先祖様たちが、自分に味方して闘っているかのような、奇妙な確信が彼を捉えました。もちろん、喧嘩の最中に十字を切る訳にはいかなかったけれど、敵が強く迫ってきた時には、自然と頭に「主よ、救い給え!」という祈りの文句が浮かんできます。すると、何だか力が沸き上がって来るようで、自分から相手に向かって突進して行くことができました。

しかし、負けたせいではなく、勝ったことで父に大目玉を喰らったことも思い出されました。冬のことです。大斎前週の祭りに雪の陣地を奪い合いました。セルゲイは、興奮に顔を赤らめて家に帰ってきました。防寒帽はあみだにかぶり、毛皮の外套の前ははだけています。長靴の雪を払ってもいません。隣町の奴らを、どんなにこてんぱんにぶん殴ってやったか、息せき切って夢中になって話しました。しかし、父の無言の反応に出会って、思わず口ごもりました。

その時初めて、母が玄関の長椅子のところで、弟のアリョーシャにかかりきりになっているのに気がつきました。窓から氷を掻き取って、アリョーシャの顔に擦りつけています。近寄ってみると、アリョーシャのほっぺたに青痣があるのに気がつきました。最初はまだ事情を飲み込めず、陽気に声を挙げました。

「よう! 喧嘩の洗礼おめでとう!」そこで父の力のこもった平打ちによろめきました。

言いようもなく悔しくなりました。そして、目上の人への口答えは許されないのに、くってかかりました。

「僕が弟に何をしたっていうんだよ？」

「お前がやったんじゃないにしてもだ」苦々しく父は言いました。

「この小さい弟に腕白どもが三人も飛びかかった時、お前はどこに居やがった？　勝利に酔いしれてたか？　弟はどうでもいいのか？」

母も頭を振って付け加えた。

「弱い者に味方する立派な若者が育つと思ってたのにね……」

セルゲイは、アリョーシャの頭の後ろを、後でこっそり小突いて「弱虫野郎。のこのこ出て来やがって。おかげで僕はお前の尻ぬぐいだ」とは呟いたものの、力というものは自分のためだけにあるのではなくて、どうやら、自分で自身を守れない者たちを守るためにもあるのだと、肝に銘じました。

こういったこと全てを今思い出してみて、今や一人前の男、父となったセルゲイは、自分が息子に対してどういう義務があるかを、不意に悟りました。自分は、息子のワシリーに対して、あらゆる喧嘩で一番大事な、心というものを伝えていなかったのでした。遙かな昔から、自分たちを背後から支える血の繋がった人間が居るのだということ、弱い者は守ってやらなければならないということ、正しいもの、神聖なものを守るために立ち上がらなければならないということ、己の誇りも彼らの誇りも汚してはならないのだということを、伝えていなかったのだと。

格闘家の血

もう息子に、少し教えてやっても悪くないはずです。代々、ロシアの拳闘士に蓄積されてきたものを、息子にでなくて誰に伝えるべきだというのでしょう。言葉で息子を教えることはしませんでした。

長い説明が上手にできる訳ではありません。ワシリーがもう何度も、町の通りで腕白どもに拳骨をくらうようになった今となっては、ちょうど良い時期です。父は不敵な笑みを浮かべて、息子を家の裏手に連れて行き、憤慨して反対する妻を押し切って、もし男が自分と自分の親しい者を護ろうと思うなら知っていなければならない、ロシアの取っ組み合いの喧嘩術の簡単な技を息子に披露しました。当地の民衆の中では、この喧嘩術なくしては話になりません。生き残れません。

ワシリーは、古代ロシアの勇者物語で読んだ、鉄製の留め金を縫い込んだ本物の戦闘用の革手袋を夢見ていました。しかし、父は古の勇者たちは敵と戦ったのであって、ただ力比べをするような時は、そういう手袋は外したものだと教えてくれました。誰かを不具にしてしまったりしたら大変です。

父がまずワシリーに命じたのは、喧嘩では最初に攻撃に出るな、攻撃を待ち受けながら、力を抜いて、緊張するなということでした。そして、体をくねらせ、身をかわして相手のパンチを避け、相手に空振りさせて、バランスを失わせ、苛立たせるのです。怒り馬では水は運べぬ……という訳です。そして怪我をせずに倒れる方法を教えました。両手で襟を掴んでやる腰投げと、片手で襟を掴んでやる腰投げをやって見せました。父は、一番危険なパンチは、眉間と関節へのパンチだと言いました。

「ワシリー、俺の目ん玉が黒いうちに勉強しろよ」

いくつかの技を見せた後で、息子の手を取って地面から助け起こしながら、父は笑って言いました。

「嘆くな、倅。一回やられれば、二回やられなかったのと同じだけの甲斐があるってもんよ」

父が子に授けた教えとはこのようなものでした。

ワシリーはまた、なぜ両親が居るのに、自分がかくも執拗にからかわれるのか、母か父に訊いてみたくてたまりませんでした。自分が本当に両親の血を分けた息子なのかどうか、疑い初めたくらいでした。もしかして本当に自分は、塀の下の、サハリン名物の巨大なゴボウの茂みの中かどこかで拾われたのではないだろうかと。特に、母に平手打ちをくらった時や、稀にではあれ、父に後頭部を強く殴られたような時、そんな考えが脳裏をよぎるのでした。しかし、自分にはこの世に血を分けた親族がなく、さらに、父も母もそのことをひた隠しにし、彼には何の説明もしなかったのだなどと知ってしまうことも、また例えようもなく恐ろしいことです。というわけで、彼は、ただ拳骨を握りしめ、通りの無礼者たちとの喧嘩の輪に飛び込んでいくのでした。

「ふーん、どうしたものか……」ある日、毎度の取っ組み合いで服がぼろぼろになったワシリーを見て、父が考え込むように言いました「もし、お前がからかわれる度にいつも拳骨で応えてたら、お前の痣はいつになっても消えないぞ。奴らはお前を、わざと焚きつけてるんだ」

「もっと大きくなって、奴らに思い知らせてやる！」と、息子は豪語しました。

「大きくなるまでには、まだ時間がかかりそうだ……お前、相手にしなきゃいいんじゃないか。さもねえとなあ、お前、憎々しくなって来たぞ。悪を内に含んだ力っていうのは、息子よ、いいもんじゃないぜ」

「じゃあ、善の力は、何のためにあるの？　どういうもんなんだよ？」ワシリーは不審そうに尋ねました。

「まあ、聞きな。お前の爺さん、つまり俺の父親のワシリーが——お前の名前は爺さんからとったんだ——ある時、俺に話してくれたんだ。ある時、爺さんは新年の祭りの期間に、隣村の名付け親の家を出た。俺たちのいた大陸の村は、冬は凍えるように寒くて、こんな雪の吹きだまりができたもんだ……まあそりゃどうでもいい。とにかく、お前の爺さんが馬を駆って、森の中を走っていたんだ。

と、突然、何かの騒ぎが前の方で聞こえる。叫び声みてえだ。それで、馬に軽く鞭を当てて近くまで駆けて行った。見ると、何と、強盗だ。赤くて太い帯を巻いて百姓外套を着たのが三人いて、男を下馬させている。一人が馬の積荷を強奪して、その積荷の中に頭まで突っ込んでる。残りの二人は男の短外套を剥いで、松の幹に男を手綱で縛り付けようとしていたんだ。

爺さんは、言わなくても分かると思うが、どういう事態かすぐに察した。この『赤い帯』は、もうずっと前からこの辺りで悪名を馳せていたんだ。橇から棍棒をひっつかんで――こんな棒だ――この二人に立ち向かっていった。だが、奴らはこちらが一人だと知って、逆に爺さんの方へ向かって来た。爺さんは屈強で、生まれつき体力に恵まれていたから、棍棒を自分のまわりに振り回して、彼らを近くに寄らせない。その時、襲われた男も我に返って、彼を縛るのに使おうとしていた手綱をひっつかんで輪を作って、積荷に頭を突っ込んだ奴の首にそれを後ろから回して、そいつの首を軽く絞めた。爺さんは棒を放りだして、熊みたいに立ちはだかって、雪の上に踏ん張った。

『度胸のある奴からかかって来やがれ!』その時、折良く、賊の一人の手の中で何かが光ったのに気がついた。爺さんは一歩前に突き進んで、手を振り上げて、ナイフを持った賊の手首をひっつかんで、自分の方へぐっと引き寄せた。同時に左の拳で敵の面にパンチをくらわせた。それから、左に回って、相手の顎めがけて肘鉄をくらわせた。三人目は形勢を見て、逃げようとした!」

「へえ! で、父ちゃん、それからどうしたの?」ワシリーは目を輝かして、父の話を急かした。

「どうしたって、三人目を追っかけて、三人を縛り上げて爺さんの橇に乗せ、村長のところと警察の留置所に連れて行ったのさ。強盗にあった男は、町の定期市で商売して、家族にたんまり土産をもっていくところだったんだ。もちろん、銭も持ってた。男はワシリー、つまり爺さんにお札に札束を握らせた。でも爺さんは受け取らなかった。『今日は、俺がお前さんを救うことになったが、明日は、あんたが誰かを助ける番かもしれん。これでおあいこ、お互い様よ』って言って。でも男は、俺の母ちゃんにって言って、すげえショールを祭りの祝いにくれたんだ。絹のこんな房のついたやつだ。それに、爺さんの善行を教会の記憶録に書くって、神かけて誓ってくれたんだ」

「父ちゃん、つまり、爺ちゃんには善の力があったってこと?」しばらく黙っていたワシリーが、小さな声で尋ねました。

「まさか悪の力だとでも? 酷い寒さの森の中で、凍え死にしそうだった人を救ったんだぞ……」

「イリヤ・ムーロメツみたいに? 覚えてる? 母ちゃんがムーロメツの勇士物語を話してくれたの」

「何だって? イリヤ・ムーロメツみてえにか……もっとも、外見じゃ、ワシリー爺さんは勇士と言うにはほど遠かったがな。まあ、大事なのは外見じゃない。でもな、爺さんはご先祖さまに祝福されてたような気がする。覚えてるか? 最近、お前に話してやったのを」

その時セルゲイは、自分が今、口にしたばかりの考えに自ら驚かされたように、沈黙しました。父の臨終の場面が思い出されました。イコンに囲まれ、清浄な衣服を身に付け、聖体拝領を受け、聖油を塗ってもらい、穏やかな顔をして長椅子に寝ていました。晴々とした父の顔に目を向けながら、周囲に集まった家族は、しばらくの間、声をかけることができませんでした。

その時です。父は深い、見透すような眼差しでセルゲイを見つめ、目で彼を傍らに呼び、軽くなってしまった手を彼の頭に載せて、弱々しい声で言いました「お前に全てを残す。大事にして、次に伝えなさい」

その時はまだ、この「全て」が貧弱だと、思わず思ってしまったのです。そうか、これが父親が意味していたことだったのか……父が遺した本を移住地に持って行くのは避けました。弟のアリョーシャに托しました。多分、父は本のことを言っていたのだろう。父の本を守ることができなかったのは、事実だ。でも、父の教えは守ることができた……セルゲイはあたかも幻影を振り払うかのように、頭を振って、あえて厳しく言いました。

「そのうち話してやる。ほら、見ろ、母さんがスープをテーブルに置いた。手を洗え。それからスプーンを取る前に、額に十字を切れ」

この夜のことは、ワシリー・オシェプコフの記憶に深く残りました。テーブルの上に立ち昇る熱いスープの湯気、となりに仲良く腰掛けた父と母、部屋の隅のイコンの下に置かれたランプの、温かみのあるともし火……

父のこの短い話は、子供の心の中の何かを一変させたようで、父の言葉は、何らかの義務を彼に課したかのようでした。またその言葉は、彼がそれまで知らなかった、しかし今では奇妙にも身近に感じるワシリー祖父と彼を見えない糸で結びつけ、さらには、そのおぼろげな姿がはっきりしないまま闇の中へと消えていた、他の祖父や曾祖父、遠い先祖たちとも結びつけたのでした。

走ったり、身体をほぐしたり、疲れてへとへとになるまで父の教えてくれた喧嘩の技を練習しながら力を蓄えているのは、今や、ただ近所のいじめっ子に復讐するためではありません。何か別の、彼自身がまだ名付けることのできない遙かなる目標が前方に輝き、呼びかけ、その心を揺さぶっていました。その目標のために、彼は力を蓄え心身を鍛えていたのです。一言で言えば、父の教えた教訓は男の歩むべき道でした。それは伝統的なロシアの拳闘術の他に、自制力、勇気、忍耐、相互扶助、仲間意識を教えるもので、本物の男であれば誰もが身につけていなければならない、簡単な労働能力を伝えるものでした。

母の信心

しかし、ワシリー・オシェプコフの幼年時代において、母の日々の教育もまた、掛け替えのない大事な部分を占めています。もっとも、教育と言う言葉は当てはまらないかも知れません。母は教訓を与えることもなければ、訓戒を垂れることもありませんでした。彼女はただそこに居ただけです。母の傍に、母と一体となって存在したのが、母お手製の常に清潔なクロスで飾られた、祭壇のイコンの聖人たちの顔でした。ランプのくすんだ優しい光、母が彼に教えてくれた祈りの文句を唱える小さな声が、いつもそこにありました。

母はおとぎ話こそほとんど息子に話してくれませんでしたが、多くの教訓物語を知っていました。そうした物語は彼女が幼かった頃、修道院から修道院へと聖地を巡る、苦しく延々と続く巡礼の途上で、一夜の暖を取るために、各村で農家に身を寄せた放浪の巡礼者たちから、彼女が聞いたものです。こういった寓話の幾つかは、ワシリー・オシェプコフの脳裏に刻み込まれました。そしてその後、彼が神の御意志で辿り着くことになった異国の神学校で、放浪の巡礼者たちの口伝えに伝えられてきたのは、聖人の説教や聖人伝の断片、宗教歌や伝説に他ならないことを、驚きとともに知ることとなりました。こういった物語は、その昔には作者が居たのでしょうが、その名を記憶する者は誰もいませんでした。それが口伝による民衆の宗教的創作物となり、その後二十世紀のソ連の時代に数十年の間故意に隠され、その一部が失われることとなります……

我が子をサハリンの刑事犯徒刑囚たちの習俗から護ろうとして母が話したある教訓物語が、特に長く彼の記憶に残りました。ここ、サハリン島では、はるかに重い罪で服役したこの地への移住者たちの間で、盗みが罪であるという認識はほとんどありませんでした。

「神様は『盗むなかれ！』という戒めを私たちにお与えになったのよ」母は根気よく諭しました。「もしお前が、めっそうもないことだけど、他人様のものをこっそり取ったとして、誰も見ていなかったから大丈夫だなんて決して思わないのよ。お天道様とお星様がその瞬間のお前を見てるし、神様の天使さまもお前を見て嘆き悲しまれるわ。それに恥ずべきことをして泥棒になってしまったということは、どうしたって長い間隠せるものではないのよ」

そして、その証拠として母が話してくれた話はワシリーを大変驚かせ、その記憶に永遠に刻み込まれました。

「ある時、私たちの村に寄った巡礼の人がこんな話をしてくれたのよ。ある若者が懐中時計を盗みました。時計につける鎖も買って、袂に入れて持って歩くようになりました。でも、そう長く恰好つけてはいられませんでした。一ヶ月後、若者は自分から時計の持ち主のところにやって来て、謝って、時計を返しました」

「ええ、どうして？」ワシリーは驚きました「あ、分かった！　時計が壊れていたからかな？」

「いいえ、時計はちゃんと動いていました」母は謎々をかけるみたいに、微笑んでみせました「どういうことかと言うと、若者が時間を見ようと袂から時計を取り出すたびに、時計がチクチクってこう言ったそうです『私はお前のものじゃない！　お前は泥棒だ！』って。おまけに、それはずいぶん大きな声だったので、周りの人に聞こえるんじゃないかって、若者はひやひやしたくらいだったそうです。この話をしてくれた巡礼の女の人はジプシーに似ていたので、何か盗るんじゃないかと最初はみんなが心配したの。ジプシーは物を盗むってみんな思ってたから。巡礼の人はそれに気がついて、『私はジプシーじゃなくて、セルビア人です。セルビアの人間は泥棒なんてしません。盗みは罪です！』そう言って、この時計の話をしてくれたのよ。盗んだ物は、みんな泥棒に『私はお前のものじゃない！』ってずっと言い続けるのよ……」

母はよくこう言っていました。

「他人様のものを欲しがっては駄目よ。何故なら、神様はこう仰っているから――もし他人のものを欲しがったならば、心の中ではもう罪を犯したことになる。そこから泥棒まではすぐ目と鼻の先だ」

主の戒めの母による素朴な解釈も、やはり彼の心に一生残りました。ワシリーには、自分の家、母の優しさ、父の庇護といったものは永遠に続いてくれるものだと思えたことでしょう。しかし、忌まわしい運命が彼を見逃すことはありませんでした。――彼はまったくの孤児になってしまったのです。まだ十一歳になったばかりでしたが、多少なりとも何とか、運命の荒波の中で自分を守ることはできたようです。しかし、少年が負った心の傷は一生彼から消えませんでした。

この心の傷は、彼が大人になって自分の両親の出会いのすべての真相を知り、なぜその結婚が、人人の目と法の前で「偽物」であるかのように映ったのかを知った時ですら痛みました。あるいはそれがために、彼は一見かくも控え目で、特に、良く知らない人たちとは打ち解けない人間のように見えたのかも知れません。

私がまだ子供と言っても良い年齢の頃に初めて彼に出会った時、とにかく彼はそのように私の目に映りました……

「それじゃ、あなたはワシリー・オシェプコフとお会いになっていたのですか！」私は思わず声を上げ、もう長いこと頭を離れなかった疑問を、抑えきれずに彼に投げかけた「あなたはそのとき何歳だったのですか？」

「つまり、あなたは、わたしが今何歳だとお聞きになりたいわけですな？」ムラショフが笑った「そのデリケートな心遣いは、高く評価いたしましょう。でも、私はご婦人方ではないので、はっきりお答えしましょう。まあ、八十歳の峠を越えております。しかし、当時はまだまったくの青二才でした。もっとも、それまでにそれなりに多くの経験は積んでおりました。人生は、年齢に手加減することなく、容赦なく私に得ることも、失うことも経験させてくれました……もっとも、全ては神の思し召しです……話を続けましょうか？」

私は喜んで賛成した。

ムラショフとオシェプコフ

さて、私が初めて彼を見たのは、彼が多分三十五歳くらいの頃でしょうか……もっとも、青二才の私には、彼はずっと年上に見えました。彼について知っていることを全てお話ししましょう。あなたはこの話をするに値する方のようですから。まずは、ワシリー・オシェプコフと私の間柄が、どのようなものであったのか、何故彼が後に、他の弟子たちに比べて、私により胸襟を開くようになったのかということだけ、お話しします。

それは、私たちの運命がどことなく似通っていたせいでしょう。私も幼くして孤児になり、しかも孤児になった年齢は、彼よりもっと小さい頃でした。当時の私の姓は、今のものとは違います。政治とは無縁だった私の両親はとても信心深い人たちで、文字通り毎週のようにころころと政権が変った極東での、革命の荒々しい出来事をすぐには理解できませんでした。ある商事会社の下っ端役員だった私の父は、その事務所の人たちみんなと私の母、そして六歳の私と共に、敗退したコルチャーク白軍の残党の後を追って、ウラジオストックまで避難しようとしました。

全てはハルピンかどこかに流れ着くことで幕を閉じたかも知れないし、私も海外のロシア人移民になっていたかもしれません。しかし、父は、この必死の逃避行の途上で、日本の兵隊たちか、酔ったセミョーノフ軍の兵士たちかに撃ち殺されました。母もそれから間もなく亡くなりました。悲嘆にくれたせいなのか、それとも栄養失調と孤立無援の状態の故だったのか、肺結核にかかったのでした。

我々は、すでに貧困のどん底でした。母は、どうしても仕事を見つけることができませんでした。これは全て、赤軍と沿海州のパルチザン軍がウラジオストックに入城する少し前に起きたことです。

ウラジオストックの聖職者だったアレクシイ神父の家族が私をかくまってくれた時、私は正真正銘の浮浪児でした。神父は非常に忍耐強い善良な人物で、当時の私の心を覆っていた浮浪生活のかさぶたと怨恨を日々丁寧に剥ぎ取って、私に幼年時代の記憶と祈りを取り戻させてくれました。

何度、彼のもとから逃げて、そしてまた舞い戻ったことでしょう。食べ物や雨露しのぐ場所が恋しくて戻ったわけではありません。神父の穏やかな善良さ、暖かさ、何か驚くべき清らかさの下に戻りたかったのです。彼は、単なるお人好しだったわけではありません。小童の私の数々の罪を、私がそれを企んだ時点で、もうすでに見透していたようでした。しかも、心からの懺悔と、単なるその場しのぎの許し乞いを、厳しく区別していました。彼はいつも必ず私を教会に連れて行きました。私は、祈っている人々の顔をあれこれ覗き込んだり、ドームの下を飛び回る小鳥の騒ぎを観察したりするのを、いつの間にか止めていました。聖歌隊の高らかな声と輔祭の厳かな声の響きが、あたかも奉神礼の時、自分のとなりに母が居た頃に私を引き戻したかのようでした。そして母が十字を切るために腕を上げた時の衣擦れの音が、私の耳に蘇りました。それが、私が孤児になって以来、初めて私が泣きじゃくった日でした。

アレクシイ神父は、私に好きなだけ泣かせた後でこう言いました。

「ニコライ、泣きっ面ではなにも見えないよ。お前はその両目で人生をしっかりと見定めなきゃいかん。これから、いろんな人に会うことじゃろう。巧みな言葉やら、まがい物の同情でお前を丸め込もうとする奴らは、遠ざけないといかん。神様だけを頼みにしておすがりしなさい。それから、自分を護る術を学びなさい。善は強くなくちゃいかん」

それから何度この言葉を思い返したことでしょう！　あるいはこの言葉のお蔭で、私の人生にスポーツ格闘技がこんなにも重要な場所を占めることになったのかもしれません。スポーツばかりではありません。わたしは実戦むけの格闘技もそれなりに学びました。もっとも、子供の時分ですから、こういった言葉の多くは右から左に耳を素通りしてしまいました。しかし、御覧の通り、それでも何かが心の中に残ったのです。アレクシイ神父は終生私に堅牢な道徳的基盤を与えてくれました。生活の流れが私を信仰から引き離したように見えた時ですら、神の戒めは私という存在の掟であり続けました。そして、自分が周囲の状況に勝てずそれを曲げなければならなかった時、私はどれほど懺悔の念に苦しんだことでしょう……

赤軍がウラジオストックに入城して、そこにソヴィエト権力が打ち立てられた時、大多数の少年たちと同じように、私も文字通り革命的ロマン主義の虜になりました。われわれは連隊付きの楽団の後を付いて離れず、彼らの集会にぶらぶらと顔を出したり、赤軍本部のまわりにたむろしたりしました。

ところで、その時すでに私はワシリー・オシェプコフに会っていたかも知れないのです。もっとも、私と彼は年齢の上でも関心事の上でもあまりにかけ離れていましたから、彼が私に関心をもつことはもとより、私に気付くことすら恐らくなかったでしょう。しかし、後で分かったのですが、何という奇遇か、ある時彼はウラジオストックで、まさしく私という人間を探していたのです……それを私が知ってさえいたら！　もっとも、我々がどのようにして出会ったのかは、後ほどお話ししましょう。

さて、アレクシイ神父の隣に、赤軍の連隊長の家族が部屋を借りて住んでいました。子のない夫婦でした。妻は子種を宿していた時に白軍の防諜機関の取り調べを受け、赤ん坊を亡くしていました。私は彼らの目に止まり、彼らは私の境遇に関心を持ち始めました。私のどこかが気に入ったようです。彼らは私を養子縁組することに決め、ムラショフという姓もくれました。

アレクシイ神父は私を手放して、新しい人生への門出を祝福してくれました。私の心の中には、この穏やかで善良な、しかし彼なりの雄々しさを併せ持つこの人物の姿が永遠に残りました。神父が私の心に刻み込んでくれた、両親の家の光も残りました。そればかりでなく、彼は私の魂そのもの、あるいは命そのものを護ったのだと言うべきかもしれません。

それ以来、東京に居てもモスクワに居ても、あるいは運命が導いたどの村――そういった村々では、未だに教会の鐘が村人に祈りを呼びかけているのです――に居ても、私はできるかぎり機会を見つけて教会に行き、彼を温かい気持ちで追想し冥福を祈ります。彼の魂が安らかに眠らんことを！

一九二四（大正十三）年、ソヴィエト連邦が中国とともに東清鉄道の運行を管理し始めた時、私の養父母は中国での勤務を命ぜられ、私を連れて行きました。我々はしばらくハルピンに住みました。

私は無鉄砲な性格に育ちました。「強くなくちゃいかん」というアレクシイ神父の言葉を、しばしば思い出さなくてはなりませんでした。ある程度のことは、浮浪児時代に中国人の子供たちから学びとっていました。自分を守る力を持たなければならなかったのです。街角は弱虫に容赦はしません。私の二人目の父は、私を軍人にしたいという願いを隠そうともせず、あらゆる手を尽くして拳闘術、特に、中国で広まっていた東洋の格闘技へと私の関心を向けさせました。私は機会あるごとに地元の小童どもと喧嘩しました。憎いからではありません。彼らから多くを学べたからです。養父自身も、多少のことは教えてくれました。養父はロシアの拳闘訓練法の大いなる信奉者だったのです。

それはいわゆるロシア・スタイルの将校版で、養父は敵の攻撃をかわし、痛み技をかける助けとなる回転運動を教えてくれました。また、取っ組み合いは、立っても寝ても行えると言って、敵の力を削ぐ色々な技を見せてくれました。

私には、日本人なら「先生」と呼ぶであろう、もう一人の教師がいました。中国人のチャンという男で、ハルピンの私たちの家の通いの掃除人か何かだった人です。彼は中国古来の武術の一種を私に教えてくれました。この私の格闘技への実践的な関心とある程度の知識、そしてどこか似通った人生行路が、知り合った際に私とワシリー・オシェプコフを自然に近づけたのは、ご理解頂けるでしょう。私たちは、近しい魂を互いの中に見出したと言っても良いでしょう。最初はトレーニングに関わることだけでしたが、その後、私たちは何だか二人とも話に夢中になり、さらには、機会さえあれば、何度も思い出話に花を咲かせました。彼は私の中に同等の人間を見出した訳ではないでしょうが、それでも私にはかなり心を開いて話してくれました。多分、彼は私のことを、弟か何かのように感じていたのでしょう。

まあ、もう十分でしょう。私はあなたに自分の経歴をお話しするつもりはありませんでしたが、あなたのご質問で話が脱線してしまいました。さて、私はワシリー・オシェプコフのことを、どこまでお話ししましたかな？

「ワシリー・オシェプコフは十一歳で孤児になったという話をされました」

「ああ、それは一九〇三（明治三十六）年のことで、丁度、日露戦争のちょっと前のことです。でも、これはまた特別な話になりますので、宜しければ、そのお話はまたの機会にいたしましょう」

私は時計を見て、慌てて謝り始めた。いつの間にかかなりの時間が経っていたようだ。

晩秋の通りを歩いて帰りながら、最近自分に最も深い印象を与えた二つの会話——キリル大司教との会話、そしてニコライ・ムラショフとの会話を、私はいまだに一つに結びつけることができないでいた。

「日本の聖ニコライ・カサートキンとサンボの創始者ワシリー・オシェプコフにどういう共通項があるのか？　ニコライ神父が日本に向かった時、ワシリー・オシェプコフが生まれるまでには、三十年以上もあるではないか……」私は考えに耽った。

しかし、三人の少年たちの運命、三人の少年時代の姿は、私の頭を離れなかった。ニコライ・カサートキン少年、ワシリー・オシェプコフ少年、ニコライ・ムラショフ少年の生き生きとした姿が、私の眼前にあった。彼らの状況はそれぞれに違っていたけれども、何か共通のものが彼らにはあった。それは、幼年時代に彼らを襲った、おおよそ子供には似つかわしくない悲しい出来事だ。あたかも、灯されたばかりの仄かな蝋燭の明かりに、何者かの氷のような息が突然吹き掛けられたかのようだ。

しかし、しっかりとした温かい掌が、少年たちの魂の中に点った光を慈しむように、優しく包みこみ、彼らの命を冷たい嵐からいつも護った。この聖なる掌は、おそらく、蝋やお香、そして教会の古い写本の独特の香り――その頁には幾世代にも渡って古の文字が住み、世界のために愛と知恵、霊性を護っている独特の本の香り――を放っていたに違いない。

もう一つの彼らの共通項が私の心を捉えた。あらゆる不幸にも拘らず、あるいはむしろそのおかげで、三人とも身体強健に成長した。神は彼らに惜しみなく力を与えた。あたかも、彼らがこの荒波のなかで、自分で自分を護ることができるように、将来の試練のために、最初から準備されていたかのようだ。またそれは、彼ら自身のためばかりではなく、古代のロシアの勇者たちが皆そうであったように、ロシアの国のためではなかったのだろうか？

そんなことを考えているうちに、自然と自分の少年時代の記憶もよみがえって来た。この物語の主人公たちの少年時代と、それはもちろん異なっているが、私の少年時代にも、その善良で高邁な精神の光で私の人生を照らした人たちが居り、その人たちとの出会いがあったのだ。私の家族の中で、誰よりもそのような清浄で深い信仰心を持っていたのは、祖母だった。正に祖母が、子供や孫のために永遠のキリスト教徒の基盤を守り伝えたのだ。祖母は祈りなくしては、テーブルに着かず、仕事にもかからず、眠りにもつかず、新しい一日も始めなかった。彼女もまた神の戒律で禁じられていることを、素朴な言葉で我々子供たちに伝えてくれたので、私たちは幼い頃から罪とは何であるか、なぜ罪を犯してはならないのかを知っていた。地区の中心にあった最寄りの教会が、私たちの村からは遠かっただけに、なおさらそれは重要なことだった。私たちの部屋の聖像を飾る一隅には、長い歳月を経て黒くなったイコンがあって、祭日にはその前にランプが灯された……。祖母を敬い愛しながら、私はどんな老人たちにでも、丁重に尊敬の念をこめて接することが身についた。

　私たち村の同年齢の小童たちは、学校に上がるまで、全くの自由の中で成長した。特に、夏には一日中森の中を駆け巡ったが、それは、私たちの最初の身体訓練だった。私たちは木々によじ登り、小さなベリー類やキノコ、木の実を捜しながら、力を振り絞って何キロも歩き続けた。そんなのんきな日々の中で、ある日、家族の中でキリストの霊性を保とうという、祖母の努力をあらためて見直させるある出会いがあった。その出会いは、幼い頃から知ってはいたが、その意味について余り考えもしないで唱えていた祈りの文句に、特別の意味を与えることとなった。

　その暑い夏の日、いつものように私と友達は秘密のベリーの野原を巡り、靴を脱ぎ、そろそろどこかの木陰で休むことだけを夢想していた。その時、森の小道の曲がり角から私たちの方に向かって、見知らぬ老人が出てきた。今であれば、その服装や、肩にかけた亜麻布の頭陀袋、彼が習慣的に背の高い杖に寄り掛かる様子から、巡礼者と呼んだことだろう。

　田舎のしきたりで、私たちは出会った老人に挨拶した。老人は立ち止まって、私たちに静かな優しげな声で語りかけた。そして私たちがこの気の良さそうな老人に、自分たちがどこの者でどこからやってきたかを話した時、彼は突然私たちに、家にイコンがあるか、何かの祈りを知っているか、誰に教わったかと尋ねた。私たちが先を争って答えるのに、優しげに微笑みながら耳を傾け、それから私たち裸足の集団にこう言いながら十字を切った。

「ご両親に言いなされ。お祈りしなされって。お前たちもお祈りしなされ。神は子供の祈りをお喜びになるからな！」

そして、老人はふたたびゆっくりとした足取りで茂みの中に消えていった。

この出会いについて家で話した時、何と言われたかはもう覚えていない。しかし、自分の祈りを「神がお喜びになる」という言葉は、私の記憶に残った。その時から、自分が寝る前に十字を切りながら唱える祈りの言葉に対して、私は何か別なふうな態度を取るようになった。

それから祖母が亡くなり、いつも多忙な両親は、他の大多数の村人と同じように、しだいに降誕祭や復活祭など大きな祭日だけを祝うようになり、日々の生活の中ではさほど熱心には祈りに時間を割かなくなっていった……私自身も勉強するために町へと田舎を去った。町では、日々の生活に、宗教的な儀式はすでに一切含まれていなかった。

コムソモール（共産主義青年同盟）への入団を許された時、私が最も恐れたのは、神を信じるかどうか、訊ねられはしないかということだった。「否」と言えば、主の前で罪を犯すことになるし、「信じる」と言えば、入団は許されない。しかし、その時分には実際、そもそも自分が本当に信仰者であるのかどうか、自分でも分からなくなっていたのだ。神を信じているという意識が私に再び訪れたのは、ずっと後のことだ。

4　日本への遠い道のり　キリル府主教の談話による

シベリア横断

修道士ニコライがたどった、まだ見ぬ日本への旅路は遠く、長いものだった。彼は宿場から宿場へと馬車を乗り継いで旅を続けた。ニコライ神父には広大なロシアのほんの少し、サンクトペテルブルクと自分の愛する片田舎しか知らない自分に、神が俗世とのお別れにロシアのすべてを見せてくれているかのように思えた。

旅のはじめのロシアの大地は、慣れ親しんだ故郷のスモレンスク県とさほど変わりはなかった。同じような乾いた針葉樹と白樺の林が、高い川岸や埃っぽい街道筋に並び、宿場駅があり、眠りに沈んだ村々にちらちらと灯る火が見えた。

ヴォルガ川はニコライ神父の想像を超える大きな川だった。まさしく、川の中の川、ロシアの大地の母なる川であった。美しかった。そして働き者の大河であった。夏には、その豊かで力強い水の流れが筏や平底の白木船を下流へと勢いよく運んだ。また、積荷を満載した大型の帆船を曳き縄で上流へ向かって船曳人夫の群れが曳いていく。あるとき、旅の途中で日が暮れてしまい、船曳人夫たちが起こした焚火に身を寄せ、彼らと夜を過ごしたこともあった。煤だらけの大釜には、腹の足しになるよう雑穀を加えた、あれこれと雑多な魚を煮込んだスープがぐつぐつと煮えたぎっていた。

人夫頭は赤毛で、屈強な見上げるほどの大男であった。彼は真新しい木の匙をシャツの裾で無造作に拭って、ニコライ神父に言った。

「さあ、神様のお恵みを食べんさいな。お坊さま、どこへ行きなさる？」

「カマ川へ、それから船でペルミまで」

「そこには何がある？　庵じゃろか？」

暇つぶしの質問に答えたくなかったので、ニコライ神父は黙って頷いた。

「ありゃま！」赤毛は大声で笑いだした。

「そんなに若くて、丈夫なのにおこもりじゃろか！　どうじゃ、せえより俺たちの組に入らんか？お前さんみてえに丈夫そうなのはちょうどええ」

「修道士さんにからみなさんな」火のそばで暖をとっていた老人が赤毛を遮った「長旅で疲れてなさる。邪魔しなさんな。坊さまには坊さまのつらいお勤めがありなさる」

朝早く、まだ暗いうちに、船曳人夫たちは、砂の上に魚の骨と冷え切った焚火の跡を残して去った。ニコライ神父はひんやりとしたヴォルガの水で顔を洗い、十字を切って思った。

「その通りだ。私には私の使命がある。私の曳く縄の方がもっと重いかもしれない」

ヴォルガ川は右手に向かってその流れを押し広げていた。左からはカマ川の深い水が寄せてきていた。カマ川はしばらくの間ヴォルガ河と並行して流れていた。カマ川の黒々とした水はひとつの筋となって見えていた。ニコライ神父の目の前に次々と新しい光景が繰り広げられた。

ペルミ、そしてエカテリンブルグへと、雄大な丘陵の続くウラル地方は平野育ちの青年に強い印象を与えた。古い不思議な形をしたウラルの岩峰はニコライ神父の想像を掻き立てた。その次はチュメニ。ヴァシュガニヤ沼。羽虫やアブの大群に出合った。その後、千五百露里を馬の背に乗ってトムスクに到った。

ウラルを越えると初めて、当地の少数民族に伝道を行う聖職者たちに出会うようになった。そのうちの一人のアレクサンドル神父と宿場駅で一夜を共にすることができた。

駅逓の女主人である太った寡婦が旅人のために沸かしたサモワールが蒸気を上げていた。窓の外からは、駅逓馬車の御者が、三頭立て馬車から馬を外しながら、馬に向かって声を張り上げているのが聞こえていた。部屋の片隅では、ゴキブリがかさかさと音を立てている。アレクサンドル神父は、お茶で上気した顔を手拭いで拭って、自分が、当地の半径千五百露里、あるいはそれ以上の範囲で――この地ではまだ正確な距離は計測されていなかった――教区に住んでいる者はいるか、いればどのような宗教を奉じているのかを調べ、司祭としての義務を果たすようにという使命を受けていることを話した。初めてニコライ神父はシベリアの距離というものと出会った。ここでは、三百露里なんて何ほどのこともないのだ。

「冬はどうされるのですか?」思わず口をついて質問が出た。

「神様の御心しだいじゃな。馬に乗ってのこともあるし、犬橇のこともあるし。もっと北では、トナカイに乗ることもある。なけりゃとぼとぼと歩いていくのみじゃ……」

ニコライ神父は、アレクサンドル神父が自分の教区の民を「異教徒」とは呼ばず、その習慣や儀式を軽蔑していないことを心にとめた。アレクサンドル神父は、エヴェンキ族やヤクート族、ギリャーク族の習慣を観察して、その習慣の成り立ちや、その習慣にその民族が寄せる意味を理解しようと努めていた。「我々の使命は、異教を罰するのではなく、さまざまな小民族をキリスト教の信仰に向かわせることなのだ」そう神父は解釈していた。

このような出会いは他にもあったに違いない。それぞれがニコライ神父の将来の奉仕のための一つ一つの授業となり、いろいろなことを考えるきっかけとなったはずだ。まだ見ぬ異邦の国、日本への長い旅路はいつしか、ニコライ神父が、そうあるべき人間へと変わって行くための道となっていった。

シベリアの夏は短い。この間にニコライ神父はアチンスク、クラスノヤルスクを越えてイルクーツク、バイカルへと延々と続く街道を辿り、猛暑と粉塵、そして山火事の煙にも出会った。燃える森林の炎が毎晩のように山並に揺らめいた。昼には眼にしみる暗灰色の大煙が日の光を遮った。乾いた強風が山火事を拡げる。旋風が炎を膨らまし、燃えさかる針葉樹の枝を暗赤色の空に舞い上げた。火から逃れた森の動物たちが次々と道に逃げ出してきた。ニコライ神父は、神の慈悲と恵みの雨を求めて祈った。森の焼け跡を過ぎ、やっと空気がきれいになったとき、道筋に森の湖が出現した。ニコライ神父は、この豊かな湖を神の祝福であるかのように感じた。この湖こそが炎の拡大を遮ったのだ。

バイカルを越え、馬車でスレチェンスクにまで至り、ニコライ神父はやっと困難な陸路の道に別れを告げた。シルカからアムールに抜け、秋も深まったある日、神父はニコラエフスクに到った。

川船の道も楽ではなかった。浅瀬や暗礁に乗り上げ、進めなくなったかと思うと、今度は急流に流されるのだった。薪を沿岸で集めながら進むのだが、薪が岸辺にたくさんあるかと思うと、ある時は松明にもならない枯れ枝しか見つからず、汽船を止め、乗組員が森の奥まで燃料探しに出かけることもあった。ニコライ神父も乗組員総出のそんな作業への参加を厭わなかった。田舎育ちの彼にとって鋸を振るうのはお手のものであった。スレチェンスクで積み込んだ食糧は航路半ばで切れてしまい、乗組員も乗客も魚を獲り、沿岸の住民と出会った場合には、ビーズや釘を干した鹿肉や黍《きび》、野鳥と交換した。そして二ヶ月後には無事太平洋に到着した。

ニコラエフスクが、海の向こうの異国へ向かう旅人にとっての最後のロシアの港であるばかりでなく、カムチャッカ、クリル諸島、アリューシャン列島の主教区の統括都市となってから、このころまでにすでに二年が経過していた。この地の大主教はインノケンチイといい、後にはモスクワとコロメンスクの府主教になった人物である。大主教との出会いは、若いニコライ神父にとって正真正銘の伝道の学を学べる機会であり、神学アカデミーでは得ることのできない実際的助言と「学問」を得た場であった。

まだ学校で学んでいたころ、ニコライ神父はズイリャン人への最初の伝道者、ペルミのステファンの聖人伝を読みふけったことがあった。この伝説的な伝教者のなしたことに肩を並べる偉大な人物がニコライ神父の目の前にいるのだ。インノケンチイ大主教の小さな質素な庵では、夜も更けるまで、静かな談話が続いた。大主教は若い対談者を、目を細めて眺めながら、自分の若かりし頃を思い出していた。アリューシャン列島のウナラシュカ島に住み、アザラシの皮で作った一人乗りの小舟を漕ぎ、島伝いに大洋を旅しながら、自分がどんな風にしてアリューシャンの島民の言葉を学んだかが思い出された。自分の研究と観察を記録しつつ、のちに大主教となったインノケンチイ神父は、アリューシャンの島民のための文字教本と辞書を作り、さらに文法書まで作った。

「こうして私はマタイの福音書とカテキズム教義問答をアリューシャンの言葉へ翻訳したのです」

インノケンチイ大主教は、アリューシャン語で書かれた自身の本『主の御国への道しるべ』がアリューシャン列島以外の地でも反響を呼び、教会スラブ語とロシア語に訳されたほか、宗務院で版を重ねていることについては、慎ましくも言及しなかった。

大主教は福音書の翻訳にあたりどんな困難があったかについて話した。例えば、現地の言葉には「果実」を意味する言葉がない。驚くことではない。その土地では林檎の木も育たないのだから。ナナカマド、コケモモ、野生のスグリ、キイチゴはあるのだが、それはベリー類である。ロシアの言葉をそのまま使わざるを得なかった。土地の住民はパンもロシア語で呼んでいた。パンはロシア人がこの地にもたらしたのであった。そもそも、アリューシャン人は文字を持たなかったので、文字もロシア語のアルファベットを使用せざるを得なかった。昔から、ロシア正教の宣教神父たちは、自分が奉職した場所では、地理学者であり、言語学者、民俗学者、さらには、医者でなくてはならないのだった。

サンクトペテルブルクを出発する前、ニコライ神父は、フリゲート艦パラーダ号での世界一周探検に派遣された作家イワン・ゴンチャロフの旅行記を読んだ。その中に、ロシアの海員たちが陸路にも海路にも不便なオホーツク港の代わりとなる港を探した経緯が書かれていた。著者は「まさしく、カムチャッカとクリルのインノケンチイ大主教のおかげで現在のオホーツク海への道が発見され、アヤンスキー港の基礎が築かれたのだ」と、書いていた。さらに、インノケンチイ大主教がスタノヴォイ山脈の七つの支脈をすべて徒歩で踏破したことにもさりげなく触れていた。

「あなたは、自分の教区の信徒たちの生活上の問題にもかかわらなければなりません」

注意深く耳を傾けるニコライ神父に大主教は語り続けた。

「必要な時には、信徒に衛生上の知識を伝え、手仕事、清潔にする方法や病気の治し方も教えねばなりません。つまり短時間でこれらのことを覚えなければならないのです。神の掌の中では、吾人の地上の道は長くも短くもあります。しかし、すべきことはたくさんあります。日々、あなたが仕事に専念されるように願います」

最後にインノケンチイ大主教はニコライ神父に自分の最初の著書『アリューシャン山系支脈のウナラシュカ地域に関する覚書』と『露領アメリカにおける正教会の状態について』を贈った。それを読んだニコライ神父は、それがまだあまり知られていない地方に関する本当の書物であることを知った。二冊の本は、民俗学、地理学、地勢学、自然史にいたる全ての分野にわたる明瞭な情報を含むものであった。しかも、それら全てが、やさしい生き生きとした筆で描かれているのだった。

ニコライ神父はニコラエフスクで冬を越すはめになった。冬将軍の到来とともに、航海は休止になった。長い談話のなかで、インノケンチイ大主教はまだ若い神父に、彼がその未知の国でまず活動を始めることになる北方の大きな島について、彼に語った。

「島は日本の北の辺境にあたります。箱館は島の南西部にあって、外国船の寄港のために造られた最初の港のひとつです。同地の冬はやはり雪が降り、まだその気候に慣れぬ人たちにとっては、長く寒いものです。彼らがこの地に来たのはごく最近です。零落した武士たち、貧しい農民や漁師たちが、土地と無料の三年分の食料を約束され、やって来たのです。彼らはこの日本の「シベリア」あるいは「西の辺境の地」を開拓しなくてはなりませぬ。そして、どこであろうとも、人が慣れ親しんだ場所から去り、自由と幸せな暮らしに惹かれ、異郷に向かう理由は同じであることは言うまでもありません。日本人はこの島を、時にはいまだに古い呼び名で蝦夷と呼んでおります。すでに暮らしのなりたった南西部を除き、島の町や村は海に頼って生きているとのことです。魚がいて、浜辺では昆布と牡蠣がとれます。この町々では商いが盛んです。街路は騒がしく、人が溢れ、湾は漁師の舟でいっぱいです。しかし、何らかの理由で魚が来なくなれば、何年間も、あるいはずっと、漁はできなくなり、町のにわか成金たちは破産し、商いは痩せ細り、住民は四散します……。これは岸辺の話です。島の内陸部はシベリア同然です。広大な平野と山並みは、いまだ手つかずで、原生林に覆われています。熊もいます。聞くところによれば、山々は石炭に恵まれているそうですが、まだそれを採る者はいません。立派な木材の商いができるはずですが、それを沿岸まで運ぶ術がありません……」

ニコライ神父は老神父の言葉に耳を傾けながら、この極東の地で、宣教師たちは日本に正教を伝えるだけでなく、ロシアがこの地からの物質的な富によっても豊かになるように、心を砕いているのに気づいた。インノケンチイ大主教は、この異国の島がロシアの貿易相手になることも考えているのだ……

ずっと後になり、すでに日本で長年を過ごしている時、ニコライ神父はこの島をもう一度訪れることになる。日本の内地から多くのキリスト教徒がこの地に移り住んだからだ。漁村や村々に教会が建てられ、その周囲に信徒が集まり始めた。従ってその地には、神の言葉を伝え、自らの振る舞いをもって、誕生した信仰の光を消さぬようにすることのできる特に善良な導き手が必要なのだった。

箱館

冬も終わりに近づくと、航行再開とともに軍艦「アムール」がニコラエフスク港に係留された。ニコライ神父が乗り込んで、日本へと旅する船である。インノケンチイ大主教は未知の地での新たな奉仕に向かう若い神父を神に遣わされた息子として見送った。インノケンチイ大主教自らビロードを買い求め、ニコライ神父のための法衣を縫わせ、自身がクリミア戦役への参加の功労により貰った青銅の十字架をニコライ神父に与えた。しかし同時に、キリスト教の伝道者が十字架を胸につけて歩くことは日本ではまだ禁じられていると、忠告することも忘れなかった。

　未知の海洋の船旅は長く感じられた。軍艦での一日は長々と続いた。海員の整列、甲板長の呼子の音、しつこい船酔いが彼を見舞った。

　ついにアムール号は、外海から港を覆い隠してしまうほど大きな箱館山を回って入り江に入った。眼前に湾内の景色が広がった。水面には、見慣れぬ格好の帆掛け船や曳船が並んでいる。そして水面の向こうの岸辺の背に広がる穏やかな稜線は、何か有史前の動物の背を思わせた。錨が下ろされ、ニコライ神父は、長い旅の仲間たちと別れを交わし、陸へ向かう小さな船に乗り移った。それからまもなく、神父は、新緑の影に領事館教会の十字架の見え隠れする丘へ向かって、町の緩やかに湾曲する街路に沿って坂道を登っていた。

　そこには、白い幹の懐かしい白樺や栗の木、草花に囲まれて、あたかも故郷のスモレンスクの屋敷に似たロシア領事館の家が並んでいた。領事の大きな家があり、書記官や医師、神父の家が立っていた。ロシアの海軍病院も立っていた。異国の地にありながらも、また故郷に戻ったかのようだった。見るものすべてが、人を疑うことをまだ知らぬニコライ神父の若い心をうきうきさせた。彼の到着を待ち望んでいた同胞のロシア人が親しく彼を迎え、新しい職務について紹介してくれるのではないか、そう彼には思えた。しかし、ゴシュケヴィッチ領事の応接室でニコライ神父を迎えたのは、冷たいサンクトペテルブルクの官僚的な流儀だった。

「しばらくお待ち下さい。当地の仏教の高僧が領事館を訪問されているのです」

　頭髪をきれいになでつけた痩せた書記官が小声でまくしたてた。

「お時間が来ましたらお呼びいたします。それまでお待ちください」

木と革で仕上げられた薄暗い応接室では、大きな床置時計がチクタクと時を刻んでいた。書記官がさも忙しげに、書類を抱え何度も出入りした。ニコライ神父は、自分のことはすっかり忘れられてしまったのではないかという気がしてきた。時を告げる時計の音が一度ならず響いたあとで、ニコライ神父はやっと領事の執務室に招かれた。もうニコライ神父は、領事が腕を大きく広げて歓迎するだろうとは期待していなかった。しかし、領事は若い司祭に向かって一歩も自分から前に進み出ようともしないのだった。領事は、眼を細めて、注意深くニコライ神父の貧相な旅装を見やり、ざらざらに荒れた司祭の顔に、なにか素朴な農民的なものを見て取った。ニコライ神父には、このゴシュケヴィッチ領事の尊大なしかめ面が、極度な近視によるものだとはその時は知る由もなかった。もっとも、彼らはまもなくこの互いの第一印象を撤回することになる。

ロシア外務省アジア局の大物官僚であるゴシュケヴィッチは、神学アカデミーの卒業者として、もっと経験豊かな人間を期待していたのだ。彼はニコライ神父の若さに困惑した。領事はすぐに保護者然とした態度をとり、ニコライ神父に、少なくとも最初は、ゴシュケヴィッチの日本人に関する経験と知識に頼るべきであると、諭した。また、今もって日本人が、外国人を文明の恩恵に浴しない野蛮人としてみており、キリスト教に至っては、ほとんど極悪の邪教であるとみていることを、よく教え諭した。

長旅に加えて、応接室で侮辱的とまでいえるほど長く待たされたニコライ神父には、領事の訓戒に耳を深く傾ける力はもう残っていなかった。彼は、突然、自分が異郷に在ることを痛いほどに感じた。この異郷で自分はたった一人なのだ……。それだからこそ、ニコライ神父は領事の談話と振る舞いに、尊大なもの、そして彼へのひそかな軽蔑を感じ取ったのかもしれない。本当は、それは、昨日まで学生であった若い神父に対する、経験豊かな外交官がとった保護者としての態度に過ぎなかったのだろう。とにかく、ゴシュケヴィッチは日本をよく知っているのだ。プチャーチン伯爵の外交使節とともにフリゲート艦パラーダ号で長崎に滞在したこともあり、下田では一年間、中国語の翻訳官として働いたこともあった。

伝道活動の一番困難な最初の年月が始まった。何よりも、日本は、若い伝道者が夢見ていたような、キリストの幸ある福音が暗闇に燦めき、社会の全てが一変するのを待ちわびているような、おとぎ話の国ではなかった。この地では、キリスト教徒への残酷な迫害がまだ過去のものとはなっておらず、民衆の意識では、キリスト教徒はこの日の本の国に対する不倶戴天の敵であった。日々の生活におけるこの国民的な敵愾心以上に酷いものはとうてい考えられなかった。このような日常的な敵愾心がある以上、どんな聡明な決定を当地の政府がとろうとも、日々の憎しみは生命をも危険にさらすであろう……。しかし、これら以外に他の困難もあった。ニコライ神父が日本での最初の数年を過ごしたのちに、故国の教会の神父たちに書き送った真実の痛悔（告解）の手紙にその困難が書き綴られている。

「わたくしがこの最初の数年にどれだけの苦しみに耐えたかは、主のみがご存じです。俗界、肉の誘惑、悪魔というすべて三つの敵が、全力で私の前に立ちはだかり、人気のない暗がりで私を打ち倒そうと、私をつけ回しました。しかも、この誘惑は至極当然のものでありました。『他の人間と同じく、私が家庭生活のために創造されていないなどということがあろうか？　何故私が、俗世間にあって神と愛しい者の両方に仕えてはいけないのだろうか？　そもそも、私のような人間を必要としているのは日本ではなくロシアではなかろうか？』等々です。こうした呪詛の言葉が、毎日、時を問わず、夢にも、うつつにも、庵に起居していても、教会での祈りの最中にも、耳に押し寄せました。打ち克つためには、強固な精神力が必要で、信仰の意識を大きく深めることが必要でした」

修道士の道

私はこの若い苦行者のおのれとの闘いの告白に心を動かされた。それは選ばれた使命に忠実であるがための、日々刻々の誘惑克服の道だったに違いない。神が定めた道をたどるためには、そのような魂を挙げての献身を持って、ものを為すことが必要であったのだ。

キリル府主教のこの話を聞きながら、私はあたかもニコライ神父とともにこの未知の運命への道をたどり始めたかのように感じた。ニコライ神父と同じく、私も、彼の最初の日本での歩みがどうなるのか分からなかった。教養に富み、機微を解する、対アジア外交官オシプ・ゴシュケヴィッチが日露関係の強化と発展のために、どれだけ多くのことをなしたのかを私が知ったのは、もっと後のことだ。今では日本海にある湾に彼の名前がつけられている。この外交官と領事館付き教会の神父ニコライとの関係も、まもなくうまく行き始めた。彼らは、日本語研究という共通の関心で結ばれた。そして、ニコライ神父自身、この領事に日本語研究の先駆者、最初の露日辞典の編纂者として、ふさわしい敬意をつねに献げるようになった。

修道士になった者はおそらく皆、家庭生活や俗世間での自由な生活の誘惑にかられたことだろう。しかし、ニコライ神父は、もう一つの、恐らくは、もっと強い誘惑に見舞われた。彼はおのれに尋ねた。故国ロシアは彼を必要としていないのか？「生まれたところが、お役に立つところ」とよく言うではないか？どのようにニコライ神父は、何が単なる誘惑であって、何が神の思し召しであるかを判断することができたのか？この無愛想で、彼を歓迎しているとは思えないこの国で、キリストの真理を広めるという使命は神が彼に課したものなのだ、という結論にどのようにして達したのか？　私はキリル府主教が語る物語の続きをもどかしく待ち望んだ。しかし、キリル府主教も私も忙しい日々を送り、スケジュールが合わず、なかなか会うことはできなかった。

しかし、その間、私は、私の関心を強く惹くこの苦行者の生涯に関する文献を探した。少なくとも、彼が正教の教えを広めることになった当時のその国の様子について理解しようと努めた。再び、地理や歴史に関する本に向かわざるを得なかった。ニコライ神父が赴いた時代の日本の姿がすこしずつ私の眼前に開かれていった。日本は、長い間、全世界、とくにヨーロッパとアメリカに閉ざされた国であった。そしてその長い鎖国の歳月にヨーロッパとはまったく異なる文明を築き上げた国だった。そこには、別の慣習、別の宗教的、道徳的価値があり、その自然すらが、この閉ざされた島国の独自性を強調していたかのようだった……

日本を学ぶ

ニコライ神父はロシア領事館のある箱館の町を初めて見て回りながら、自らの不安に打ち勝とうとしていた。当時の箱館は松前藩の武士たちの領地だった。この地を日本の中央権力（明治政府）が直接支配するのは、数年先のことだった。武士階級最後の砦となる五角形の要塞、五稜郭が町外れに築かれ、そこは新しい時代に移る最後の戦いの場となる。しかし、当時は、その完成はまだ先の話で、町の背後には、森に覆われた箱館山がただそびえているばかりであった。武士の伝統を受け継ぐ、生まれながらの戦士である侍たちは、外国人の姿に、何世紀にも及ぶ日本の伝統への不倶戴天の敵として、憎しみを新たにすることに余念がなかった。ニコライ神父は、箱館の目抜き通りを初めて歩いてみて、それを感じ取らずにはいられなかった。

外国人であるニコライ神父に向けられた憎しみは、敵意を込めた視線と罵声だけではなかった。彼の背中に石を投げつけたのは、恐れを知らぬ乱暴な小童どもだけではなかった。

「私ははやし立てられ、石を投げられた……」ニコライ神父はある手紙にそう書き綴っている。

ゴシュケヴィッチひとりが、在日本ロシア領事館を代表していたのでなかったことは当然であった。けれども、ゴシュケヴィッチ自身が年齢を重ね、経験を豊かにしたその当時、彼は、自分のこの異国での活動の第一歩がどんなものであったかを思いだしながら、ニコライ神父を眺めていた。するとニコライ神父は、外見上は慎ましやかに見えるにも拘らず、堅牢な信仰心、将来の伝道活動のために全身全霊をささげる覚悟を持っていることが見てとれた。

侍たちの敵意がなぜより強くキリスト教の聖職者に向けられているのかを、外交官たちは若いニコライ神父に説明した。この国にイエズス会やフランシスコ会のカトリックの宣教師たちによってキリスト教の理念が蒔かれてからすでに数世紀が経っていた。宣教師たちの後から植民者が商売を求めてやって来た。事態は、奴隷貿易と国政への直接的干渉にまで及んだ。

十六世紀末には、豊臣秀吉がバテレン追放令を発し、外国人の追放とキリスト教の禁止に至った。江戸幕府がヨーロッパ人を追放した十二年後には、日本のキリスト教徒たちは島原に砦を造り、家族を連れて立て籠もった。砦は兵糧攻めにあい落城した。この抵抗に対し、幕府は恐るべき処刑で報いた。キリスト教徒は一家全員が磔にされたり、生きながら焼かれたり、生き埋めにされた。迫害は厳しいもので数百年にも及んだ。棄教したキリスト教徒の子孫は何世代にもわたって棄教を確認させられた。

このようにして十九世紀の後半まで数百年が過ぎた。ニコライ神父が赴いたのはそういう日本だ。この国の実際の姿は、書物から得た知識とは余りに異なっていたので、ニコライ神父はすぐに真実の日本、その歴史と文化、何よりも言葉を学ぶ必要性を悟った。

のちにニコライ神父は回想している。

「日本に来て、わたくしは力を振り絞ってこの地の言葉を学び始めた。世界でもっとも難解なこの言語に対して目が慣れるまでに、私が費やした時間と労力は並外れたものだった。というのは、この言葉は二つの部分、すなわち、本来の日本語と中国語よりなっていて、両者は混じり合っているものの、決して一つにはなっていない……」

領事館付き教会での勤行以外の時間の全てが日本語の学習に費やされた。日本語の先生を見つけることも簡単ではなかった。最初の先生は二日通って、奉行所の迫害に恐れをなして姿を見せなくなった。さらに二人の先生が見つかった。彼らは交代で授業を行った。この疲れを知らぬ生徒は先生たちが休憩を欲しても、授業の継続を要求した。この日々、ピョートル大帝の言葉がしばし思い出された。

「朕は学ぶ者なり、而して朕を教える者を欲す」

少したったとき、彼は満足をもって次のように記している。

「ついにわたくしはいくらか日本語で話せるようになり、日本の書物や翻訳された外国の書物に使われているひらがな、カタカナと簡単な漢字を覚えた」

しかし、学ばなければならないのは、言葉ばかりではなかった。ロシア外務省アジア局長ストレモウーホフへの手紙のなかでニコライ神父は書いている。

「わたくしは自分の滞在期間に日本の歴史、宗教、民衆の魂を研究すべく努力しました。これは、福音書の言葉によるこの国の教化という願いが、達成できるかどうかを知るためです。

もちろん、伝道においてわたくしは、決して自らの力だけを頼みにはできません。私とともに日本で奉仕する人々を願い出るのは、それらの人々の力が当地の民にたいし無為に費やされはしないということを、わたくしが確信しているからであります。わたくしがこの国を知れば知るほど、福音書の言葉が当地に大きく鳴り響き、この帝国の隅々にまで急速に広がることを強く確信いたします」

日本という国の研究は箱館の街路から始まった。日本語の学習に多くの時間を費やすうちに日本での最初の秋と冬はすぐに過ぎ去り、ふたたび春がやってきた。春の街を散歩しながら、ニコライ神父は日本の子供たちが束になって揚げている凧の絵に何が描かれているのかを、子供たちに聞くことが出来るようになっていた。そんな街角での他愛のない会話からも、家で凧を作りながら、母や兄が子供たちに、この空舞う凧に描かれているおとぎ話や歴史上の人物について、事細かく話しているということも知り、深く感じ入った。

この後では、この街にはたくさんの貸本屋があって、ごく安い料金で本が読めるということにはもう驚かなかった。しかも貸本屋にわざわざ自分で足を運ぶ必要もなかった、本屋は毎日、あらゆる通りや路地裏にまで本を持って歩くのだった。

ある時ニコライ神父は、領事館脇の道を人々がにぎやかにどこかに向かって行くのを見かけた。

「よろしいですか、あれは寄席に講談師の話しを聞きに行っているのですよ」

あのいつも忙しそうにしている領事館の書記官が説明した。

「寄席とはいったい何ですか?」

「町には小屋があります。そこで、我が国の小説家のような講談師たちが色々な話をするのです。それを同時に書き屋が筆記して本もできるわけです。私たちの国の小説みたいなものです」
ニコライ神父が自分の日本語の知識を確かめ、同時に見知らぬ当地の生活事情に親しめるこんな良い機会を逃すであろうか？　それ以来、寄席の片隅で、腰を下ろした日本人たちの間に、器用に足を折って、講談師の語る中世の面白い話に注意深く聞き入る、若いロシア人の姿が当地で見られるようになった。

これは日本人民衆を内側から理解するために彼が費やした年月だった。これら町人や米作りの百姓、北方の漁民、尊大な神官や仏教僧たちのなかで、ニコライ神父はキリストの教えを説くことになる。ニコライ神父は日本人の生活の中に入って、日本人の考え方、美しい語り方、慣習や宗教の特徴を理解したのである。そのために、彼は書物から離れ、しばしば安い飯屋で昼飯をとったり、商人たちで込み合っている魚市場に出入りしたり、当地のお堂を覗いたりするようになった。すでにニコライ神父のことは知られており、人々は善意をもって彼に接するようになっていた。彼に関してなんら悪い評判などなく、市井の人々の生活に対する彼の関心に人々は好意を寄せた。

領事館付き教会に集まる信徒の輪も広がった。それはニコライ神父が日本語と同時に英語も習ったお蔭だった。箱館の小さな正教の教会を、他国の違う宗派のキリスト教徒も訪れるようになったのだ。それはプロテスタントやカトリック教徒で、当時彼らの宗派の聖職者は日本にはいなかったからだ。ニコライ神父の素朴さと善意、病めるものに慰みを与え、結婚や洗礼の秘蹟を執り行う態度が彼らを惹きつけたのだ。

ニコライ神父は自分の回想に記している。

「同時に、わたくしは直接的な伝道のためにできる限りのことを行った。初めになすべきことは、キリスト教に改宗し、しかも信仰の伝道に身を献げる能力をもつ人々を見つけることだった」

ニコライ神父は人々を惹きつけた。それは彼には難しいことではなかった。特別な能力が必要だったわけではない。彼はただ自分自身であればよかった。ニコライ神父は何かを人に強いることはなく、慎ましかった。キリスト教を憎む異教徒の中にあって、強く結びついたキリスト教徒の輪が教会に誕生した。ニコライ神父は自分の道徳性の強さや、その穏やかで冷静な性格をもって、彼らに助けを与えた。日中は、聖職者としての義務、人々との交流、彼らの生活や習慣、儀礼の観察に時間を費やした。夜は遅くまで読書に没頭した。ニコライ神父の日本の文学への関心の強さに、領事は偏見を覆し、ニコライ神父に自分の図書室を開放した。

書物を読んで、当時（現在もそうだが）の日本には三つの宗教、あるいは三つの哲学流派――神道、仏教、儒学があることがわかった。もっとも、しばらくすると、この複雑な見知らぬ異邦の信仰の森を歩むには案内人が必要だと感じて、彼は領事館の翻訳官に、誰か日本の学者を紹介してくれるように頼みこんだ。

「そりゃあ木村謙斎先生を、是非お薦めいたしますよ」翻訳官は生き生きとした反応を示した「この方は、最近、当地に私塾を開いたばかりです。彼は大変な学者さんで、若い頃より江戸で学問の研鑽を積み、驚くほど多くのことに通じています」

この会話の数日後、木村謙斎の私塾に限りない知識欲に燃えた異国の新弟子が現れた。ニコライ神父は、この木村先生が、熱烈な儒学の信奉者であることを見て取った。儒学は中国から日本にやってきた宗教であり哲学であった。木村謙斎の授業は、孔子の教えが宗教的な教義と言うよりも、むしろ道徳的な体系であると教えた。この教えは、年長者と若年者との関係、国民と支配者の関係、両親と子供の関係に秩序をもたらし、目上の親族や主人、上役への関係を規定していた。儒学は独特のヒエラルキー的な階梯構造を作り、家庭生活と社会生活の規則を定めている。多分、そのため日本の社会的構造にうまく根付いたのであろう。

ニコライ神父は、アジア局長のストレモウーホフへ筆をとり、最近分かったことを書き綴った。

「孔子の書物には個人が表現されているのではありません。中国の持つ良き特質が書かれているのです。それは中国が中国そのものから導き出した良きものであり、従って自身のものとして保存しうる、またすべきものです。中国の物質的衰弱の時代にあって、中国が物質的、道徳的に良き時代だった頃の姿が儒教として現われています」

ニコライ神父はペンを置いて、考えに耽った。その通りだ。儒教思想は民衆の精神的な期待に対する答えとなったのだ。では、その答えは完全なものだったのだろうか？　ニコライ神父は主が最初から彼を選択の前に立たせたことを理解していた。実際、二つの道があった。一つは、異教の寺院に天の怒りを響きわたらせて、この儒教をその起源や国民の歴史にもかかわらず邪教として厳しく非難するというものだ。しかし、それはこの教えが、何世紀にもわたって、真理を欲し、探し求めた人々の誠心誠意の精神的希求に、応えてきたという事実を無視するものだ。

また他の道もあった。彼らの精神的希求と歴史的過程を理解し、神の啓示の反映である真実と善の種子はこれらの誤った教えにも含まれていることを、認めることである。そうしてこそ、この国の人人はキリストの真理を受け入れられるようになったのだ。この第二の道にあっては、異教徒の宗教感情を侮辱することなく、彼らの古代からの信仰が不完全であることを分からせるべきであった。

ニコライ神父が故国に書き送った手紙からは彼がどちらの道を選んだのかは明らかだ。

ニコライ神父は、仏教の僧侶たちの説教を聴きに行き、仏教の僧侶が人々にどのように語りかけ、どのような教えや法話そして感情が、人々の心に深く訴えるかを知ろうとした。仏僧たちはキリスト教徒と同じく、罪と苦しみ、人生の意味について説いていた。しかし、その解決はあらゆる煩悩の克服と転生に帰せられていた。人々は生まれ変わったそれぞれの人生で、自分たちの罪が少しずつ浄化されることを信じていた。すべての罪が消えた果てには涅槃がある。その状態にあっては、人は生きていると同時に死んでいるようでもある。彼は至福の状態にある。なぜなら、彼には煩悩も欲求も執着もなく、その心を乱すものはなにもないからだ。

仏僧たちは次のように言う。それぞれの生における人々の運命は、前世での行いに左右される。「あなたは前世で犯した罪の応報を今世で受け、前世の善行の褒美をもらっているのですぞ！」と、仏僧は説いた。前世は変えられない。だから今は自分の業と運命に耐え、次の生に期待するのみである。次の世では、何に生まれ変わるかは分からない。人なのか、動物なのか、または鳥になるのかもしれない……。涅槃を達成し至福の状態にある高貴な魂のみが、ただ衆生に対する憐れみの心から、弱きものどもに救いを差し伸べるために、教師と庇護者として、この世に戻ってくる。それが仏陀であり菩薩である。彼らのために寺院が建てられ、人々は助けを求めて祈り、供物を献げる。仏僧たちはそう教えた。

ニコライ神父は、仏僧たちとの会話を通して、仏教寺院では、修行者たちが厳しい禁欲的な修行を行っていると聞いた。仏僧たちは、選ばれ修行している僧たち、即ち、将来の伝道者たちの隠れた透視力やそのほかの隠れた心理的な力を引き出そうと努めるという。しかし、それは聖霊と遭遇するために行う正教の修行とは似ても似つかないものだった。

神社を訪ねるのも興味深いことだった。神社には太い柱で作られた鳥居と呼ばれる門があった。この「鳥居」は「留まり木」という意味だとのことだった。鳥籠の止まり木ではない。ずっと厳粛な意義をもつものだ。あるとき、恭しくある神官が話してくれたところによれば、その昔、太陽の女神である天照大御神が腹を立て、天の岩戸にお隠れになった。世界は漆黒の闇に閉ざされた。そこで、ほかの神々は大御神を岩戸からどうにかして連れ出そうと、長鳴き鳥をけたたましく鳴かせ、にぎやかな宴を催した。時ならぬ騒ぎを怪しんだ天照大御神は、何が起きたのか知ろうとして外を覗おうとした。そこで他の神に自分より尊い神が現われたと聞かされた大御神は、すかさず差し出された鏡を見た。鏡の中の姿をその尊い神だと思った天照大御神は、地上のあらゆる美女がえてしてそうであるように、自分の美の競争相手をもっと良く見ようとした。そこを岩戸から引き出され、再びこの世界に燦々と日の光が注いだ。神官は、自然のすべてに、月、雷、川、蓮の花にも、神が宿り、敬わなければならない、と語った。神道の祈りは、感嘆と恭順の祝詞であり、人間がおのれの欲得のために自然の秩序を乱すことに対する懺悔なのだ……

ニコライ神父は思った。「結構なおとぎ話だ。しかし、そのどこに真の宗教心があるのか？　これは言ってみれば美学の教えであり、神の世界の美しさと偉大さに対する崇拝ではあるまいか？　すべてのものを造られたお方について考えずに、これら自然の素晴らしさに感嘆することができようか？」

地上の美への恭順と、あらゆる執着からの解放、規則正しい生活習慣、そして人間行為の宿命論、これらはこの国の国民性とどう共存しているのだろうか？　それから八年を経て、ニコライ神父は初めてこれら自分の疑問に答えを見つけることができた。

彼はそのころにはすでに日本語で流暢に話すばかりか、正しい書き言葉も使うことが出来た。領事館でのレセプションで、日本人の僧侶が昔の年号を誤って言った時には、ニコライ神父がそっと正したということさえあった。

「なんと、ニコライ先生!」温めた酒を小さな杯でゆっくりと口元に運びながら、僧侶は驚きの声をあげた「貴殿は多くの日本人より我々の歴史をよくご存じでらっしゃる!」

この僧侶の思わぬ感嘆によって、ニコライ神父は、八年間の日本滞在で自分が知り得たことを、ロシアの学問、政治、外交の発展に役立てるべく、書き送ろうと思ったのであろう。ニコライ神父は机に向かい、題名を『将軍とミカド』と決め、記した。論文は雑誌『ロシア報知』向けであり、一八六九(明治二)年の最終号の前号に掲載された。この小論の中で、彼は自分がそれまでに知り得たことを明らかにしようと試みた。そしてそれは後に自分の講演においてきちんとした形で発表された。

「以前同様に現在もいわゆる『大和魂』の中には自己犠牲的な勇気が生きている、と確信をもって述べることができます。大和魂のもう一つの特徴は、自分に対する揺るぎない信頼であると見なしてよいでしょう。日本国民は決められた目標に向かって迷うことなく前進しますが、それだけではありません。日本民族の精神の奥には、疑いようもなく驚くべき宗教性が息づいています。そこから宗教的奉仕における献身がうまれています……」

この確信はニコライ神父にとって特に重要なものであった。なぜなら、自分の肉親や他の全てを捨てても、神と救世主に仕えることのできる人は探せば必ず見つかる、と確信したからである。

苦労して探す必要はなかった。最初の改宗者はここ領事の家にやってくる日本人の中に見つかったのである。

5　嘉納治五郎　N・ムラショフの談話による

ニコライ神父が箱館で汽船のタラップから下りた当時に見た日本に、ご招待いたしましょう。しかし我々は、今は景色に見とれるのではなく、ロシア領事館を訪ねるのでもなく、まっすぐ兵庫に参りましょう。

日本の首都が京都から江戸に移されて東京——『東の首都』——と呼ばれるようになるまで、まだ九年の歳月がありました。天皇はまだ意志を多くは表にはせず、もう二百年以上も権力を欲しいままにして来た徳川将軍家の執政に従っていなければなりませんでした。しかし、すぐ先には封建制度の崩壊が待ち構え、明治天皇によるご親政の時が熟し、近づいていました。まだこの社会の大激変が生じる以前、京都からさほど遠くない兵庫の小さな村、御影村で、それほど裕福ではない武士の嘉納治朗作（希芝）の家族が、赤ん坊の誕生を待っていました。その妻で、豊かな造酒屋の家の出である定子は、すでに二人の息子と二人の娘を授かり、夫を喜ばせていました。

五回目の出産は長く苦しいものでした。治朗作は、自分の苦しい気持ちを表に出すまいとして、屋敷の外に出ました。庭を横切りそぞろ歩いて行くうち、自分でも気付かぬうちに、イチョウが戦場に居並ぶ戦士のように整然と立ち並ぶ丘の斜面に立っていました。ただ、その黄色く色づいた葉だけが静かに風にそよいでいました。丘の頂上にまで上った治朗作は、ちょっと腰をかけ、眼下に横たわる内海の上に広がった霧をじっと見つめていました。まるで、この耐えがたく長い十月の一日が、一体どのように終わるのかを見極めようとするかのように。

寒さを感じ、やっと立ちあがった彼は、来た時と同じように静かに屋敷に向かいました。その道は、何世紀も前に敷かれた石の多い道を辿り、木立や庭を通って続いていました。屋敷に戻った治朗作は、庭の杉と盆栽の紅葉を眺めながら、開け放たれた障子の前に長い間立っていました。そうやってそっと、襖の向こうから聞こえてくる女の呻き声に耳を澄ましているのでした。その時、甲高い小さな赤ん坊の泣き声が、襖の向こうから響きました。

男子の誕生が告げられました。赤ん坊は伸之助と命名されました。これが後の嘉納治五郎です。

伸之助はさほど体が丈夫だったという訳ではありませんでした。しかし、幼少より人の上に立つべきものとして、武士の魂をもつように厳しく育て上げられました。幼い頃から徹底して礼儀を教え込まれました。朝は毎日、両親や祖父母へ頭を下げて、挨拶することから始まり、それから、氏神と守仏に頭を下げなくてはなりませんでした。まだごく幼い時分に人前で欠伸をすることをたしなめられました。下品だというのです。

「もしどうしても欠伸をしたくなったら、掌で額を下から上に撫で上げなさい。それでも駄目なら、口を閉じたまま唇を舐めなさい。さもなければ手か袖で口を隠しなさい。人前でくしゃみをすると愚か者に見えますよ」

伸之助が八歳になるころ、両親と彼自身の生活を大きく変える大きな政治的激動が日本におきました。しかし、子供にとっては、武士の家の規範に従い、習字の習いと四書五経の経書の素読の学習がその時までに始まっていたことの方が、ずっと重大な事件でした。父の治朗作はある時子供に諭しました。

「学問は一生続けるものだ。下手な代書屋ですら、根気よく手本を真似て精進すれば、書を極める域に達することができる。毎日、その前の日より上手になるのだ。そして次の日は、今日より上手に。学問に終わりはない」

それもまた武士の戒めの一つでした。もう自分の書は、十分に昔の書を模写できていると伸之助が思えるようになった頃、突然、父が彼にこう言いました。

「お前は確かに書の基本的な極意『粗雑な動きをしない』は体得したようだ。しかし、このままではお前の筆の運びはぎこちなく、型にはまったものになるかもしれない。倅よ、もっと上を目指し、手本から上手に卒業することを学ばなければならない。手本からの卒業は、書ばかりのことでない、何事においてもお前の役に立つ」

本当に、自分を磨くことに終りはありません。伸之助は両親の愛を感じて育ちました。しかし、彼には幼少から自分が行うべき義務がありました。それは礼節を知り、自分の言葉に気をつけ、忍耐強く、人を思いやることでした。これらの掟を破った場合には厳しい罰が与えられました。

伸之助は十一歳になる年に、次兄とともに父の住む東京に移り住みました。母はその時すでに亡き人となっていました。東京には、別の空気が流れ、別の生活様式があり、それは言わば別の国でした。幕府の解体とともに、其々の藩主を頭とした武士たちの藩はなくなりました。何世紀も続いた身分制度に終止符が打たれました。正規軍が創設された結果、各藩に仕えた数多の武士が暇を申し渡され、仕える主人をもたない浪人となりました。帯刀の権利も廃止されました。浪人の一部は大きな都市へと向かいました。伸之助の父もその一人でした。以前の剣術や弓術の師範の多くは、教師や医師や技師になりました。最も武道に打ち込んでいた者の一部は、正規軍に移りました。

しかし、多くの武士は、日本の国民的格闘技である柔術道場の師となりました。道場は互いにしのぎを削り、その過熱した競争の中で、以前は揺るぎのなかった柔術の基本が、犠牲にされていきました。柔術に不可欠な道徳的、精神的原則が忘れ去られ、以前のように技を磨くということもなくなりました。誰かれとなく弟子をとり、金さえ払えば入門できるというような風潮が横行しました。そもそも柔術の師を名乗るものがみな十分な技をもっていたというわけではありません。武術は選ばれた武士たちの格闘技としての性格を失いました。国民的格闘技としての柔術はその以前の清潔さを復興する者を待っていました。

しかし、柔術の救世主となる人物は、その時はまだ、自らを柔術に奉げようとは考えていませんでした。伸之助改め治五郎となった彼は、新しくできた三叉学舎や育英義塾などの洋学塾で、日々学業に身を削り、成果をあげ、開成学校、後の東京大学に入学することになります。島国日本を外国の文化から護っていた見えない掟の壁は崩れ、西洋の科学技術の情報が、怒濤の如く入り込みます。日本はそれを乾ききったスポンジのようにひたむきに吸収し、ただちに実践に生かしました。時代全体が学ばずにはいられない雰囲気に満ちていました。しかし、このひたむきな洋学研鑽においても、ごく幼い頃より教え込まれた行動基準や習慣が大変役に立ちました。学生同士での心置きない酒盛りの合間にも、ふと父が愛した『葉隠』を著した山本常朝の言葉が蘇りました。

「大酒にておくれ取りたる人数多あり。先ず我が丈分をよく覚え、その上は飲まぬようにありたきなり……」

まだ遠からぬ少年時代の声が、嘉納治五郎に諭しました。

「翌日の事は、前晩よりそれぞれ案じ、書きつけ置かれ候。これも、諸事、人より先にはかるべき心得なり」

彼はその声に従い続けました。正しい功名心に燃え、皆にではなくても、多くの人に勝りたいと考えていたからです。大学の仲間との議論に熱中しながらも、嘉納は時々自らに注意を促しました。

「物言いの肝要は言わざる事なり。言わずして済ますべしと思えば、一言もいわずして済むものなり。言わで叶わざる事を、言葉すくなく道理よく聞え候様言うべきなり」

この学生時代、古と現代の哲学の流れを勉強しながら、しだいに治五郎は身体と精神の調和を得る可能性について考えるようになりました。この調和についても、古の教えは語っていました。

「引き嗜む所に威あり、調子静かなる所に威あり、詞すくなき所に威あり、礼儀深き所に威あり、行儀重き所に威あり、奥歯噛して眼差尖なる所に威あり。これ皆、外に顕われたる所なり。畢竟は気をぬかさず、正念なる所が基にて候となり」

治五郎が己の体を鍛える必要を真剣に意識して意を決したのは、年齢的にかなり遅い方でした。しかし、治五郎はそれまで本に向かったのと同じだけの忍耐と粘り強さでもって、身体鍛錬に取りかかりました。選んだ方法は柔術の研鑽です。最初にこの柔術の攻撃と投げの技を彼に手ほどきしたのは、有名な天神真揚流の師範でした。後には、起倒流の師に学びました。道場と学舎を忙しく往復し、さらには豊かな子弟のための学校で講壇に立ちながらも、治五郎は優秀な成績で大学を終えました。

この頃には、すでに起倒流の道場とその師、飯久保恒年が、治五郎の生活の中心となっていました。飯久保恒年は元武士で、長年にわたって幕府で柔術を教えた指南方でした。新しい弟子となった治五郎は、彼の動きの優雅さと正確さを学び取ったばかりでなく、根気、倒れても起き上がる強さを学び取りました。当時の飯久保恒年は、貧しい生活を強いられていましたが、身を献げた柔術への忠誠を守り、自分の知識を金銭のために誰かれとなく伝授したりするようなことはしませんでした。飯久保恒年はこの勤勉な弟子を鍛えながら、起倒流の基盤が、この流派の創始者である沢庵禅師より伝わるとされる、二つの古い秘伝書にあると明かしました。この書物は大きなものではありませんが、言い伝えによれば、武術のもっとも重要な原則を伝え、また精神集中と自己暗示に驚くべき効果を上げる禅の実習に関係するものだということでした。飯久保が治五郎に告げたところによると、沢庵禅師は、真の知恵とは揺るぎない堅固な精神であり、また、敵の動きを本能的、超感覚的に知覚することに、己の意志を集中させることであると説きました。さらに飯久保先生はこう話しました。

「この能力は己の内に育み、伸ばすことができ、また、そうせねばならない。沢庵禅師の言葉によれば、勝利の極意は、最高に自由な動きにある。そのような自由を得るために不可欠なのは、無心である。無心とは心をどこへも向けないことである」

余計なものに一切濁されていない理性というものは、周囲のものを極めて受け入れやすくなります。これは直感のレベルで起こります。治五郎は夢中になって飯久保恒年先生の話に聞き入り、この古い日本の教えの中に、自分が教え込まれた武士の教えや、父の書道の教え、山本常朝の『葉隠』の教えに一致するものを見つけ、喜びを感じました。瞑想と自己暗示の実習を習得し、古文書を研究しながら、治五郎はしばしばこう考えるようになりました。この日本の古い精神力の源に目を向け、人々の身体的健康の強化と活発な瞑想の習得を組み合わせることで、新しい日本社会のための真の国民的精神を創り出すことができるのではないかと。

一年を経て、口うるさく、厳格でさえある師が、治五郎にこう言いました。

「もうこれ以上、君に教えることはない」

「今日はこのくらいにしましょう」ニコライ・ムラショフは言いました「正直言いまして、疲れました。それに今後の話のテーマは今続けるにはあまりに重大過ぎます。すっきりした頭でもう一度この話に戻りましょう。今のところはもう一杯お茶を、今度はあなたの御持たせの薬草茶を、蜂蜜と一緒に頂きましょう。もちろん、お茶を飲みながら、あなたのご質問にもお答えしますし、まあ、意見交換といきましょう」

質問はもちろんしたかったのだが、あまり健康ではない人を疲れさせたくはなかった。それで、最初に頭に浮かんだことを話した。

「ムラショフさん、この物語全体に――私たちの会話全体のテーマのことです――奇妙な数字の一致があることに気付かれませんか?」

彼は分からないと言いたげに眉をひそめた。

「一体、何のことをおっしゃっているのかな?」

「いや、例えば、日本の聖ニコライの日本到着と嘉納治五郎の生年は、同じ一八六〇（万延元）年です。そして、あなたも、ワシリー・オシェプコフも嘉納治五郎も、十一歳になる年に大きな運命的な人生の転機を経験しています。嘉納一家は東京に移りその生活が一変しました。あなたとワシリー・オシェプコフは孤児になり、これも大きくあなた方の将来を揺り動かしました」

「私にはっきり分かるのは」ムラショフは笑い出した「あなたが非常に興味を持たれ、心を惹かれておられるということ。そしてあなたが、あらゆる一致に、神の見えざる導きの手を感じていらっしゃるということです」

「もっとも」彼は一瞬沈黙してから続けた「あなたの仰っていることは正しいのかも知れません。これらすべてには、何かの摂理、あるいは、そう仰りたければ、兆しというものがあります。ただ、我我は今のところ、それが何を意味しているのかは理解できません。そのうちに分かるのかも知れません。あるいは、我々には永遠に分からないのかも知れません……」

私は、客好きな主人をこれ以上煩わせることは止め、早い回復を彼に願い、次回の出会いを約束して、彼に別れを告げた。

ムラショフの邸宅の重い扉が後ろでガタンと閉まり、私はじめじめした夜の通りの暗闇に一人取り残された。私は、何故かゆっくりと歩きたかった。ひょっとしたら、新鮮な、塩の香りがするバルト海沿岸の風を受けた方が、よく考えごとができたからかも知れない。ぼんやりした街頭の灯のもと、木々の幹が濡れて光り、その間を微かな霧が漂っていた。

突然私の前に示された偶然の一致の連続は、依然として私を魅了し続けた。しかし私は、この偶然（あるいは、やはり摂理というべきか？）に気が付くことで、私は遠い彼方へと延びる道に踏み出し、言うなれば、この物語を語る道筋を探り当てたのだということには、まだ気がついていなかった。その晩私は、もうすぐやってくるキリル府主教との次の約束について思いを巡らせていた。この出会いは日本での聖ニコライの活躍について、新しい情報を私に与えてくれるはずだった。

ニコライ神父の力による最初の日本人の正教への改宗が、今日ムラショフが話してくれたばかりの「明治維新」として知られる出来事、約三百年の将軍政治の終幕と時代を共にしていることに、私はいっそうの興味を感じた。

キリル府主教が前回の私たちの出会いの折に語られた話についても、私はあれこれと思索に耽った。覚えている限りでは、それは最初の日本人改宗者についての話だった。それは、あたかもローマ時代と初期キリスト教時代を彷彿とさせる物語で、その時、どれほど自分が驚いたかを覚えている。おそらく、いつの時代にあっても、どの個人にとっても人類全体にとっても、宗教的な覚醒というのは容易く得られるものではない。あたかも若木の幹に接いだ新しい接ぎ木のように、改宗者は、新しく得た信仰が己の傷口に根を張り、新しい香しい花と実をつけるように、苦しみ抜いてその信仰を得なければならないのだろう。

6　真実への道　キリル府主教の談話による

最初の正教信者

ニコライ神父は、ロシア領事館付属教会の神父として日常の任務に携わる中、ゴシュケヴィッチ領事の息子のヴラジーミルに剣術を教えている侍の奇妙な振る舞いに目を留めた。領事館の控え室でこの日本人指南役と一度ならずすれ違うたびに、ニコライ神父は、この侍が自分に向ける素早い、刺すような視線に鋭い日本刀のような光を見た。控え室を通って頭を低く下げながら剣術の稽古場に向かうこの侍、沢辺琢磨が数奇な運命の持ち主であることを、ニコライ神父が知ったのはもっと後のことだった。

沢辺は、由緒はあるが没落した四国の土佐の名家の出身で、侍の家に生まれた男子であれば誰でも定められていたように、幼い頃より弓や槍、剣などの武術に秀でるように教育を受けてきた。端的に言えば、この高邁な若者は久しく仕える主をもたない浪人で、日本の諸国を彷徨いながら剣術教授で糊口をしのいでいた。沢辺は本を通してではなく、まさしくこの遍歴の旅を通して自分の国と国民を知った。最後に彼が流れ着いたのは日本の最北の地、箱館であった。ここで沢辺は、古い神社の神官の娘と知り合い、結婚した彼は岳父の名字を名乗り、岳父の亡きあとには、この一家が代々伝える神官の位と神社を引き継いだ。

ニコライ神父はのちにこの将来の最初の日本人信徒についてこう語った。

「沢辺は異教の世界で平穏に暮らしていた。町で一番古い神社の神官として、彼は住民の尊敬を受け、十分な収入を得、ただ満足と幸福を味わっていた。彼は、若く美しい妻と小さな息子、そして妻の母と暮らしていた。彼は自分の祖国と祖先の信仰を誇りに思い、外国人を軽蔑し、その信仰を憎んでいた。けれども外国人の信仰については、彼はほとんど何も知らなかった」

ニコライ神父と顔を合わせる時に沢辺の目に光るのはこの憎しみであった。ただ黙って冷たい視線を向ける日本人に、最初にニコライ神父が話しかけた。

「貴殿はなぜ私を憎むのか？」

あるときニコライ神父は面と向かって彼に尋ねた。そしてそれに劣らず単刀直入な返事を得た。

「おぬしの奉じる神のゆえだ。おぬしはこの国を滅ぼすためにここまでやって来たのだな」

ニコライ神父は咎めるように頭を振った。

「さらば、貴殿はキリストの教えを知っておられるのか？」

「知らぬ」

「知らぬものを咎むとは解せぬではないか？　我らが宗門について貴殿に説かせてはくれまいか？」

沢辺は公平かつ正直な人間だった。父祖の信仰への己の帰依が何者かによって揺るがされるなどとは露も信じていなかった。彼は快諾した。

「話せ」

ニコライ神父の回想によれば、沢辺はすぐに、筆と紙を取り出して、聞いたことを書き留め始めた。

宣教師と宮司の奇妙な会話は何日も続いた。

「話は一句ごとに反論と説明によって途切れた。しかし、一日一日と反論は少なくなり、彼は自分の聞いたあらゆる言葉と名前を書き留め続けた」

この頃、ニコライ神父はサンクトペテルブルクとノヴゴロドの府主教イシドールにこう書き送っている。

「わたくしのもとに一人の日本の宗教の祭司が通って、我々の信仰を学んでいます。彼の熱気が冷めず、あるいはキリスト教信仰のかどで死罪にならない限り、多くを彼から期待することができるでしょう」

沢辺は異議を唱え、また熟考した。しかし、その間に彼の中で、気持ちが変わり、ある日、彼は、神父を殺すために、剣術の指南役となって領事の家に入った、と告白した。

ニコライ神父は外務省アジア局長ストレモウーホフに書き送った。

「沢辺という侍は、私を殺すためにやって来ました。ただ神のご加護により、沢辺の心に予期せぬ変化が生じて、私は死を逃れることが出来ました」

ニコライ神父は府主教イシドールにもこう報告した。

「聞き手が、今まで知らなかった、新しい教えの説明に細心の注意をもって耳を傾け始め、それまでの彼の傲慢な心が驚くべき真理の前に謙虚にへりくだり始めたことに気付いた時の、わたくしの喜びはいかなるものであったことでしょう。恐らく、神御自身が彼の心を真実の道の方へ導いたようです……。わたくしの眼の前で、神の恵みのもとで新しい生に向かう新しい人間の誕生が行われました……。この神官はわたくしが施す洗礼を心より待ち望んでおります。彼は教養高く、賢く、弁が立ち、全身全霊でキリスト教に身を捧げています。今や彼の人生の唯一の目的は、キリスト教の布教によっ

て祖国に仕えることです。わたくしは、彼がこの目的を果たす前に、度を失うことのないように、始終、彼を押し止どめております」

沢辺はついに洗礼を受けた。ニコライ神父は彼にパウロという洗礼名を与えた。これは、沢辺と同じく真実の信仰に目覚めるまで、キリスト教を激しく攻撃していた使徒聖パウロに因んだものである。

正教の最初の日本人信者である沢辺は、自分の眼前に開かれた聖なる真理について、ほかの人々に伝えたいという願いに燃えていた。沢辺は自分の友人である医師、酒井篤礼をキリストの信仰に引き入れた。酒井の洗礼名はヨハネであった。これは容易いことではなかった。回心を経験したばかりのキリスト教徒にとって、弁論の術にたけた相手を説得するための論拠は十分ではなかった。そのため、彼は友人をニコライ神父のもとに招き、彼らは二人で、酒井を真理の信仰の声に耳を傾けるように説得した。三人目もやはり医師で浦野といった。浦野はヤコブという洗礼名をもらった。まもなく、洗礼を受けた約二十名の箱館住民が領事館教会の奉神礼に参加するようになった。

沢辺は洗礼を受けるまで神社での自分の勤めを続けた。けれども、祭事には、福音書を賽銭箱に置き、祝詞のかわりに福音書を読んだ。儀式によって定められた折りには、相変わらず太鼓を打ち鳴らすのだった。

洗礼を受けると、沢辺はもはや自己の改宗を隠さず、以前の宮司の職を辞した。彼は、あらゆる時代に背教者が受ける仕打ちを受けた。以前の彼の氏子は彼の背に唾を吐き、罵声を浴びせるのだった。彼は自分の家庭でも理解されなかった。妻は、悲しみに打ちひしがれ、夫の行為を嘆くあまり精神を病み、狂気の発作の最中に自分の家に火を放ち、家は一瞬にして火に包まれ、灰と化してしまった。

当時はまだ容赦を知らぬ、キリスト教弾圧もその刃を剥いた。パウロ沢辺は捕らえられ、地下牢に閉じ込められた。彼は死を覚悟しながら、すべての苦しみに耐え抜いた。彼の聴悔司祭であるニコライ神父は、彼のために奇蹟の到来を必死に主に願うのみであった。奇跡は起き、明治新政府により昔の法令が廃止された。沢辺は釈放された。が、彼は世に容れられぬ一文無しとなって牢から出てきた。そして、沢辺はキリスト教布教の旅に出たのであった。一方、定めにより八歳になる沢辺の息子が神社の新しい宮司になった。息子はそうして自分と病める母の糊口をしのいだ。新しい日本の最初のキリスト教徒たちはこのような苦難を経て、真実の信仰の道に向かった。それはキリスト教の真理の清らかな光のための、古い伝統、試練や脅し、誘惑との戦いだった。

キリスト教への改宗者の数も増え、ニコライ神父は、彼ひとりの個人的な努力と伝道ではもはや十分でないことを悟った。一八六八(明治元)年、彼は故国への帰省を願いでた。これは正教日本宣教団の設置と、その維持のための資金、そして彼の助手となるロシアの伝道者の派遣をロシアの宗務院に請願するための帰国であった。

日本宣教団

ニコライ神父が後にした日本は騒然としていた。特に、ロシア領事館のある北海道はこの混乱の中心となっていた。東北、北海道地方は、誕生したばかりの明治新政府に武力抵抗する奥羽越列藩同盟と新政府軍のあいだで戦われた戊辰戦争の激戦地となり、箱館には、旧幕府軍の艦隊が陣取っていた。内戦にもかかわらず、長崎の西欧列強の領事たちと箱館のロシア領事は新政府に対してキリスト教徒に対する弾圧に抗議し、日本での信教の自由とキリスト教宣教師の布教の自由を要求した。

ニコライ神父は再びロシアの地に入った。シベリアを経て、ペテルブルクへの辛い旅を続けなければならなかった。ニコライ神父は、かつて神父の好奇心を掻き立てた各地を今回は静かな感慨を持って通過した。そこは祖国、痛いほど心にしみるロシアの大地であった。シベリアの黄金の秋と力強い川、ウラルの乾いた山々、中央地帯の収穫の終わった畑に積み重ねられた乾草の山と干してある穀物の束。そして働き者で美しいロシアの河川の母なるヴォルガ。朝焼けに響き渡る、白壁の大寺院、あるいは村に響き渡る教会の礼拝を告げる鐘の音。そこに住む人々は正教徒であり、全てのことに、また労働や、一かけらのパンや日々の生活に対する神の助けや祝福を願っていた。

深い森に隠れ、鐘楼の尖塔のみが街道から見える小さな教会はニコライ神父に故郷のスモレンスクを思い出させた。神父はロシアを旅立つ前、そこに立ち寄り、異郷にあっても絶えず心配し続けた年老いた父親と会った。

しかし役人の街サンクトペテルブルクは、ニコライ神父の予想通り居丈高に振舞った。もっとも彼の請願は承諾された。しかし、財布の紐は固かった。宗務院が日本宣教団の設立の必要性を認めて、その捻出が可能であるかどうか財務省に照会すると、財務省が支給に合意した金額は、遠慮がちに申請した額の半分ほどにすぎなかった。不足分は正教会が負担せよという提案であった。外務省にも照会が行われた。外務省は宣教団の開設を承認し、箱館の領事館付き教会の司祭としてのニコライ神父の活動に、考え得るかぎりでの名誉ある評価を与えた。これらのことが行われている間に、ニコライ師は母校のサンクトペテルブルク神学アカデミーの校内で、つかの間の心和む時を過ごすことが出来た。アカデミーには、卒業生ニコライの伝道の成功をすでに多く耳にして、彼の活動を心から喜ぶ人たちがいた。雪に包まれたサンクトペテルブルクの大通りを辻ぞりで駆け抜け、心地よい学長室に腰掛けて、日本の現状に関する学長の強い関心を感じながら、日本における伝道活動の将来性に関する質問に詳細に答えるのは、とても気持ちの良いことであった。ニコライ神父は語った。

「わたくしは新政府のもとで日本での信教は自由になると考えております。そして正教の伝道のためには宣教団の創設が不可欠だと思います」

学長はニコライ神父の話を熱心に聞き、祝福を与え、あらゆる協力と支援を約束した。各界の広範な尽力と神の御加護があって、一八七〇（明治三）年一月十四日、日本へのロシア宣教団の設置が認可された。修道司祭ニコライは掌院に昇叙され、日本宣教団の団長に任命された。宣教団には、団長のほかに三人の修道司祭と一人の聖歌僧を含む四人の正規の団員が定められた。宣教団の活動は四つの町に拠点を置くことが計画された。新しい首都である東京、古くから日本の中心である京都、さらに日本のキリスト教の揺籃の地である長崎、そしてロシア領事館と教会のある箱館であった。

日本に戻ったニコライ神父は、何よりも彼の新しい信徒たちの状況に心を砕いた。明治最初のキリスト教徒の置かれた立場は複雑かつ辛いものであった。ロシアではこの時代、キリスト教は国教であり、ほとんどの家庭に根付いていたが、日本では許されたばかりで、迫害こそなくなったものの、何世紀も続いた偏見は消えてはいなかった。このキリスト教の最初の普及の時代、揺るぎない上下関係のうえに築かれた伝統的な家族をキリスト教信仰が壊したこともままあった。キリスト教に改宗した親に対し、その子供たちが抗い、またその反対もあった。自分の新しい信仰を守る嫁が姑と対立した。兄と弟が対立した。あらゆる改革は摩擦を伴う。しかし、心の改革、精神的価値の変革となれば、その苦労は倍だ。しかし、日本の民族精神の最良の部分を保ちつつ、同時に、家族の新しい道徳的、精神的基盤、家族内の相互の関係に根ざす新しい家族関係が、苦悩のなかで誕生しつつあった。

物質面に置いても、劣らぬ辛酸があった。サンクトペテルブルクから戻ったニコライ神父は、彼の最初の日本人信徒である沢辺が神社の裏の狭くて暗い物置に隠れ住んでいるのを知った。この狭い沢辺のところには、十人にのぼる信仰を共にする者たちが、古畳の上で暮らしていた。その人たちは、それまで困窮を知らず、高名な姓と高い地位を持っていた人たちであった。

「全てではないけれど、その姿を彼らの前に現し始めたキリストへの愛が、彼らにこれら全てを耐え抜かせた」と、ニコライ神父はある手紙に書いている。ニコライ神父は、悲惨な境遇にある沢辺にたいして心から同情し、救いの手が差し伸べられるように嘆願している。

「私は、沢辺が息子の運命のためにどんなに苦しんでいるかを知っています。沢辺は、名前を同じくする高名な使徒と同じ熱意を持って、キリスト教の布教に全身全霊を奉げながらも、我が子を異教の神々に仕えるものとして放って置かざるを得ないのです。なんという運命の悪戯でしょう。人々は労働の報酬として官位や十字架、金銭や名誉を貰っているのです。一方、哀れな沢辺はキリストのためにこの世でまたとないほど汗を流しています。彼は全身全霊で自らの仕事に身を奉げ、おのれの全てをこの事業につぎ込んでいます。彼の労働が無駄でないことは、彼がキリストのもとに数十人の人々を引き寄せたことが証明しています。しかし、彼はその労働の対価として何を得ているのでしょう？　激しい屈辱の重荷です。自分はキリストのもとに、人々を呼び集めながら、わが子は真実の神から遠く、異教の腐臭漂う空気を吸っているのです。この世でこのような重荷に屈服したり、変心したりしないでいられるのはごくわずかな者だけでしょう。

もし誰かが彼の息子を異教の神々から買い取って、キリストの奉仕のために差し出したら、彼はそれを自分に対する最高の褒章と考えるでしょう。何ものにもます慰めとなることでしょう」

サンクトペテルブルクへの旅から戻ったニコライ聴悔司祭のもとに現われた沢辺は、自分の窮状と悲哀については一言も語らなかった。彼は別のことを心配していた。

「司祭さま。拙者は、友であるヨハネ酒井の奇体な振る舞いについて、あなたに申し上げねばなりません。近頃、酒井は、自分の医術によって多くの財を成しております。酒井は蓄財に心を奪われており、しかもその糧をキリストにおける我らが兄弟たちと分かとうとはしておりませぬ。我らはみな、彼が罪深い蓄財道に道を踏み誤ったのではないかと危ぶんでおります」

ニコライ神父は酒井と話し合うことを約束した。酒井は呼ばれるとすぐにやって来て、ニコライ神父がまだ一言も話さぬうちに、教会のために使ってくれるようにと、ニコライ師の前に、貯め込んだ金を差し出した。実は、彼はこのようにして教会の資金問題に役立とうとしていたのであった。こうしてパウロ沢辺の疑念は解消された。

ニコライ神父はまた、新しい信者ペテロ富の心配もした。ニコライ神父のところに、ペテロ富が失踪した、という知らせが届いた。

「司祭さま。ペテロ富が突然失踪しました。誰も彼の行方を知りません」

彼の妻も彼がどこへ消えたのか答えることができなかったが、その表情には悲しみが見られず、さほど心配する様子もなかった。これは多分に奇妙なことであるように思えた。十日間にわたって捜索がなされたが、何の結果ももたらさなかった。十一日目、夜も更けて、ニコライ神父の戸を叩く者があった。戸口にはパウロ沢辺に伴われて支えられながら立っている、ペテロ富の姿があった。

「どうしたのですか?・」これ以上はないというほどに痩せ細ったペテロの姿を見て、ニコライ神父は驚きの声をあげた「見るも哀れな様子ですぞ」

考えられる限りの恐ろしい迫害や圧迫が考えられた。が、真相はその信じられないくらいの素朴さゆえに、より感動的なものであった。ペテロは、彼が最近あずかった真理の光を、異教徒である親族兄弟たちもできるだけ早く見るようにと、神に祈るために、睡眠と食事を絶って、人気のない隠れ家に籠もっていたのだ。ニコライ神父はのちに回想している。

「これを聞いて、厚い信仰心のこれほどまでも感動的な発露に大いに驚かされた。しかし、そういったことは今後教会の決めるところに従って実行されなければならない、なぜならば自身の健康を害しかねないと、彼に指摘せざるを得なかった」

そうこうする間にも、ロシアの宣教団はその仕事を開始した。ニコライ神父の最初のその事業の一つは宣教団の図書館作りであった。集められた本は宗教関係だけでなく、広範囲にわたった。図書館を充実させてゆくことにニコライ神父は情熱を注ぎ、その晩年には主にロシア語の本を初めとし、フランス語、ドイツ語、英語の書物を含め、一万二千冊以上を数えた。また和本と漢書からなる豊かなコレクションもあった。

机に向って、ニコライ神父は新しい宣教団の規則を何日間も考え続けた。彼がまとめた『日本におけるロシア宣教団のための規則』にはこう書かれている。

「宣教師は本来の活動のほかに、自らの教養の維持と向上のために時間を割かなければならない。

神学書と論文の読書は信仰の深化と理解のため、また信者の質問や反論や疑念にいつでも答えられるようになるために必要である。学術書の読書も、宣教師が宗教の代表者のみならず、欧州文明の代表者として見られるような国では不可欠である」

他の問題もあった。箱館の領事館付き教会の根本的な修繕もしなければならなかった。生活苦に悩むキリスト教の最初の伝道者たちへの配慮も続けられた。沢辺と酒井は、外国人の訪問がいまだ禁止されていた、日本の奥地でのキリスト教の最初の伝道者となった。一方、彼らの家族は苦しい生活にあえいでいた。神社わきの沢辺の住居が火事で焼失した。沢辺たちは雨露しのぐ場所を求めて町の端から端まで放浪した。安価な貸家を求めた末に、沢辺が見つけたのは、町外れにあり、当地の冬に特有の恐るべき寒風にさらされた崩れかけたあばら家だった……。ニコライ神父は回想している。

「しかしながら、彼は決して弱気にならなかった。十分な覇気と能力を自らの内に見出して、キリスト教徒への最後の迫害と内戦により捕らわれた者の中にいるキリスト教信仰に共感する多くの友たちを慰め、物質的に助けていた。また、牢獄を免れることのできた友をも匿い、助けていました」

これも、隣人への愛を説く神の教えが、新しいキリスト教徒の魂に生命力あふれる壮健な若芽を生じた証拠だった。最初の日本の正教徒はまさしく使徒パウロの言葉に従って生きていた。

「だれがキリストの愛から私たちを離れさせるのか。患難か、苦悩か、迫害か、飢えか、裸か、危難か、剣か」(『聖書』、「ローマ人への手紙」第八章より)

我知らず疑問が浮かんだ。信仰のゆえに迫害されない私たち(ソ連時代であっても生命の危険に曝されるようなことはなかった)は、何故こうも信仰において強固ではないのだろうか? 大多数でないにしても、多くの者が、なぜこうも喜んで無神論の道を選択したのだろう？　無神論にあっては、自らの生活が神の教えに一致していないことに良心を痛めずに済むから、そして罪に対する神罰を恐れないでよいからではないか？　そもそも、「罪深い」という言葉すらあまり使われないものになった。

知り合いの文学研究者がロシア語の正確さと繊細さに感嘆しながら、こう発言したことが思い出される。

「有名な神学者のパーヴェル・フロレンスキー神父がどこかで書いているのですが、『罪』という言葉は『耕し残し』、つまり、農夫が耕作の際にしてしまった誤りという意味の言葉と同義だとみなされるのをご存知ですか？　罪を犯すということは、人生という畑で誤ること、失敗すること、神が我々に与え給うた生の教えを外れ、神が大地に描いた真実の道を踏み外すということなのです。罪とは放蕩です。つまり、真実の道から誤った道に踏み外すこと、間違った汚い道をさまよい歩くことです。『放埓』という言葉もここから来ています」

偶然耳にはさんだこの話を今思い出して、ハッと驚かされた。この話の中で、どれほどはっきりと「道」という言葉が使われていたということに、どうして私はその時気付かなかったのか？　私はこのことが何故私の関心を惹いたのかを考え始めた。ニコライ・ムラショフの賢明そうな顔がわたしの前にくっきりと浮かび上がり、その声が聞こえた。

「茶道。なにか思い出しませんか？　さあ」

そしてわたしの答え「柔道、合気道……」そう。まだ侍の道、武士道もある。

いいや。彼の言ったとおりだった。これは偶然の一致でも、言葉の妙でもない。二つの別々の言語が、その言葉を話す人々による唯一の正しい道の探索を反映しているのだ。ここから、異教徒時代の沢辺がニコライ神父を前にした熱い議論のなかで擁護した「己の道」があり、救いの道があり、また聖ニコライが説いた「神の道」がある。

私は、できるかぎり早く、ニコライ・ムラショフとの会話に戻り、彼と自分の「発見」をすぐにでも分かち合いたいという気持ちになった。自分が尊敬する嘉納治五郎が、いかなる道の途上で自分の真理を探求し始めたのかも、早く知りたかった。

その機会はまもなく現われた。ムラショフは電話口で、自分の健康について問題は全くない。「風邪やらインフルエンザよりもずっと面白いものについて話すため」に、いつでも都合の良い時間に私と会えると、断言した。

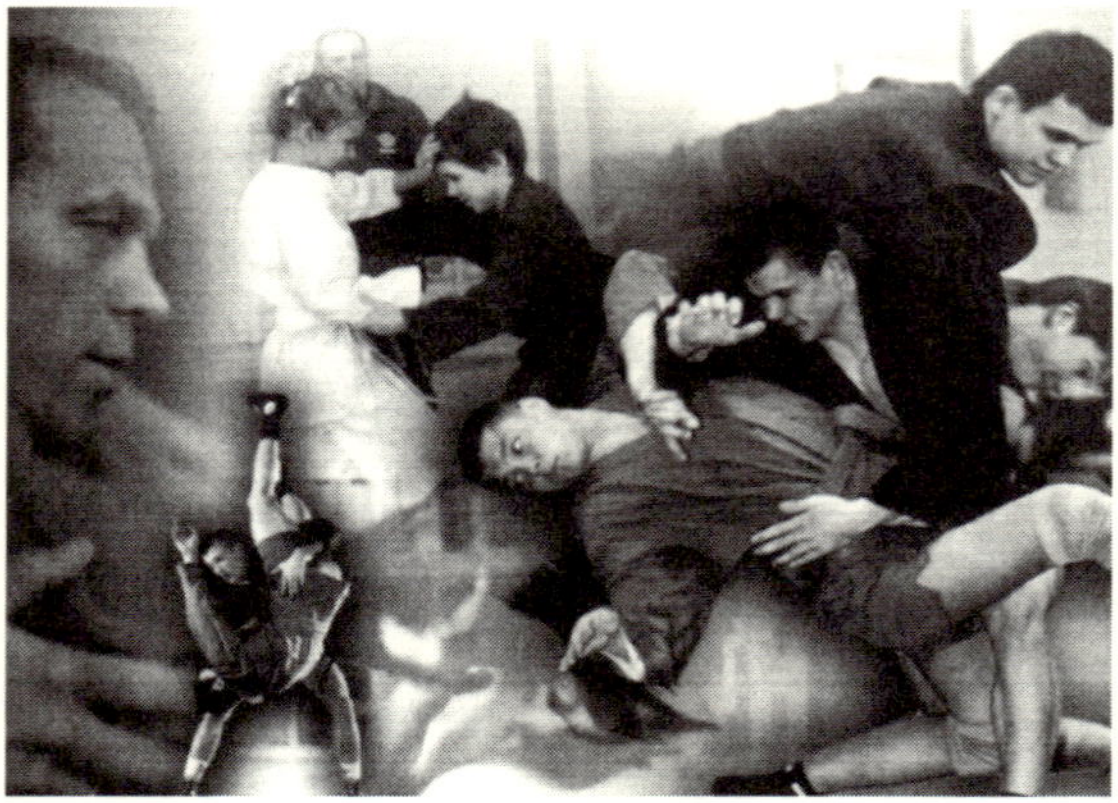

7 講道館柔道 N・ムラショフの談話による

心身の有効活用

起倒流の道場で本格的に稽古に励むようになって、道場での稽古が禅の哲学と実践に通じていることに嘉納治五郎はいっそうの理解を深めました。柔術の中にある何が禅師たちを惹きつけたのでしょうか？　東洋の格闘技によって、禅師たちは静的で観照的な瞑想ではなく、活動的な瞑想を編み出すことができました。禅の実践によって得られる心身の統一は、厳しい規律があり、身体と格闘の技を会得することが生死を分ける問題となる武道においてこそ、より容易に得られるのです。それだけでなく、戦士の意識は危機に瀕すると、禅の信奉者が目指すような精神状態に移行しやすくなります。その精神状態が、通常は思いもよらないような人間の可能性を引き出すのです。戦士はこの変化した精神状態を自覚し、自分の意識を制御し、その結果、これらの習得した技能を格闘で生かさなければなりません。飯久保恒年先生は嘉納に教えました。

「お前の心は月のようにならねばならぬ。お前の意識はあたりすべてを等しく照らす月光のようにならねばならぬ。そういう意識を持ってこそ敵を満遍なく、完全に知ることができる。お前の心に僅かなりとも不安や緩みがあれば、それは月光を遮る雲となり、敵の動きと意思を察する妨げとなる」

嘉納は畳の上に蓮華坐を組んで坐し、師の言葉に耳を傾けていました。嘉納は優れた弟子でした。

師は続けました。

「お前の心は水の如くでなければならぬ。お前の意識は、今や一切を歪めず映す、眠れる水の滑らかな水面のようだ。その意識は、攻めや守りの念に濁らされてはならぬ。そのような雑念は敵の意図を察することを邪魔し、敵に利するのみだ。心は引き絞った弓の弦のようであらねばならぬ。お前の意識は囚われのないものであると同時に、如何なる反応にも覚悟ができていなくてはならぬ」

このように、飯久保恒年は話を締めくくりました。そして嘉納は再び頷きました。二人の仲は以心伝心の域に達していました。

飯久保先生は次の稽古の時に嘉納に説明しました。

「我々の師、沢庵禅師は二つの秘伝書にその教えを残した。その教えは『静行』という。即ち、安静の中の動きだ。彼は、自由な精神は磨き抜いた鏡の表面や湖の水面の如きものだと教えておる。そのようであれば、お前は敵のどのような意図も、誤りなく心に映しだすことができる。しかし、心は集中していなければならぬ。そうなれば決定的瞬間に、心は無意識の正しい動きにお前を導く。

不動の心と、自然で自在な動きを伴う精神統一の組み合わせの中で、勝利は達成される。心の中の『空』、何ものにも偏りのない分散した意識、揺らぐことのない平常心、極限的自制心、それが成功の礎だ。もし敵がとるべき技を少しでも思案すれば、敵は一瞬心の迷いと乱れを許すことになる。この間を利用して、最初の一撃の主導権を奪わねばならぬ」

「敵が十分に強くて、同じような過りをこちらが犯すのを待っていた場合、どうすれば良いのでしょうか？」嘉納は静かに質問を挟みました。

「お前は、その攻撃を待ち受け、瞬時に反撃を返せるだけの境地に達していなければならぬ。乱取りで腕を磨きなさい。乱取りでは、互いが用心を怠らず、かつ、攻める態勢ができていなければならぬ。攻めと守りでより工夫を凝らした者が勝つ。そのためには、頭をひねるばかりでなく、想像力も持たねばいかん」

道場での稽古が終われば、今度はその日に見聞きしたことの考察が始まりました。従順な弟子は、大学の授業で研ぎ澄まされた知性を持つ、小うるさい分析家に変貌するのでした。熟考と比較を重ね、嘉納は、東洋の様々な武術がしなやかさという共通の原理で結ばれているという結論に達しました。このしなやかさは彼の前に竹のイメージとなって現われました。武術家は、敵の攻撃によって乱されるバランスを、無意識的にごく自然に、あたかも竹のように取り戻すのです。

空手においては、「竹」はコンクリートの壁を壊すような重い物体の攻撃を受けて、たわみ、曲がります。しかしそれから姿勢を正し、倍の力で敵に一撃を加えます。この力は攻撃者の慣性と、身を正す「竹」自身の内部の力から成り立っています。

合気道になるともう「竹」というより「霞草」です。自分の方に突進してくるものに先んじて風に流されます。合気道家は、攻撃の慣性を破壊せず、その力がコントロールを失い、自ら完全に崩れ去るように持っていきます。彼は敵に力を加えて罰するのではなく、敵をして己の無力を悟らせます。

しかし、嘉納治五郎を何よりも惹きつけたのは雪の積もった竹のイメージで、雪は自らの重みで竹から落ちて行きます。柔軟性をもたない樫の木だったら、大雪の重みで必ず折れてしまったでしょう。「勝つために負ける」――嘉納は自らのために、この将来の格闘技の発展のモットーをこう表現しました。これは「柔らの道」だ――そう彼は決めました。こうして新しい格闘技は柔道という名前を授かりました。

もちろん、この若い師は自らの選んだ格闘技の理論的な立証にばかり力を注いだわけではありません。まだ弟子であった時代の多くの彼の勝利は、今に至るまで講道館の弟子たちによって語り継がれています。そういった話の一つに、嘉納と同時期に稽古を積んだ柔術家の中で、腕力の強さと無敵の連勝で際立っていた福島という魚屋の話があります。誰も彼に太刀打ちできる方法を見つけられず、畳の上で押さえ込むことができませんでした。誰もが少しずつ、これだけの背丈と重量のある人間と肩を並べる者は居ないのでは……と思い始めました。しかし、嘉納だけは違いました。

この巨漢をどうしたら投げることができるのか、嘉納は長い間、入念に観察を重ねました。そしてある時、稽古の終わりに、嘉納は福島に敬意を表して一礼し、稽古をつけてくれるように頼みました。魚屋は、自分の無敵の強さを今一度周囲に見せつけることを期待して、喜んで受けました。福島は畳の上に登場し、相手が攻撃して来るのを待ちました。しかし、嘉納は何の攻めにも出ず、静かに畳の上に立っていました。福島は腹を立て、一歩、また一歩と踏みだし、遂には、今こそとどめをさしてやろうと、電光石火のしぐさで嘉納の襟を取りました。正にこの瞬間を嘉納は待っていたのです。嘉納は福島の伸びた腕をひっつかむと、彼の方に九十度向きを変え、腰を沈め、バランスを失った福島の体をもう一方の手で軽く押しました……。その場に居合わせた者たちが皆唖然として目にしたのは、仰向けに横たわり、投げにショックを受けて起き上ろうともしない、あの無敵の魚屋の姿でした……

格闘技の道に入って四年後、一八八二年に、嘉納は東京に自分の道場である講道館を開きました。後に世界で名を馳せるこの道場は、当初は永昌寺というお寺の四間ほどを借り受けたものでした。道場を開くと、嘉納は一日のほとんどの時間を、弟子たちと寺で過ごすようになりました。この寺で、彼の生活のすべて、稽古や研究や議論に時が過ぎて行きました。空いた時間は、自分と門下生の柔道着を縫ったり、そのほころびを直したり、学習院での授業の準備、講道館の家賃に充てられる外国語翻訳などに費やされました。静かな僧侶のための永昌寺の建物がこの激しい借家人に耐えていられたのは、一年ほどのことでした。古い木の床は、文字通り、この強者たちの力一杯の投げ技に耐えることができなかったのです。桁組が破損していました。新しい場所を探さなければなりませんでしたが、見つかったのは、寒さも湿気も防ぐことのできない納屋同然の建物でした……

柔道創成の最初の歳月は、絶え間ない研鑽、大胆な試み、競争相手との闘いに溢れていました。この新しい格闘技の実践上の基盤のみならず、哲学上の基盤の確立という重要な仕事も行われました。この哲学の確立の道がどのようなものであったのかは、嘉納自身に語ってもらいましょう。

「私は柔術の技を、私の青年時代にはまだ生きていた幕末の多くの名手に学んだ。彼らの教えは大変価値のあるものであった。何故ならそれは、深い考究と長い経験に培われたものだったからである。しかし、これらの教えは、全てを包括するようなある原理への応用という形で与えられたのではなく、ただ個々の専門家が別個に編み出したものとして与えられた。これらの技の食い違いを見出して、私はしばしば、何が正しくて何が誤りであるか、何を拠り所とすべきかを知らず煩悶した。

こうして私は、この問題をより詳細に考察することが必要と思い至った。結果として私は、一定箇所に打撃を加えることであろうと、一定の方法での投げ技であろうと、その目的が何であれ、全ての分野を支配する一つの共通の包括的原理が、常に存在しなければならないと確信するに到った。その原理とは、具体的な目標の達成に向けて、心身の力を、最適且つ最も効果的に利用することである。

この根本原理を確立して、私は、当時教授され、私の入手し得る範囲にあった、さまざまな攻撃と防御の手法を、この別の観点から改めて考究し直した。それら全ての優れたる点をこの原理と照らし合わせた。こうして私は、この原理に一致するもの全てを保存し、外れたものを排除することができた……」

しかし、嘉納がそれ以上のものに挑まなかったなら、嘉納は、東洋の格闘技の先生の一人——たとえ名手であったとしても、大勢の中の一人で終わったことでしょう。自分の理論を何年か研究して、嘉納は次のような大胆な結論に到りました。

「心身を最大限に効果的に利用するという原理は、柔道の全ての技を導く根本原理である。しかし、この原理の中には何かより大きなものが含まれている。この原理は、身体の欠陥の改善とその鍛錬にも応用でき、その人間がより強く、健康で社会に貢献するために役立てることもできる。これは身体鍛錬の本質を成すものである。この原理は食事や衣服、住居、社会的関係、事務の方法の改善にも利用できるのであり、人生の学校ともなりえる」

明治新政府に、嘉納は、文字通り社会生活のあらゆる部門を整備するための、普遍的な道具を提供しました。つまり、実際的な活動のための理論を提案したのです。これは、その活動を最大限に効果的なものにすることを約束する理論です。一体誰が、このような道具を拒むと言うのでしょう！　しかし、先ずはこの理論を、少なくとも、嘉納自身が取り組んだ分野での実地応用で確かめなくてはなりません。この若い先生の、そこまで高い意気を誰もが理解できたわけではありませんでしたから、それはなおいっそう必要な事でした。古い柔術の流派の師範たちは、嘉納を、真の武道の名手たちからその糧を掠め取ろうと思いついた、空理空論の虫けらと名付けました。

「あの講道館には高慢な教条主義と屁理屈以上のものはない」

そう彼らは言い募りました。新しく名乗りを上げた柔道に対し、特に敵意を燃やしたのは良移心頭流の柔術家たちです。柔道に関して揚心流の名手、戸塚彦助が書いた非難攻撃の記事を、新聞や雑誌の最新号の中に嘉納が見出したのも一度や二度ではありませんでした。

一方、誕生したばかりの近代的な警察制度を率いる新政府の警視総監、三島通庸は、毎朝、戸塚彦助の門下生たちと講道館の弟子たちの、相も変らぬ小競り合いの報告から仕事が始まることに飽き飽きしていました。また彼は、一体どの流派の方法で巡査たちを訓練すべきか、判断に困っていました。ここで警察が注目したのは日本古来の各種の武道でした。戊辰戦争の歴戦の勇士として名を知られ、自身、巡査の士気高揚と能力向上に力を入れていた三島としては、なおさらのことです。一八八三（明治十六）年、警視庁はついに、講道館の弟子たちとそれまでの警視庁の柔術世話掛を集めた決戦大会を催すことを決定しました。警視庁は国内の武道の教授方法を整理し、唯一の、最も効果的な流派を正式なものとして選ぼうと考えていました。したがって、敗北した場合には、講道館が閉鎖の憂き目を見る恐れもありました。多くの対戦で、圧倒的な勝利を得なければなりませんでした。

試合の時間を決定するのは審判でしたが、通常は、一方の相手が疲労困憊で倒れるか、明らかな勝利を判定して審判が試合を終了させるまで、試合は続きました。嘉納の精魂込めた事業が危機にさらされたのです。

ムラショフは話を中断して、ふたたび栞のはさまった本に手を伸ばした。

「この伝説の決戦がどんなタイトルで柔道の歴史に残ったかご存じかな？『講道館の四天王と柔術師範の大戦』というのです」

「東洋風の華麗な言い回しですね。それで、その『四天王』とは、一体どういう人たちだったのですか？」私は尋ねた。

「それにお答えするには、誰が嘉納の当初の弟子であったかを知る必要があります。嘉納は自分の最初の道場を富士見町の永昌寺に設けて講道館と名付けました。一八八二（明治十五）年の六月に、最初の弟子が現われました。八月にはすでにその数六名を数え、その頃に七番弟子となる、十五歳の西郷四郎が現われました。彼の名前を覚えておいて下さい。彼は講道館に最初の栄光をもたらした男です」

「彼が『四天王』の一人だという訳ですね。で、他の三人は？」

「今は名前を挙げるだけにしておきましょう。富田常次郎、横山作次郎、山下義韶、そして勿論、西郷四郎です。嘉納の考えによれば、正にこの四名が、彼が目標に立てた身体的、道徳的理想に最も合致していたそうです。彼らは強く、実直で、一本気な人々だったそうです。嘉納は彼らを、明治という時代の新しい人間の権化、国民と世界の幸せのために積極的な貢献を行える人たちだと考えました。しかし、最初はそれを旧来の柔術の師範たちに証明する必要があったのです。これは容易いことではありませんでした。当然でしょう。彼らの武術には、畳の上ばかりではなく、戦場で何世紀にもわたり蓄積され、磨き上げられてきた経験というものがあるのですから。

旧流派の師範たちは嘉納について、教養を鼻にかけた理屈屋で、闘技においては全くの無知であると考えていることを、隠そうともしませんでした」

四天王と柔術師範の闘い

嘉納は決して勝利を確信していた訳ではありません。後に彼は述懐しています。

「戸塚彦助は、幕末の最強の柔術家だと考えられていた。戸塚彦助の後に流派を率いたのはその息子、英美で、数多の優れた弟子たちを育て上げた……実際、戸塚の側からは最強の猛者たちが代表として大会に出て来た……戸塚派には当時の柔術界の最高の名手たちが属していた。かつて幕府の講武所道場で、私自身の師たちが戸塚派の名手たち相手に戦った時、私の師たちは彼らに屈辱的な敗北を喫したのだった」

果たして嘉納の最良の弟子たちは、戸塚英美が手塩にかけて育てた猛者たちに、太刀打ち出来るのでしょうか？　確かに、嘉納には優れた強い名手たちが居ました。しかし彼は、日本で一番強い猛者たちに立ち向かったのです。この対戦で、彼は勝たなければならないだけでなく、柔道の精神と道徳性をもってすれば何が可能となるのかを、分かりやすく示さなくてはならなかったのです。

その日がやってきました。対戦には、各派よりそれぞれ十五名の闘士の参加が決められていました。対戦が行われる芝公園——元の増上寺の境内——には、紅白の幕が風にはためいていました。その幕を背に先生たちは、自分のあらゆる感情を全く表に出さずに、互いに向き合って泰然と坐っていました。観客たちは興奮し、柔術家たちは気を張り詰めて、自分の出番を待っていました。ついに試合開始を知らせる合図の太鼓の音が響きました。「始め！」審判が宣しました。

嘉納の心配は取り越し苦労でした。講道館は圧勝を収め、十五の試合のうち負けたのは二試合だけで、一試合が引き分けに終わりました。柔道の名手たちは、たしかに己れの価値を証明することができたのです。しかし、観客や格闘技の愛好者や通から見れば、流派の権威は、それぞれの道場の最強の弟子同士の一騎打ちの結果にかかっていました。慣例に従って、彼ら最強の弟子たちの出番は最後でした。最終ラウンドが始まるや否や、場内は水を打ったように静まりかえりました。対戦場には先ず富田常次郎が現れ、勝利を収めました。次には、山下義韶が勝利しました。しかし、横山作次郎はついていませんでした。彼の対戦相手は良移心頭流の名手、中村半助でした。中村は身の丈一七六センチ、九十四キロの巨漢で、日本で最強と言われ、数々の伝説を作った男でした。双方は死に物狂いの闘いを繰り広げました。横山はこの山のような大男との対戦に、自分の身体のあらゆる筋肉に力を漲らせました。しかし一騎打ちは、いずれの一方が優勢になることもなく、五十五分続き、ついには審判が試合を止め、引き分けを宣言しました。

横山は自分の強力な対戦者に頭を下げ、静かに試合の場から退きました。これは彼の人生でもっとも素晴らしい対戦でした。しかし、その心中は穏やかではありませんでした。柔術の達人からすれば、この引き分けは横山の敗北であることを、彼は自覚していました。一騎打ちは、ただ勝敗によってのみ決着がつくべきものなのです。中村が横山より強く、いまだ敗北を知らぬ以上、引き分けは中村の有利に解釈することができ、中村が精神的優勢を保ちました。

今や、すべては西郷四郎の一騎打ちの行方にかかっていました。

「最終試合！」審判が宣しました。

「講道館代表、西郷四郎殿、対するは戸塚揚心流、好地円太郎殿！」

さほど背の高くない西郷と比べると、好地円太郎は屈強な相撲の力士のように見えました。観客たちは、西郷が、その有名な技と素早さをもってしても、果たしてこの鋼鉄の筋肉に覆われた巨漢に太刀打ちできるものだろうかと囁き合いました。実際、最初のうち西郷は、かなり守勢一方のように見えました。好地は逃げるように機敏に動く西郷の上着をむんずと掴み、エイッとばかり電光石火に投げ技をかけました。西郷の体は上にはね上がり、観客は西郷の体が畳に落ちる鈍い音を期待しながら、

東京高等師範学校庭で技（浮腰）の研究的説明をする嘉納治五郎

思わず腰を浮かせました。しかし、西郷の身体が畳に叩きつけられることはありませんでした。西郷は空中で宙返りをうって膝と前膊《ぜんぱく》（肘から手首までの部分）で着地しました。場内は驚きに息を呑みました。好地はさらに攻撃を完成させようと前に突進してきました。しかし、突然、西郷の腰がスッと沈み、好地の腕と襟が西郷の鋼鉄の手にひしと掴まれました。最早西郷には、先ほどの守勢一方の姿は微塵も残っていませんでした。西郷は好地のバランスを崩し、自分を軸にして、弧を描くような珍しい投げ技を好地にかけました。

「山嵐だ！」

観客は感嘆の溜息をもらしました。それがどこか腰投げを思わせる、西郷四郎の名を世に知らしめた独自の必殺技でした。好地円太郎の巨体は、宙を飛び、地響きを立てて仰向けに落ちました。そしてすぐに、傷を負い意識を失いかけながらも、怒り狂った好地はさっと立ちました。観客は驚愕しました。今まで「山嵐」で投げられた後で、かくも素早く立った者は誰もいませんでした。そこにはやはり無敗の戦士の姿がありました。しかし、好地が完全に意識を取り戻すより先に、西郷は彼に飛びかかり、もう一度強烈な投げ技で敵を畳の上に転がしました。今度こそ好地は、起き上がることができませんでした。好地は、おそらくは目の前を飛びかう星を振り払おうとして、ただ頭を振るだけでした。こうして西郷は、誕生してまもない講道館に決定的な勝利をもたらしました。

それは講道館の絶頂の瞬間でした。講道館の歴史にはもちろんそれからも少なからぬ栄光のページがありましたが、このような称讃とこのような全面的支持を、講道館の後の名手たちが経験することはもうありませんでした。それからまもなく、柔道は警察と軍で採用され、その数年後には中高等学校の授業にも入りました。

この有名な試合の後、多くの歳月が過ぎてからのことですが、嘉納は、自身の心を深く揺り動かしたもう一つの出来事があったことを回想しています。県庁のお偉方に柔道による教育法を公開演技するために、嘉納が弟子たちと出向いた千葉県で起きたことです。当時の千葉県監獄の柔術の指南役は戸塚英美でした。二人の高齢の格闘技のベテランは心を込めた礼を交わし、ともに西郷四郎の参加する試合を見守り始めました。おそらく、西郷四郎と自分の弟子と以前の戦いが脳裏に蘇ったのでしょう。戸塚英美は自分の昔の敵に向かって言いました。

「あれは大した男ですな」

嘉納は書いています。

「この評を聞いて、わたくしは信じられぬほどの喜びを感じた。戸塚氏が西郷を評してそう言ったのだと理解した時、わたくしは自分の耳を疑った。わたくしは今まで一度もこの出来事に触れたことはない。しかしそれはわたくしの最も大事にしている思い出の一つである」

これで講道館の技の体系の構築は、完成したと考えて良いと思えるかも知れません。しかし、嘉納はその後も数十年にわたり柔道の理論を考究し、特に武道の道徳的・倫理的規範に注意を払いました。彼は柔道の高邁な倫理的規範を永久に護り揺るがぬものとし、不誠実な、あるいは未熟な柔道家による柔道の歪曲を防ぎたいと思ったのです。このようにして講道館の誓文が生まれました。百年前の門下生たちは、この誓文に署名・血判しています。

第一条　この度御門に入り柔道の御教授相願い候上は猥《みだ》りに修行中止しまじき候こと。
第二条　御道場の面目を汚し候様のこと一切しまじき候こと。
第三条　御許可なくして秘事を多言し或は他見させまじき候こと。
第四条　御許可なく柔道の教授しまじき候こと。
第五条　修行中諸規則堅く相守るべく申すは勿論御許可後といえども教導に従事し候ときは必ず御成規に相背き申しまじき候こと。

この厳格な規則には、生まれたばかりの新しい道を、たとえ初めの間だけでも通俗化から護り、その純粋さとある種の格式を保ちたいという嘉納の意気込みがはっきりと読み取れます。あるいは、この武士の子孫の言葉には、秘密を守ろうとする祖国の古い伝統が生きていたのかも知れません。その伝統は著しい変化にさらされ始めたばかりでした。しかし、柔道の国家化そのものが、この誓文の多くの条項を非現実的なものにしていきました。柔道が教授された学校の生徒には外国人もなり得ましたし、当時すでに外国人の師弟がいました。新しい武道は国境も民族による制限も克服し、おのずと広がっていったのです。

嘉納自身もこれに一役買いました。一八八九(明治二十二)年九月、ヨーロッパの体育教育システムを視察し、柔道に関しての自らの見解を伝えるために、嘉納は渡欧の途に就きました。当初、異国の地での嘉納とその門下生たちの公演は聴衆の冷たい、無関心な反応に迎えられました。しかし嘉納は、リヨン、ブリュッセル、ウィーン、パリ、ロンドン、ストックホルム、アムステルダムとその旅を続けました。そしてこのヨーロッパ巡りが功を奏し、体育の教師や選手の交換が決まり、海外にも講道館の支部が開設されるようになりました。

ここで私は堪えきれずに、ムラショフの話に口をはさんだ。

「しかし、まさしく普遍的な人生の原理原則を発見したという嘉納治五郎の最大の自負に関しては、どう考えたら良いのですか？　今のところは、武道が国の教育制度に組み込まれたという話だけじゃないですか？」

「それそれ、そこなんです。国の教育制度に組み込まれたということは、若い世代の教育に組み込まれたということです。あなたは、何のためにこれが行われたのかと質問されたのかな？」

「健康で強壮な若者を得るためというのは、誰にでも分かる理由でしょう。一定の再教育の後で、藩主の没落後に剣も仕事も無いまま残されたすべての者たちに稼業を見つけてやり、同時に武道教育における低俗化や乱れを防ぐという目的もあったでしょう……」

「確かにそれは表面的な理由です。しかし、もっと広い目で見れば、何世紀にもわたって築き上げられただけでなく、各時代状況の観点から取捨選択されたより良きものに、若者を立ち帰らせるということでしょう。若い世代をして、父祖の伝統に基を置かせ、同時に、その桎梏からは解放するということです。エリート意識に関して言えば、ここで唱導されたのはもはや家柄のエリート意識ではなく、事実上、国民としてのエリート意識です。もっとも、この道は刀の刃のように滑りやすく一歩間違えば大変なことになってしまいます。このわたくしの危惧は、残念ながら、一九四五（昭和二十）年に至るその後の日本精神「大和魂」の変容によって実証されました。

ところで、著名な日本の黒澤明監督の映画で、我が国でも有名な『姿三四郎』は、わたくしが今お話しした講道館の歴史に捧げられたものだということはご存知かな？」

「たしかに素晴らしい映画です。でも、私の最初の質問に、あなたはまだ答えていらっしゃいません。柔道の原理原則の普遍性とかいうものはどうなるのですか？」

「この原理原則はある意味で疑いようもなく普遍的です。問題の核心は別のところにあります。嘉納治五郎がそれを見つけたのか、それともそれを応用したのか、そしてこの原理原則に基づく行動とはどのようなものだと仮定されていたのかです。それはこの先の話をお聞きください。ついでながら、講道館の黒帯所持者は怪我の際の応急処置の方法を必ず知っていなければならないとされていたことを、お話ししておきたく思います。この処置法は指圧の理論と実践に基づいていました。つまり、生命維持に掛け替えのない人体のツボに対する働きかけの技術です。まあ、ともかく、あなたが触れられた疑問の本題に入りましょう」

嘉納治五郎は当時の日本の武道の師範のうちで、自分の武道に「道」の概念を適用した最初の教師でした。「道」とは文字通り「道」、あるいは根本的原理の意で、以前の技能、技術、方法としての「術」に対立するものです。忘れられた昔のものという意味で、人々にとって新しい概念「道」は、最高原理、従うべき道、行路という意味を持ち、遠い昔から中国と日本の宗教哲学思想の中に生きてきたものです。せめて中国の道教を思い出して下さい。この専門用語「道」は、中国の「武術」のあらゆる種目の師たちによっても使用されています。

柔道という用語そのものも嘉納の発明ではありません。徳川幕府の時代にも柔術の一派である直真流が、自らの流儀を柔道と名付けていました。嘉納はこの先行者との違いを際立たせる意味でも自分の道場を「講道館」、つまり、道を講ずる会館と名づけました。講道館の教程には格闘技の技術的な技のほかに、心理的な鍛錬とも言うべき「形《かた》」の学習が入っていました。講道館の門下生の一人一人は、全ての形を漏らすことなく知っていなければなりませんでした。

一、投の形／二、固の形／三、極の形／四、柔の形／五、講道館護身術／六、五の形／七、古式の形／八、精力善用国民体育／九、剛の形（形は現在のもの）

嘉納は、形とは身体と心の調和的発展のシステムであると考えていました。「自他共栄の達成」が、この調和の目的であり、結果であると理解していました。では、この「自他共栄」は、実際どういう意味で用いられていたのか考えてみましょう。嘉納の考えでは、社会生活においては、柔道の研鑽と同様に、何よりも秩序と社会の成員相互の合意が必要とされます。それを得るには相互扶助と譲り合いの道しかありません。それが調和、すなわち、全体の繁栄と幸福に導くことのできる道です。

このように嘉納は、柔道を広める終極の目的を、社会全体の繁栄のために各人の心身の調和を達成することであると考えていました。このような調和の達成には自身の心身を毎日練磨することが必要です。ここで詩人の言葉を思い出さずにはいられません。

「魂は日夜、そしてまた日夜、働かなくてはならない」

もちろん、「自他共栄」が柔道の実習から直接生まれて来ると、文字通りに理解する必要はないでしょう。しかし、嘉納が、その受けた養育においても、教育においても、その東洋的な思考法においても哲学者であったことを忘れてはいけません。彼はあらゆる問題に「全てが一つであり全てが繋がっているという観点」からアプローチせざるを得なかったのです。まさしく、この全てを包括する統一的視点から、最も効率的に力を注ぐことが、人間活動のあらゆる分野において必要になるのです。嘉納が自身の哲学的著作に「一に帰する（帰一斎）」という号で署名したのも、訳あってのことなのです。反論の余地もありません！

嘉納治五郎、晩年の頃

嘉納は晩年まで毎日のように講道館を訪れ、柔道を教えました。彼は理論家であったばかりではなく、その格闘技の実際の経験においても素晴らしい名手でした。

後の歴史を眺めれば、日本は嘉納治五郎に柔道でその恩恵に浴したばかりではありません。嘉納は大日本体育協会、日本アマチュアスポーツ協会、日本オリンピック委員会の創始者となったのです。

一九三二（昭和七）年になると、諸学校でのその門下生の数は十二万人にのぼりました。

一九三八（昭和十三）年、カイロで国際オリンピック委員会総会が行われました。この時までに嘉納は国際オリンピック委員会委員を長年にわたり務め、ある期間には国際オリンピック運動の第一人者になっていました。

私は、ムラショフがこの貴重な情報を拾った本の山を、敬意を込めて眺めた。私との話の中で、ムラショフはひっきりなしにあちらこちらの本のページを開き、時にはそれをそのまま朗読して引用した。私はこの話を、私の記憶に残る限りで書いている。そのため、わたしは直接の引用を避けることにした。引用には間違いもあるかもしれない。もちろん、自分で読んで調べるために、これらの本を貸してくれるように彼に頼みたいという誘惑にもかられたのだが。

その一方で、もしこの話の対象への深い関心のみならず、膨大な人生経験をもち、このテーマに関して自身の考えを持つこのような語り部が居なかったら、この物語はこうも私の心を掴みはしなかっただろう。一言で言って、私には、話そのものも、語り部その人も、等しくとても興味深かったのだ。しかし、ムラショフもまた、聞き手、つまり、私に関心を持っているようだった。話を中断して、彼は私の方に身を傾け、尋ねた。

「ご自身が、どうして格闘技の稽古を始められたのかを話しては下さらぬかな？」

私は考え込んだ。一般に我々の田舎では、若者はみんな力を競っていたし、自分で自分を守れる者でなければ相手にもされなかった。私は幼くして、じっとしていても強くはならないこと、強くて機敏ですばしこくなるためには、少なからず努力しなければならないことを悟った。十歳になるともう、鉄棒にぶら下がったり、重いものを持ち上げたり、毎日、自分の決めた何キロかを森を抜けてランニングしたりしていた。こういう鍛錬を毎日するように自分を律するのが楽だったとは言うまい。一人でトレーニングに出かけるために、時には友達と楽しく時間を過ごすのを断ることもあった。しかし、私は知っていた。少しでも怠れば、元に戻ってしまうことを。それに私には目的があった。本物の鍛えられた男になることだ。その目的を放棄するつもりはなかった。今から思うと、おそらくそれは、人生の本物の闘いに立ち向かうための私なりの準備だったのだろう。実際、私がトレーニング中に自分で悟ったことは、後でコーチが私に言うことと同じだった。あらゆる格闘技において、勝つことができるようになるためには、まずは自分に勝たなければならない。被り得る痛みや怪我に対する恐怖、強敵に対する恐怖、怠惰、前進することを妨げるあらゆるものを自ら断つ術を知ること――これらを克服することから始めなくてはならないということを悟っていた……

こういったこと全てを、私は簡潔にムラショフに語った。本当の格闘技を始めたのは十四歳の時で、モルドヴァのルィシュカヌィという町で中等技術学校に入った時だと言った。その町で私は翌年、サンボのスポーツマスター称号の候補者になったのだ。しかし、中等技術学校の世界というのは、それだけでも一つの物語である。機会あれば、その話に触れよう。

その晩私は、この興味深い話し相手のもとを大分遅くなってから辞去して、遠い過去と今日のムラショフの会話を思い返しながら、夜の街を長い間ぶらついた……

この二人の話し相手の双方、つまりキリル府主教とムラショフのおかげで、絶えず先に行ったり前に戻ったりしながら、まるで時間の旅をしているようになったという思いが私について離れなかった……。実際、嘉納治五郎が講道館を開いたばかりの一八八二（明治十五）年、ニコライ神父は、自分の神学校の最初の卒業生を世に送り出している。

私はまだこれから、この神学校の開校とそれに先行するあらゆる出来事について、読者に話さなくてはならない。お手上げだ……と言いたいところだが、それが私の選んだジャンルの掟なのだ。あるいはそれは、こんな風に次から次へと新しい情報を与えてくれる人生そのものの掟かも知れない。

ところで、こうして思いがけず読者と直接の対話に入ってしまった以上、私たちの物語のもう一人の主人公について、読者に紹介しておくのもちょうど良いかも知れない。この主人公は、この先この物語の中でおそらく中心的位置を占めることになる。

もちろんそれは、ワシリー・オシェプコフのことだ。ここまで語った色々な出来事が起こる時期までには、彼はまだ生まれてすらいなかった。しかし、すでに準備は始まっていた。一見、全く相異なる様々な人々を、ある運命的な一点で一つに集める神の意思、ある種の状況の一致、あるいは宿命が準備されていたのだ。そして、誕生する。何か新しい、意義ある重要なものが必ず誕生する。それは歴史に残るばかりでなく、今日の日の生きた礎を編み上げる一本の糸となるに値するようなものが誕生することになる。しかし、それはもっと後で語ろう。今は、すでにロシアの日本宣教団を率いるようになったニコライ神父について、キリル府主教がさらに私に話してくれた物語に戻ろう。

日本で発行されたニコライ神父のロシア語の日記の頁を、敬虔な思いでめくる機会を得た時、私はこの日記に個人的なことがいかにわずかしか含まれていないかに、注目せずにはいられなかった。本質的にそれは、宣教団の年代記で、日々のあらゆる実務上の会合や移動が記載され、あらゆる日常的な問題や心配事が列挙されている。

8　宣教団の活動　キリル府主教の談話とN・ムラショフの談話による

日本におけるロシア宣教団の活動は何もない状態から始まった。この文字通り無一文の状態は、ときおりロシア宗務庁から送られてくる補助金、そして個々の主教区や修道院、個人の献金によって、いくぶんか楽になるだけだった。もちろん、これらの寄金も何もせずに集まってきたわけではない。それは、倦むことを知らぬ宣教団長の大きな仕事であった。献金者になりそうな人々に精力的に手紙を出し、支援を呼びかけ、それに応えた人々への心からの礼状を書くことも仕事だった。ニコライ神父は箱館の領事館付属教会を切り盛りすることも忘れてはいなかった。厳しい湿った海洋性の気候のために、教会の建物は目に見えて傷んでいった。大規模な修繕が必要だった。それは、新しい献金を募り、労働力と大工たちを探すことを意味していた。

ゴシュケヴィッチ領事は、この時にはすでにサンクトペテルブルクに去っていた。粗末な継ぎはぎだらけの袈裟下着をまとい、斧かペンキの刷毛を手に握ったニコライ神父を、新しい領事ビュツォフが見た時に、ビュツォフの心中に何が去来したかを推し量ることは難しい。が、私は、ビュツォフはニコライ神父を羨んだのではないかと思う。マーク・トウェインの小説でペンキを塀に塗るトム・ソーヤを他の子供たちが羨んだのと同じように。

ニコライ神父のかねてからの願いは領事館付属教会に鐘楼をつけることだった。キリスト教が禁教ではなくなった今、鐘楼の鐘の音は、祈りを呼びかける声、喜ばしき福音の知らせになるはずだった。ニコライ神父はこの重要な事業の実現に、彼ならではの情熱をかけて取り組んだ。日本の鋳物師の助けを借りて、自ら鐘を鋳造したのだ。非常に厚く、何世紀もの間打ち続けても壊れそうにない鐘が出来上がってしまった。しかし、ニコライ神父はこれに困惑することはなかった。鐘の音は、ロシアの鐘造り職人が作ったものとは、違うかも知れない。しかし、壊れることなく、この地方での日本正教会の最初の一歩の証言者として長く記憶されることだろう。実際、この鐘は、ニコライ神父の没後も長く撞かれ続け、神父についての大事な思い出の品になった。

教会の活動上のもう一つの懸案があった。領事館付属教会にやってくる日本の信徒たちが、奉神礼の一部だけでも母国語である日本語で聞けるようにしたかったのである。この問題の解決には、宣教団で集めた書籍がニコライ神父の役にたった。ニコライ神父は本と辞書を並べて、机に腰を据えた。まもなく、「主、憐れめよ」、「聖三祝文」、「信経」、「天主経」、そして福音書が日本語で読み、歌われるようになった。これはニコライ神父の最初の日本語への翻訳であった。ニコライ神父には宗教と学問、文化を隔てるものは何も存在していなかったと言うべきだろう。彼はサンクトペテルブルク神学アカデミーから博士号を受け、神学博士となったが、立派な東洋学者でもあったのだ。

ニコライ神父は、しばしば各地を旅し、各地の教会の状態を詳細に記している。この記録には、日本各地の村や町の暮らしぶり、住民の社会構造、各地の産業、生糸工場の女工の労働条件、農作業についての神父の考察も記されている。これは、当時の日本の郷土史についての貴重な情報を含む、社会学者の本物の記録というべきだ。彼の日記は、その時代の日本の農村について書かれた最も優れた

箱館正教会旧聖堂

書物として、のちに研究者に高く評価されている。

この頃、ニコライ神父の長年の夢の一つが叶った。箱館の教会に初めてのロシア語学校が開かれたのである。これはキリスト教の信仰を受け入れ、将来その信仰に身を捧げる用意のある人々のためのものであった。この学校のために、ニコライ神父は連夜、露日辞典を編纂した。この学校に入門を希望する人々は多かったが、教室となる場所はなく、授業には宣教団長であるニコライ神父の小さな家の小さな部屋があてられた。神父は自分用にはただ一室を残した。この部屋が彼にとっての寝室であり、食堂であり、応接室であった。夜には、それが学術研究や執筆の場となった。ニコライ神父は、ロシアの有名雑誌に日本における新しい正教会についての文を寄せている。まもなく、また嬉しい知らせが祖国から届いた。宣教団での印刷用の石版印刷の道具が発送されたのだ。

「どこに石版の道具を置きましょうか?」

答えが分かっていながら、人々は訊ねた。ニコライ神父の家以外に置く場所はなかった。ロシア語学校の授業も、ニコライ神父自身の仕事も石版刷りの轟音のもとで行われることになった。粗末な布で出来た普段着の袈裟の下着をまとい、やつれた顔をしたニコライ神父を見て、当時日本にいたロシア人は荒野の隠遁者を連想したという。

宣教団に派遣された聖職者の一人が病にかかり、交代の聖職者の派遣を求めたとき、団長ニコライは宗務院への報告の中で、新任者は、自分のもらう二百ルーブルの給料のうち、少なくとも半額を自分が赴任する場所での宣教団に寄付することになると、事前に警告するように依頼している。どうやら、ニコライ神父をはじめ、宣教団の全団員がそのような自己犠牲的な条件で働いていたようだ。

そのような条件を受け入れることのできるのは、ニコライ神父と信仰を分かち合えるだけでなく、彼の真の理解者となり得る人間でなければならなかった。ニコライ神父は、宣教団の仕事のために赴いた人物全員が伝道活動に向いていたわけでなく、自分の在任国に無関心であり、ニコライ神父が自分に、また全ての聖職者に求めた要求を満たすことが出来なかった人間がいたことを、苦渋の念をもって認めざるを得なかった。

ついにそのような人間が見つかった。聖ニコライのあとを追って修道司祭アナトリイが日本に派遣された。アナトリイはキエフ神学アカデミーの出身で、ギリシャのアトス山修道院の見習修道士だった。ニコライ神父は彼がすぐに気に入った。「これ以上の協力者は望めないでしょう」ニコライ神父は宗務院にそう書き送った。そして、アナトリイ神父の到着によって、正教宣教団センターを東京に移すことが可能になった。領事館も東京に移転していた。一八七二(明治五)年二月のことであった。

東京は、数年前まで江戸と呼ばれていた。この都市の創建者である徳川将軍の居城は、江戸という名、つまり「江の戸」という名前に違わず海に面し、隅田川の交通を見張っていた。隅田川は地方から海へ、それから大阪、京都へと、米やそのほかの商品を運び込む大交易路だった。徳川幕府は天皇家に服従しない十分な力を保持しており、江戸こそがこの国の実際の一番の重要な町だった。およそ三百年に及ぶ徳川将軍権力の崩壊とともに、江戸は帝国の首都となり、東方の都、「東京」と改名された。

ニコライ神父は東京に移り、そこに事実上二つの異なる都市を見て取った。平民の町では、職人たちが手工業に汗を流し、日本を有名にしていた絵柄の入った絹織物を作り、芝居や寄席を楽しんでいた。侍の町は、まだその洗練された堅苦しさから抜け出してはいなかった。茶道の奥義が追求され、弓矢や剣術の試合が催されていた。しかし、この表面上のまだら模様の背後では、すぐには分からないが遥かに深い変化が進行していた。日本は交易、経済、精神の孤立から抜け出そうとしていた。すでに東京では、カトリックやプロテスタントの宣教団が活動を展開しており、その宣教師たちは将来の信徒に向かって、自分たちの信仰のみが真のキリスト教信仰なのだと説いていた。

東京で住居を見つけることは難しかった。泊まる所さえなかった。ニコライ神父は一晩だけ英国人の宣教師の家に泊まった。それから、屋根裏の小さな二部屋からなる家を見つけた。ニコライ神父は、正教宣教団の本拠地をどこに構えるかという難しい問題を解決しなければならなかった。ニコライ神父は駿河台の丘に土地を購入したかった。駿河台は、眼下に街の全景が広がる丘の上という申し分のない場所であった。長期間に渡る交渉と協議の合間に、ニコライ神父は気に入ったこの土地を散歩し、開け放った扉の向こうで、通行人の目に触れながら作業にいそしむ職人たちの仕事場を覗いてみた。

明治天皇がそれまで不浄とされていた肉食の禁忌を否定したのはごく最近のことだった。が、すでに駿河台には、薄く切った牛肉や豚肉、鶏肉、そしてヨーロッパ人のなじみのない、大豆から作られた調味料の醤油、食用になる菊の葉、ゴマ油を売る肉屋があった。その隣からは、田舎の干し草のようなイグサの香りが漂ってきた。畳屋だ。太い針でイグサを織る老職人は、往来を行く通行人と冗談を交わしながら、だるまのような銅の薬缶の湯を入れては、茶を飲み干していた。少し先には、さまざまな模様や漢字の染め抜かれた手拭いを作る職人がいた。その狭い工房では、山の手の武家屋敷で好まれているのとほとんど同じ絵柄が生まれるのだった。ただその絵柄が施される素材がここではより素朴で粗末なだけであった。

ニコライ神父はこの喧騒に耳を傾け、職人たちの腕前に目を奪われ、まさしくここ、庶民たちの住居の真只中にこそ正教宣教団の建物が建立されるべきだと意を強くした。あとは、ロシア帝国の役人たちを説得するだけだった。ニコライ神父はロシアに書き送った。

「外国人たちの寺院には十字架が輝き、鐘の音が鳴り響いています……。ああ、我々も教会を建てることが出来たら。我々の哀れな小鳥たちは言います。祈りを捧げ、心のうちを神に打ち明ける場所がどこにもないと。たとえ日照りでひび割れた大地ですら、我々があなた方の助けを待ち望むほどには、雨を待っていないことでしょう。直接の支援でなくても、せめて希望だけでもよろしいので、少しでも早く我々に吉報をお願いします」

正教会設置

ニコライ神父は、秋になってからようやく駿河台の丘の上に土地を無期借地権の形で購入することができた。今度は、ここに正教宣教団の建物を建てる仕事が待っていた。この境内には教会、男子と女子の神学校、宣教団長の家、その他の建物を作らなければならない。これは大変な問題であった。しかも資金は足りないのだった。ニコライ神父は大工たちと何時間も話し合い、自ら定規とコンパスを手に図面の上に屈み込み、譲歩しようとしない業者たちを説得にでかけた。

東京での生活条件は箱館よりも少しも良くはなかったけれど、ニコライ神父は、自分の生活のことはほとんど気にしなかった。

「これはほんの些細なことですが、わたくしの状況を想像してもらえるでしょうか？　神様、何という暑さでしょう！　もちろん、仕事を止めるわけにはいきません。そのことを言っているのではないのです。午前中は正午まで、夕べは五時から、二、三十人が教義問答の講義を聞きに来る権利を持っています。しかし、どこに来ればよいのでしょう。正確に測ってみたら十一フィート四方でしかない私の住む屋根裏部屋へ、でしょうか？　この狭い空間から、机や椅子、そして寝床の役をする長椅子が占める面積を差し引いて下さい。部屋の高さと言えば、私がかろうじてまっすぐ立つことができる程度なのです……。幸運にもはすかいに二つの窓があります。もし憐れみ深い自然が風を送ってくれるなら、なんでもありません。しかし、空気が淀んでいると、耐えがたい蒸し暑さです。最大の努力をして思考に注意を集中させます。喉そのものが枯れてしまうことがあります。多くの人々が洗礼を受けたいと申し出ています。しかし、出来ません。なぜなら洗礼する場所がないからです」

こんな彼の所感にも、彼が個人的な不便をかこっているのではなく、神父として宣教師としての仕事を然るべく遂行出来ないことを、訴えているのである。もちろん、教会建設によって住民を相手にした宣教師たちの布教活動は止まるものではなかった。彼らの活動そのものもおおよそ容易なものではなかったが。仙台と箱館で伝道活動を続けていた沢辺と酒井が投獄されたという知らせが、ニコライ神父に届いた。ニコライ神父は、正装し、日本の有力な政治家、今回は岩倉具視と木戸孝允のもとに力添えを乞いに出かけた。彼らは新政府で要職を占めていた。外交的な儀礼が続き、お茶会やお辞儀があった。しかし、ニコライ神父が持つ説得力により、また時代が変わっていたこともあり、捕縛された二人は解放された。宣教活動を展開する上でさまざまな障害がニコライ神父を苦しめた。日記にニコライ神父は自分の苦しい胸の内を吐露している。

「無駄に人生、加えてロシアのたくさんのお金が費やされているのではあるまいか？　日本に正教は根付くのであろうか？　そのために誰が努力すべきなのか？」すぐに自らを戒めている「昨日書いたことは小心そのものだ。辛抱の足りない私たちは、神が決めておられる運命が直ちに我々の前に啓示されるように望むのだ。この世のあらゆるものに意味があり、人は神の理性に反して、意図的にそれを覆すようなことはできないのであろう。もし我々が無頓着に踏みつける一本の草の中にある、全ての細胞に役割があり、それなりの役割を果たしているのならば、人間がこの細胞よりも無意味でとるに足らないものであるだろうか？　人はみな、自分の本分を守り、自分に出来ることを落ち着いて実行しなければならない……。櫂を手放さず、漕ぎ続けなければならない。死が櫂を私の手から奪い取るまでは」

明治政府がキリスト教禁制を事実上解いたのは、やっとその一年後だった。そのときニコライ神父は自分の日記にこう記している。

「主は我々に迫害を耐えさせた。しかし、今や頭上にあった暗雲は晴れ、稲妻が自然の美しさを蘇らせるように、過ぎ去った試練は神の子らの燃えるような熱意の魂をさらに燃えたぎらせた。神のためのいかなる労苦も報われなかったことがあろうか？」

しかし、何世紀も続いた偏見は一片の布告ですぐになくなるものではない。キリスト教の説教を妨害するために、怒った神官や僧侶たちに扇動された異教徒たちが騒動を起こしたこともあった。

「あなた達が喜んで迎えられ、すぐに大事にされ、認められると思ってはなりません。あなた方はこれからも貶められ、辱められ、中傷にさらされるであろう。そのような事には目をつむり、耳を閉じなさい。心の中にただ主の喜びだけが息づくようにしなさい。あなた方は新しい農夫です。穂は実っています。労苦への実りを思いなさい。が、自分の労苦に対する褒美や賞讃の望みが芽を出さぬように気を付けなさい。あなたが善をなし、愛し、美を眺め、完全なる生を感じるとき、あなた方はもう神の国に至っているのです」ニコライ神父は自分の弟子たちに語った。

「宗教ということばは、ラテン語の動詞『結ぶ』、『繋がる』という言葉から来ております。我々正教徒は、一人ひとり別々の人間ですが、信仰があります。信仰が、我々を互いに結び、我々をいと高きお方に繋げ、天地創造の目的へと向かわせます。人々は互いに繋がっています。そして、我々が何か悪行を犯すと、それは個人の出来事ではなく、周囲にも影響が広がります。しかし、我々の心の在り方、個人個人の心の中での努力もまた、すべての人々の幸になるのです」

あらゆる困難を経て、ニコライ神父はこの古くて新しい民族の将来を予見した。

「福音書の光照によって日本が照らされることが御神の御意思に適っていることは、日毎に明らかになっております。この若く力強い民族をご覧ください。この民族が福音書の光による啓蒙に値しないなどということがありましょうか？　毎日のように、ロシア人を含む宣教師たちのもとに、キリストを知りたいという人々がやってきます。改宗者の数が日々増えています……」

ニコライ神父の全人生をかけた事業となる日本正教会の精神面の充実も進んだ。日本人聖職者と輔祭が直ちに必要となっていた。二年後、ニコライ神父は当時のカムチャッカのパーヴェル主教に、箱館で最初の日本人司祭であるパウロ沢辺とその友人、ヨハネ酒井を輔祭に叙聖するための按手礼を行うように依頼した。これは日本の正教徒とロシアの宣教師にとってとても喜ばしい出来事であった。同時に宣教団員も決定された。修道司祭セルギイが宣教師として日本に赴任した。宣教団の団長であるニコライ神父との最初の会話はセルギイの心に深く刻まれた。

彼は、のちに府主教、総主教座の総主教臨時代理、またその後モスクワと全ロシアの総主教となった。彼には、『極東にて』、『日本について』という著書もある。セルギイは、まだ若き宣教師の時代に彼にニコライ神父がかけた言葉を覚えている。

「まごころが要るのです。親しき者、近しき者たちが何に困っているのかを察し、その喜びと悲しみを自分のものとする力、そして同時に、如何に悲しみを取り除き、喜びを増すかについて冷静に考える力が必要となります。心と知恵の命ずる方向で行動する決意も必要です。そして、また強固さ、自分の行動が他の人々にとっての模範となるような権威など、様々なことが状況に応じて必要となるのです」

セルギイ神父はこのように記している。この言葉に、この最初の出会いで、ニコライ神父の率直さ、自分が同志と考える者に素直に心を開いたことにセルギイ神父は感動した。未来の成聖者、ニコライ神父は続けている。

「まさにあなたの傷口が鞭で打たれるように感じる時もあるでしょう。外国人に対する日本人の閉鎖性、我々に対するある種の排他性（もちろん、皆に対するものではないが）、それが故の彼らの変わりやすさが日々我々を苦しめます……」

ニコライ神父にとって、日本の最初の正教徒たちが彼自身に対して表した畏敬の念は、それがために大切なものであった。このことは祖国を遠く離れ、困難な時代にあったニコライ神父にとって大きな慰めであった。彼は、信徒の多くがその狭い貧しい家の祭壇に、イコンと並べて箱館で石版印刷されたニコライ神父の写真を飾っているのを知っていた。彼は、正教徒の家庭において大切な尊敬される家長となっていたのである。

セルギイ神父はその著作の中で、ニコライ神父がその伝道者、特に聖職者に対して大変厳しい道徳的、精神的要求をしていたことを記している。ニコライ神父は、宣教師は自分のために生きるのではなく、その行動と時間が他の人のためのものでなければならないと考えていた。それはロシア人、日本人の伝道者に対しても説かれたことであった。

正教会神学校

ニコライ神父は、東京の宣教団のもとに開校した日本で最初の正教会神学校の奉仕者たちも、このように教育されるべきだと考えていた。神学校は六年制で、十四歳から六十歳の生徒たちが学んでいた。日露戦争の開始前までは神学校で学ぶ生徒の中には、ロシア人もいたのである。ニコライ神父の日記に次のような記述がある。

「親元で休暇を過ごせるようにロシア人の生徒、フョードル・レガソフとアンドレイ・ロマーノフスキーを旅順港の巡洋艦ジギットに向かわせた。ロマーノフスキーは、父親が神父の本を読みたいので、持って来て欲しいと、言われたと言った……この父親は新ムクデンの建設現場監督でドン・コサックの人間だ。本物の敬虔なロシア人だということが分かる」

ニコライ神父は自ら神学校の課程を考案した。そこには、新約聖書学等の神学上の教科のほかに、ロシア語、中国語、算術、幾何学、地理学、歴史、心理学、そして哲学史などの教科が含まれていた。ニコライ神父は、生徒が正教に親しむだけでなく、それまでは禁令により覗くことも出来なかった、大きな世界と親しむことを願っていた。ロシア語の授業は彼自身が担当した。

授業は朝八時から短い休憩を挟んでほとんど夜まで続いた。暗くなると、ニコライ神父はこのために借りた場所や、誰かが申し出た家で、キリストの教えを語るために、遠い町外れまで出かけた。そこには、彼の話を聞きたいという人々が集まっていた。聴衆の多くは富裕とはいえない仕事持ちの人たちなので、集まりを持つことが出来るのは、彼らの仕事が終わった夜遅くでなければならなかった。ニコライ神父は、通常、キリスト教教義要解に従って説教を行った。

帰り道はもう夜も更け、しばしば荒れ野原を通って帰らなければならなかった。当時の東京にはそんな場所がたくさんあった。そこは、武家政治の廃止とともに、廃墟となった武家屋敷跡であった。外国人にとってそのような場所を通ることは危険であった。そのため、説教に集まった人たちは、通常ニコライ神父に護衛役として力持ちを付けていた。そういう護衛になったのは神学校の柔道愛好会の会員だったのかもしれない。この神学生の男子柔道会は、神学校の特色の一つで、多くの日本人にとってこの学校に自分の子供たちを学ばせるもうひとつの理由であった。

のちに最初の神学生を社会に送り出す時、ニコライ神父は彼らにこう告げた。

「あなた方は、この場所での長い生活を終えて、喜びと幾ばくかの悲哀を感じながらここを出て行きます。あなたがたは喜びの世界へ、しかしそれ以上に悲哀の世界へと出て行きます。大事なことは、生きるものすべてに神が課した義務である、あなたの一生の労働をするために、出て行くのだということです。この労働が辛いものではないように、仕事を神に捧げなさい。『常に祈りなさい』と言われています。あなた方の人生の仕事が、祈りのように聖なるもので神の御心に適ったものであるように。そのためにはその労働に神の印を常においてください。あらゆる労働の始まりを祈りで清め、神への感謝でそれを終えてください」

まもなく公会が執り行われ、主教座を設け、日本に主教を遣わせて欲しいという願いを、ロシアの宗務院に送る決定がなされた。その晩、ニコライ神父はこの決定と宗務院への手紙について熟考しながら、一人長く坐していた。窓の外では、あたかも故郷のスモレンスクを思わせる十二月の風が吹き荒れていた。ただこの風は海風であり、塩気を含んでいた。冬の短い日が暮れても、日常の雑事は少しも減りはしなかった。しかし、ニコライ神父はこの気苦労から少し離れようとした。すると、紙の上には熱意に満ちた言葉がすらすらと溢れ出た。

「主教が当地に必要なのは、ここに真の教会運営の秩序の礎を置くためです。人間の性格は幼年時代に形成されます。もし幼年時代にきちんとした養育がなされず、規律を教えなければ、その人自身が不幸になり、周辺にも多くの不幸を与えます。教会ももちろん同じです」

「当地の正教徒がもっとも感受性に溢れている現在を有効に使わなければなりません。彼らがその教会での生活に入ったばかりであるが故に、全てのことを受け入れようとしているのです。（その反対も然りです。若さゆえにすぐに横道に逸れてしまうのです）。この時期にこそ、彼らに真の教会に至る正しい道をはっきりと描き、しっかりした手で彼らをこの道に導き、この道を歩かせなくてはなりません……」

ニコライ神父はロシアからの主教の派遣を願い、期待される主教像を明確に描写した。

「素朴で、謙遜の心を持ち、誰もが近づき易く、あらゆるものを受け入れ、あらゆるものに最後まで耳を傾ける覚悟のある人物。同時に、鋭く、自身に実行力を備え、他人にもその為すべきことを要求し、すなわち、厳格な秩序を保つ人物。そして最後に、敬虔で、つねに祈りを忘れず、自己犠牲的精神に富む人間。すなわち、自分のことは考えず、他人のために生きる、そういう主教こそ日本にとって本当の贈り物でしょう」

この晩、彼の傍らには誰もいなかった。もし誰かがいて、ニコライ神父の肩越しにこの言葉を読んだならば、その人は日本にすでに贈られており、それはニコライ神父そのものだと言ったことだろう。そしてそのせいか、ニコライ神父はこの書簡に封をしかけてから、頭を振った。そして、日々の事務仕事に戻った。宣教団はこのとき、またもや、財政難に直面していた。宣教師を養成する伝道学校の今後の運営資金が必要だった。伝道学校の試験の最中にニコライ神父の嘆願状に対する返事が届いた。「宣教団を解散し、学校を閉じよ」ニコライ神父はそれを受け入れるわけにはいかなかった。借り入れをするしかなかった。銀行はニコライ神父に対し支払い能力の低い債務者として扱おうとしていた……。彼は溜息をついて、手紙で、資金問題解決のために自身がロシアに渡航する許可を申し出た。府主教イシドール宛にもう一通したため、自身のロシア行きの願いをこう説明した。

「私はひとつの方策を講じました。電報を何通か打ち、協力を願い出ました。しかし、返事すらありません。ロシアに行く以外のいかなる道が私に残されていましょうか？　しかし、そちらでは何が待ち受けているのでしょうか？　何が日本宣教団と教会を待ち受けているのでしょうか？　私の出した嘆願書と電報に対する返答と同じものでしょうか？　それはあまりに過酷です。なぜ私の嘆願が無視されるのでしょうか？　この願いが叶えられるか否かに、日本正教会の存亡がかかっているのです。援助する意思がないのでしょうか？　私はそんなことがあり得るとは思いません。このような折に助ける気がないということは、正教への背信行為です」

翌朝、彼はこの二つの書簡を速達で送るように頼んだ。

この情熱のこもった、説得力ある手紙を読みながら、私はある考えにとらわれていた。ロシアの不幸は、昔から常に精神的・文化的活動に向ける資金が少ないが為に生ずるのではないか？　そういう活動こそ最も重要かつ緊急を要するものなのに！　当時も、多くのもの、貴族の邸宅での舞踏会や宮殿の維持費、宮廷の女性たちを飾るダイヤモンド、冬にニースから運んでくる菫やらパリの帽子などを買うためのお金はあったではないか？　文化事業への資金は今も不足している。毎年、文化・教育部門の国家予算は微々たるものである。現在の資産家たちの寄付や教会活動への参加に関して言えば、もっとこれを実践的にし、増大することは出来ないだろうか？

歴史的比較は意味がないかもしれない。しかし、ニコライ神父の学校では、神学の他にどのような教科があったか、何を学んでいたか、思い出して欲しい。それは人間を知育、徳育、体育の面から育てる、完全なる教育プログラムであった。日本における正教会への奉仕者と伝道者を養成するために、のちにニコライ神父が神学校の課程に体育、東洋の格闘技を取り入れ、神学校の学習要綱を日本の学習要綱に近づけたことが知られている。これは偶然には思えない。ニコライ神父は柔道の体系の中に祖国にも役立ちうる合理的な原理というものを見出したのではないか。

キリル府主教とムラショフの話で明らかになったことについて整理しながら、私はあたかも十九世紀後半の日本を間近に見ているような気がしていた。当時日本では、ほとんど同時に、日本人のための二つの精神修養の道が示された。一つは、嘉納治五郎の唱えた、全ての人間活動におけるもっとも効率的な力の使い方と、それを通しての国民団結へと続く道である。第二の道は、ニコライ神父が提唱した、神の福音とキリストの救いの愛が、あらゆる人々や全人類を差別なく結びつけているという道であった。この二つの道は互いに矛盾したであろうか？　それは、夜空を横切る二つの星のように並行して流れ落ちてしまったのか？　それとも、一方の流れがもう一方の、より強い真実の流れに流れ込み、人類の道徳的探求の共通の幹の一つの枝となったのか？　私はまだこの問題に答えられない。

東洋の格闘技をよく知り、その実践者であるニコライ・ムラショフが講道館の技法をどのように評価しているのか、知りたくもあった。このテーマに関する私と彼との会話と、彼の話はこの物語の続きにも意義あるものだと思う。

再び私は、慧眼なムラショフと彼の家で会った。私は今回の会話のテーマを説明し、それに対する回答として彼の訝しそうな視線を受けた。

「我々専門家にとっては、このテーマは馴染みのものであり、それだけに切りがないものです。けれど、他の人たちにとっては、どんな意味を持つのですか？」

それに答えて、私は東洋の格闘技への関心が増大していることを引き合いに出して説明した。

「つまり」私は締めくくった「格闘技愛好家が格闘技について物知り顔で色々なことを言っています。このことに問題があるのでしょう」

「おっしゃるとおりですな」彼は頷いた。

「この世界ではそのせいで物事が見えにくくなっています……」

そこでニコライ・ムラショフはまた机の上に本を並べ始めた。

「それは必要ありませんよ！」私は遮った「私たちには一緒に何冊でも本が書けるくらい知識があ

るじゃないですか」

「まあ、まあ」ムラショフは笑みを返した「理論家も馬鹿ではありません。ときに非常に興味深いことを書いています……。まずは、柔道の根本原理は文字通り人間の生活のあらゆる分野に適用できるという、嘉納自身の言葉に戻りましょう。我々は『言葉通りに信じて』いました。さて今度は、日本社会の問題という枠を出て、我々に馴染み深い二つの現象に目を向けてみましょう。演劇の有名なスタニスラフスキーシステムと、それに劣らず有名な現代の医師、心理療法家ウラジーミル・レヴィのオートトレーニングです」

「いいでしょう。でもそれが柔道とどんな関係があるのですか?」

「スタニスラフスキー理論の『超課題』は覚えていらっしゃるかな? 何も連想しませんか?」

「嘉納治五郎の言う超努力」私は、ほとんど反射的に答えた。

「そのとおり! 方法も同じです。(舞台あるいは劇中で)必要な時に自動的に演技出来るように、役柄に関する知識を集め、事前に習得させて、俳優を彼の役柄そのものに変身させるのです。この考えをもう一人の偉大な芸術監督メイエルホリドが発展させています。彼は、俳優は肉体的に優れていなければならず、自分の体の重心を知り、それを使えなくてはならない、と主張しました。レヴィに関していうと、これも一般向けに翻案された瞑想のサイコテクニックです。一種のヨガです。そして、このような形で、私やあなたはトレーニングで心理コントロールの初歩のレベルでこのオートトレーニングを使用したのです」

「話を日本に戻すと?」

「有名なパナソニックの創始者、松下幸之助の言葉を少し引用するだけにしておきましょう。松下幸之助は文字通りこういうことを言っています。

『会社は全て、大きかろうと小さかろうと、利益と関係のない一定の目的を持っていなければなりません。その目的がその会社の存在を積極的に正当化するような目的です。社会全体の福祉の向上のために、経営者は、道徳面からしても、実際面からしても、最高品質の商品を出来る限りの生産力を利用し、最も廉価で提供する努力をしなくてはなりません。そのことが経済の利益と社会の福祉の向上に貢献するのです』

これは嘉納治五郎の『自他共栄』そのものです。いかがですか？ もしこれがその国のすべての会社やグループ会社の哲学であるとしたら？」

「ええ、もちろん、当時の日本をよく知っていたニコライ神父が、日本という国に嘉納治五郎の理論が適用されていくのを見逃すようなことはありえなかったと思います。だからこそ、正教神学校の授業に柔道が含まれていたのでしょう」

「柔道の技に関して言えば……」

「ムラショフさん！ 講道館の名高い柔道家たちがその弟子たちに何を教えたから、（サイコテクニックは別にしても）弟子たちは試合で常に勝つことが出来たのかを、もう少し詳しく、はっきりとさせませんか？」

「ワシリー・オシェプコフなら、うってつけだったでしょうね。彼はまだ年少の頃、宣教団付属の学校にいる時から嘉納治五郎の体系で学んでいましたから。キリル府主教のお話によれば、ニコライ神父は、体育に関しては神学校の課程を日本の学校と同じものにしたそうですから。柔道は国家のレベルではすでに採用されていました。しかし、あなたの疑問の解明はもう少し後にしましょう。ニコライ神父の学校に入るまで、ワシリー・オシェプコフは人生でまだ多くの困難を経なければなりませんから」

私は頷いた。本の中でのみならず、実際の生活の中で二人の私の主人公、少年と聖人の運命が交わりあう瞬間、運命の瞬間が近づいていることを私は感じた。そのとき神父はまだ聖人に列聖されてはいなかった。それはずっと後のことである。しかし、それまでの生き方とその行いによって、彼はすでにそう呼ばれるにふさわしい権利を持っていた。

少年に関しては、これまで語ってきた以上のことはまだ語れない。しかし、彼の心は、よく心理学者が好んで言うような「白紙」では到底ない。その心には、両親によって、また、彼の家の先祖たち、正教徒のロシア人によって、すでに多くのものが注ぎ込まれていた。

ニコライ神父については、彼ら二人の出会いに至るまで、まだまだ多くのことを語らなければならない。その時代にも、またニコライ神父の人生にも、まだまだ多くの事件が起きたからだ。

日本では時代が徐々に変化し、正教団もしっかりとしたものになっていった。いくつかの都市にキリスト教寺院が建てられていた。

今や、首都東京に、日本の正教の大寺院を建立する時となった。

9　聖ニコライ主教誕生　キリル府主教の談話による

東京大聖堂の建立

ニコライ神父はロシアの宣教団の存在そのものが危機に立たされた困難の時代に立ち向かっていた。このとき、ニコライ神父の人生において重要な事件が起きた。宗務院がニコライ神父に主教への叙聖の承諾を尋ねてきたのだ。ニコライ神父はこう回答した。

「ロシアから当地に主教が任命されないのならば、わたくしは承諾いたします」

宗務院からロシア帰国の許可を得て、ニコライ神父は、彼自身の言葉によれば、「神のご加護を得て、宣教団と当地の教会を崩壊させないため、大急ぎで最初の汽船に飛び乗った」

神父がペテルブルクに着いたのは十月の初めであった。知人のところを回って、ニコライ神父は、負債額にあたる一時金が日本に送金されたことを知って、安堵した。しかも、彼が新聞雑誌に訴え、モスクワの正教宣教協会で発言すると、いくつもの修道院と主教区が日本宣教団へ毎年補助金を助成することを決定した。主教区の設立と宣教団の拡大は現実的可能性を帯びてきた。

ニコライ神父がペテルブルクのアレクサンドル・ネフスキー修道院で主教に按手され、以降の日本教会の指導を任命されたのは、翌三月のことであった。主教の権杖を手渡しながら、府主教イシドールは言った。

「あなたは人生の最後まで己が受け取った事業に身を捧げなさい。別の者にあなたの使命を奪われぬように励みなさい」

主教按手の秘蹟の礼が執り行われるあいだ、緊張し、心に湧き上がる思いに目を潤ませ、ニコライ神父は、修道院のドームの下に立ち尽くしていた。ニコライ神父は回想している。

「魂は感激に震えた。今日あったように、高位聖職者たちの右手の下でわたくしの全存在が変容を感じている。宝座の前に跪《ひざまず》いたときとまったく違う者となって立ち上がるだろう」

宗務院は、ニコライ神父に宣教団と日本の正教会のための献金を募る許可を与えた。ニコライ神父は、東京に大聖堂を建立するために必要なだけの金額を集めることができた。この大聖堂は、ニコライ神父の考えでは、日本の正教の灯、その中心になるべきものであった。

聖ニコライの主教としての仕事は、この東京大聖堂の建立に始まった。建設のための新しい土地は見つからず、同じ駿河台の丘の上に建てられることになった。寺院を建てるとき、ロシアの人間はいつもひときわ「赤い（美しい）」場所を探す。すなわち高いところで、美しく、遠くが望めるような場所を求める。敷地に手を加えて広げるための造成工事が始まった。一八八五（明治十八）年四月になり、ようやくロシア大使館と外交団の臨席のもと、大聖堂の基礎成聖式が厳かに執り行われた。

その一年前には、新政府は神道と仏教に与えられていた宗教としての特権を廃止した。これは完全な信仰の自由の成文化を意味した。一八八九（明治二十二）年の新しい憲法には次の如く記された。

「日本臣民ハ安寧秩序ヲ妨ケス及臣民タルノ義務ニ背カサル限ニ於テ信教ノ自由ヲ有ス」

大聖堂建設期間中の六年間、朝の勤行のあと主教ニコライは毎日、建設現場を訪れ、建築家シュールポフの設計による、ロシアビザンチン様式大聖堂の建設を注意深く見守った。

ニコライ神父は朝五時頃に起床した。彼はこの静かな朝の時間を愛していた。七時までは、誰にも邪魔されずに、熟慮したり、手紙や日記を書いたりすることが出来た。朝は仕事がはかどった。小鳥たちがさえずり、正午には耐え難いものになる蒸し暑さはまだなかった。七時には宣教団付属伝道学校や聖歌隊の生徒たちが朝の祈禱に集まってくる。ニコライ神父はいつも奉神礼の開始を自分で宣言するのだった。それから大聖堂の建設現場を訪れてから授業に向かった。神父は、伝道学校と神学校の神学科目の講義を行った。十二時には、質素な昼食時間となり、一時まで、日本の新聞や雑誌に目を通した。一時きっかりに、彼らしい几帳面さで机に向かった。教会や宣教団の事務仕事が彼を待っていた。この仕事には四時半まで携わった。時には午後の授業をすることもあった。

六時には奉神礼やその他の教会の本の翻訳の仕事を手伝う日本人の学者がやってきて、正しい漢字の読み方や神学用語の解釈を論じながら、九時まで仕事を続けた。それから日本各地の宣教師や聖職者からの、山のような通信や報告を抱えて現れる書記との打合せが始まった。報告を辛抱強く読み、内容を分析し、決定を下さなければならなかった。時には苦渋の決断さえも。

大聖堂は復活大聖堂という名称が与えられ、成聖式が執り行われた。東京市民の耳に、奉神礼の始まりを告げる嘉音の鐘の音が初めて鳴り響いた。壮麗な奉神礼は寺院にキリスト教徒と異教徒たちを誘った。聖歌隊では百五十人が歌い、主教ニコライが荘厳な祭服を纏い、十九人の司祭と六人の輔祭とともに奉神礼を執り行った。日本人の合唱によってカスタリスキーとボルトニャンスキーの聖歌が歌われた。しかし、聖歌と祝福の言葉は日本語であった。注意深い人は日本人のキリスト教徒が伝統的な着物をまとっているのに気がついたことだろう。そして大聖堂の床には畳が敷かれ、聖堂の入り口の階段脇には、下駄がうずたかく積まれていた。ニコライ神父は主教の礼服に身を包みながらも、日本の習慣を尊び、裸足で祭事を執り行った。

この日、ニコライ神父を見た者は、彼の霊感を帯びた厳粛な表情、全身全霊の緊張に驚かされた。強固な精神力と意志が彼の中に感じ取られた。

東京大聖堂についてニコライ神父自身がこう書いている。

「大聖堂は、何十年後も、いや、言わせていただくなら、何百年後も、記念碑として残り、研究の対象となり、模倣の対象となるであろう。大聖堂は日本の首都において、特に素晴らしい建築物であり、完成前からヨーロッパやアメリカでも評判を呼んでいる。完成した今は、東京に住む人、東京を訪れる人の関心を惹き、感嘆させている」

宣教団の支部は函館だけでなく、他の都市にも設けられた。新しい正教会が建てられた京都にも開かれた。その成聖の日は、ニコライ神父にとってことのほか喜ばしい日であった。とくに嬉しかったのは京都正教会の聖障（イコン《板に描かれた聖像画》がはめ込まれている聖所と至聖所間の仕切り）と鐘がロシアから送られたものだったことである。イコンのいくつかは長旅に損傷してしまっていたが、これらの聖物の修復には、日本の正教徒の女性イコン画家山下りんがあたった。ニコライ神父は山下りんの功績を称え、祝福を授けた。山下りんは、その他の教会にも「最後の晩餐」の複製や神使長ミハイル聖像を描いた。

ニコライ神父は宣教、啓蒙活動における女性の役割を非常に高く評価していた。宣教団では日本人女性のみならず、多くのロシア人女性、女性宣教師も活躍していた。女輔祭マリヤ・チェルカッソヴァと、一八八四（明治十七）年にやってきたプチャーチン提督令嬢もその中にあった。プチャーチン令嬢とオルロヴァ＝ダヴィドヴァ伯爵夫人の援助により東京に正教女学校が設けられ、そのなかにイコン教室も設けられた。

　ニコライ神父は、各地の教会の成聖式に精力的に参加していた。神父は、この教会の大祭日に全国津々浦々より集まった人々をどこに泊めるかに頭を悩ませた。彼が京都に到着し、聖堂の前の一区画がきれいに掃き清められ、その家の人たちが自分たちの住まいを各地から集まった信者のために提供する用意があることを知ったときの驚きと感謝の念はどのようなものであったろうか。地元の学校の校長も、学校の教室をこの大祭後の宴のために提供し、ニコライ神父を迎えいれた。

　成聖式のあとでニコライ神父は聖障の印象を日記にこう記している。

「イコンはその高い芸術性であらゆる者を惹きつけている。キリスト教徒は、それに加えて、そこに描かれている真理によっても惹きつけられているのだ。素晴らしいイコン、例えば、教会の聖マリアの受胎告知の祭日のイコンや、聖障に描かれる救世主と聖マリア、成聖者ニコライとインノケンチイのイコンは、目が離せなくなるほどだ。そこにはまた、教会において、特にキリスト教徒にとってよい聖像画は重要な役割を果たしている。教会では、すべてのものが魂を清め照らし、慰め、祈りへと誘うためにある。

　受胎告知のイコンの天使を見ていると、我々一人ひとりに守護天使がいることに対する、神への感謝の念が溢れんばかりに出てくる。聖マリアの清いお顔に目を移せば、救いを求める私たちを、愛を込めて気を配るこの素晴らしい聖人を、私たちは魂を清く保たぬことで、自ら遠ざけていることに対する恥を感じよう。幼子キリストとともにある聖女マリアの優しい御顔と、教え諭す救世主を見やれば、神がかくも我々に親しみを示して下さることに、喜びと慰めが魂に満ち溢れる。そして、罪があるために我々が主から遠くにあると思うと、悲しみが心に溢れる。ミラ・リキヤの奇蹟者聖ニコライの厳しくまた哀れみ深い御姿、成聖者イルクーツクのインノケンチイの偉大でまた勇気付ける御顔。これら全てがイコンの美で人々を惹きつけ、それを見る人々に、魂を生き返らせ、清めるべきとの感覚と思考を呼び起こすのだ」

この記述には、イコンを否定するプロテスタントとの論争が隠されているのは明らかだ。

「この論争の意義は、少なからぬプロテスタント系教会がロシアを含む旧ソヴィエト連邦の広大な地域に広がっている今も、なくなっていません」府主教キリルは指摘した「彼らは活発に聖像破壊運動を繰り広げており、まだ信仰の道を探し始めたばかりの人々がときに彼らの巧妙な論理に屈服しています。成聖者ニコライのこの言葉は、聖像破壊者に対する返答です」

同時に、もう一人の聖ニコライ、すなわち、セルビヤの成聖者ニコライの言葉も引用したい。彼は主の十戒の「あなたは自分のために刻んだ像を造ってはならない。上は天にあるもの、下は地にあるもの、また地の下の水の中にあるものの、どのような形をも造ってはならない。それを拝んではならない。またそれに仕えてはならない」を参照してこう言っています「……被造物を神と崇めてはいけない。被造物を創造主として敬ってはいけない……誰が彫像や絵画を神と崇めようか？　それは、その芸術家や彫刻家を知らぬ者である。神を知らず、信じない者は、物を神と崇めることになる。なぜなら何かを神と崇めることは人の習いであるからである……誰かが神の名を紙や木に、あるいは石や雪、それとも地面に書いたなら、この紙や木、石や雪、大地を敬いなさい。しかし、聖なる御名が書かれた物を神として崇めないように。もし神の御顔が描かれた物を手にしたら、神を崇めなさい。しかし、その物を拝しているのではなく、その像が表している御方、偉大な神を拝しているのだと、知りなさい」

京都聖堂の成聖式の頃には、日本には三万人近い正教徒がおり、すでに盛岡や仙台、鹿児島にも正教会が建てられていることをニコライ神父は喜ばしく記している。これらの教会建設のための敷地は日本の正教徒の寄進によるものであった。

日露戦争

正教会へ通う信者の数は増えていた。が、彼らの上に暗雲が垂れつつあった。信徒たちは、ロシアとの戦争が避けられないという悲しい事態が生じたならば、どう身を処すべきかを、教会で直接、あるいは手紙をしたためたりなどして、ニコライ神父に尋ねることが頻繁になっていた。この問題は、もちろんニコライ神父個人も直面するものであった。そのようなことになったら、彼自身どこに行くべきなのか？　その決意を信徒たちに告げるまでは、ニコライ神父の胸の内で様々な考えが去来したことであったろう。

決意が固まったのは、予感が現実のものとなった時であった。ロシアと日本のあいだに戦争が勃発した。開戦を知ったニコライ神父は一晩中一人で祈りを捧げた。聖堂の壮麗なドームの天井だけが主に向けられた彼のうめくような声を聞いているようだった。翌朝、ニコライ神父は厳しく同時に澄み切った表情で聖堂から出てきた。そして主教座全体、日本にあるすべての正教会と信者に向けた自らの書簡に、彼に主が下した決意を記した。

「兄弟姉妹よ。わたくしはあなた方と別れず、あなた方の家族たちとともにここに残り、我々が属するわれわれの天の国に対する我々の義務をともに果たすことでしょう。わたくしはいつものように教会で祈り、奉事に勤しみ、神学書の翻訳を続けます。司祭たち、あなた方は神より託された子羊たちの世話をしなさい。あなた方、伝道者たちはまだ真の神、天の主を知らぬものに熱意を込めて福音書を説きなさい。すべての正教徒たちは成長し、信仰を固め、あらゆるキリスト教的な善行を積みなさい」

ニコライ神父の姿勢は日本政府による暗黙の承認を得た。日本政府は、東京大聖堂と宣教団、そして主教ニコライ自身の警備を命令し、この司令によって正教徒を売国奴と呼ぶ、狂信者たちの襲撃から正教会を保護した。主教ニコライのそのような決意が唯一、正しいものであったことは、この戦争の最中に日本正教会が新たに七百二十名の洗礼者を得たという事実によっても証明される。

しかし、これはもちろん、ニコライ神父がこのような態度を易々と堅持できたということではない。彼は当時の日記にこう記している。

「この不幸な戦争が頭を離れない。それは、全てに混じり込み、全てを駄目にしている。愛国心は人の自意識と同じように人の自然な感情なのだから、どうしようもない！　この絶えることない苦しい激痛を耐え忍ばなければならない」ニコライ神父は続ける「……魂のなかには二つの流れがあり、そのうちの隠された地下の流れは、荒れ狂い、焼き付けるようで、苦汁に満ちている。心も戦争によって重傷を負っている」

ロシアの宣教団とその祖国との連絡は困難なものとなったが、戦争によって断絶することはなかった。フランス大使館の仲介により何がしかの補助金が入り、宣教団の状態に関する情報がロシアに伝わった。翻訳作業に携わりながら、主教ニコライはロシア軍捕虜兵の保護をその重要な義務の一つと考えていた。宣教団ではロシア人捕虜と戦死者の名簿が作成された。

ロシア海軍では親子兄弟で勤務していることが少なくなかった。捕虜たちは日本宣教団に肉親の消息を求めてやって来た。ニコライ神父は彼ら一人一人に地下室で応対した。捕虜を、眼鏡をかけ、正教の主教の僧衣を付けた背の高い神父が迎えた。机の上にはロシア艦隊の乗組員の名簿とフランス、ドイツ、英国大使館からの報告がのっていた。対馬海戦の詳細を記した日本側の膨大な調査資料もあった。時には、絶望した人々が、海で神に召され、今や神の僕となった肉親、友人のための追悼祈禱を請うた。しかし、ニコライ神父は、追悼されるべき人の名前が戦死者名簿にない場合は、沈みゆく巡洋艦から駆逐艦に救助された人々の中にいるかもしれない、神の慈悲にすがり、望みを失わないようにと教え諭した。そして捕虜との面会を短い祈りをともに唱え、終わらせた。「神よ、荒れた海にいる彼らを守りたまえ」と。

捕虜との面会が終わった後も、ニコライ神父は机から離れられなかった。大事な仕事がまだ残っていた。それはロシア人捕虜との、特に鬱状態となり、生きる意味を失ってしまった捕虜たちとの文通であった。すっかり自信を失ってしまった人々に、信仰を取り戻させるだけでなく、彼らが周りの人々に勇気を与えるようにしなければならなかった。捕虜となり収容され、文化的生活を奪われてしまった人々に精神的な糧を与えなければならないとニコライ神父は決意した。本を何箱も送らなければならぬ。

「退屈し、憂愁に心痛める者たちに、退屈せず憂愁に沈まない、という決意を持つようにさせる。それだけでもう仕事の半分は済んだようなものです。それから、今度は自らに課題を見つけさせる。読書、書き物、創作、研究等々。そしてそれに取り組ませること。そうすれば悲しみは速やかに退散します。これらすべて、この簡単なことを為す意志を持たない人がいるでしょうか？」

捕虜収容所には、消息不明者を探しているという具体的な依頼も、本と一緒に届けられた。近しい者への同情や実際的な援助は、自らの悲遇に対する絶望を紛らわせるはずであった。しかもニコライ神父は自分の無数の文通者たちに、自分の不遇の程度を理性的に判断するように求めた。あらゆる事柄、歴史上の比較すらが、その根拠として役に立った。そのことを書いた手紙がある。

「……貴殿が囚われの身であることは不憫であり、現在の無為な毎日は悲しいものです。貴殿のように戦うことが義務とされた方には、殊更でありましょう。誰がそれを否定出来ましょう？　しかも、『私は死んだ。捕虜だからだ。これは精神的な死で、死そのものと同じだ』などという思いとともに生きているとは。神よ、それはインドの苦行僧が己に課すような非合理な自己苛責であります。……あの偉大なピョートル大帝すらほとんどトルコ軍の捕虜になりかけたのです。ナポレオンに至っては虜囚として死にました。しかし、この事実が彼らの偉大さを損なっているでしょうか？　彼らの恥となっていたりするでしょうか？……幸せな出会い、懐かしい故郷、あなたが望む仕事、これらがあなたを待っています！……あなたはまだ若く、人生の真只中にいます。あなたはまだ将来に大きな未来を描くことが出来、それを実現する希望を持つことが出来るのです。あなたは御自身の任務においても、この経験に基づき、より大きな貢献が出来ることでしょう。あなたに主がそれを与えんことを！ですから、勇気を出してください。悲嘆しすぎず、曇りない目で将来を見据えて、現在の状態に耐えてください。主があなたをお助けになります！　あなたに神の祝福を祈り呼びかけ、誠実なる愛を込めて。あなたの従僕であり、礼拝人である、主教ニコライより」

このような手紙が、捕虜の身にある人々の暗い気持ちを明るくさせる灯となったことは、想像に難くない。しかも、ニコライ神父はこのような手紙を大勢の捕虜一人ひとりに書き、その一人ひとりの心に届く正しい言葉を手紙に記したのであった。次のように。

「あなたの心の奥深くからの手紙をわたくしは何度も読み返しました。そしてその度に深く魂を動かされ、溢れる涙に包まれました。あなたの悲しみはわたくしを深く揺り動かしています……」

ニコライ神父は、日本人正教会信徒と聖職者をロシア軍捕虜の慰問に向かわせた。日本人正教徒は「ロシア人捕虜慰安会」を発足させ、捕虜たちにロシア語の宗教書、一般書を届け、彼らと親族との文通を仲介し、必要な時は医療にも心を砕いた。ロシア語を解する日本人の正教司祭が捕虜たちを訪い、捕虜が死亡した際には正教の儀式にのっとり死者を葬った。

日本の正教徒は、祖国への犠牲的愛を一方で保ちながら、敵に対する愛についてのキリストの教えをいかに生活の中で実現するかを示した。

戦争が終わるとロシア軍事局は、ロシア軍捕虜に対する支援にニコライ神父が果たした大きな功労を認め、ニコライ神父は大主教の位階を受けた。

皇帝ニコライ二世は一九〇五（明治三十八）年の末にニコライ神父に次の手紙を送った。

「……あなたは、正教会が世俗の主権とあらゆる民族の敵愾心に無縁であり、すべての民族と言葉を等しく包み込むものであることを万民に示しました……あなたはキリストの戒めに従い、あなたに託された子羊たちを見捨てず、愛と信仰の福音が、あなたに罵りの火の試練を耐え忍ばせ、罵言による敵愾心の中にあって、あなたの労によって造られた教会の内に、平和と信仰、祈りを保たせました」

しかし、これは後のことで、今はまだ戦争が続いていた。ニコライ神父は日常の仕事以外の時間は神学書の翻訳に費やした。

ニコライ神父のこの活動について、わたしはキリル府主教にもっと詳しい話を聞いた。ニコライ神父はこの業績により、神学博士の称号を得たのである。ニコライ神父自身この称号を名誉に思い、公刊物に神父の文章が掲載される時には、神学博士と署名していた。

神学校で学んだ者からは、神学書の翻訳のみならずロシア文学の翻訳に携わった多くの翻訳者が生まれた。当初、宣教団の翻訳部にはロシアで神学教育を受けた者のみが属していたが、しだいに日本人もそこに加わるようになった。そのうちの何名かは、後に翻訳家や学者として名を馳せた。

三列目左から三人目がワシリー　1908年の秋

ニコライ神父は、彼自身を除き、少なくとも宣教師の一人は聖書や神学書、宗教学術書、道徳書の日本語への翻訳に専従するべきだと考えていた。それは、ロシアの正教会だけでなく、プロテスタントを含む西欧のキリスト教各派が日本でのキリスト教の布教を進めていたからである。教会文献の解釈の違いは、まだ幼い日本正教会の内部に異端を発生させることもありえた。ニコライ神父が自分やその他の宣教師の翻訳に綿密さを求めた理由はここにあるのだろう。

しかしその物語に入る前に、私たちはサハリン生まれの少年の運命に戻るべきではないだろうか？　この少年の運命にも、日露戦争はその苛酷な炎の轍を刻んでいたのだ。しかも、彼はその前にも大きな悲劇に見舞われていた。十一歳で最初に母を失い、それから父を失い、まったくの孤児となってしまった。大人ですら簡単に命を落としたこの戦争の時代に、どうやって彼は生き残れたのだろうか？

10　孤児ワシリー　N・ムラショフの談話による

　ワシリー・オシェプコフの父は、まだ自分が生きているうちに、息子をアレクサンドロフスクの教区学校に入学させることができました。父の死後、孤児のために創立された監督機関は、彼の父が建てた貸家から入る収益で、以降も彼の学費を支払うことを決めました。彼は学業を続けたいと思っていました。特に好きだった科目は、腕白な少年たちに忍耐強く付き合う、老年の神父が担当する神学初歩の授業でした。その他の授業でも川や山、町々の名前などを彼は楽に覚えることができました。何よりも望んだのは、大きくなって、この巨大な未知の世界を自分の目で見ることでした。

　後見人となった未亡人の監督の下、彼が部屋を借りて住んでいた家への学校からの帰り道、アレクサンドロフスクの通りは、彼にとってもう一つの授業の場になっていました。流行の先端を行く多くの商店、美容院や洋品雑貨の店には、ロシア語のとなりに不思議な異国の文字、日本語の漢字が書かれていました。彼は自然とその形と意味を覚えました。しかし、アレクサンドロフスクとその郊外に日本人が多くなればなるほど、知事の事務局の役人たちの表情はより険しくなっていきました。この頃、サハリンの全人口が四万六千人に過ぎなかったのに対し、サハリン島内の日本人の数はすでに四万人を超えていました。一九〇三（明治三十六）年、戦争が近づいているという根強い噂にも拘らず、日本人たちは大量の漁船を連ねてサハリンに向かっていました。ここアレクサンドロフスクでも日本人移住者部落が富み栄え、その勢力を拡大していました。

日本領事へのサハリン総督の抗議にも拘らず、日本側はロシア海域での水揚量のわずか一割をロシア側に納めるのみでした。上等な魚介類や蟹などの海産物の九割が日本の国内市場に向かい、また供給超過のため別用途に加工されていました。一九〇四年二月の戦争の開始と封鎖、そして旅順陥落を、大陸から切り離されたサハリンが知ったのは、いつも最後でした。その年の三月になってようやくロシア政府は、サハリン島防衛に参加する徒刑囚への恩赦の告示を決定しました。この年、日本では樺太の返還を求める連盟が結成されました。

冬の間ずっと、人々はサハリンから大陸側のニコラエフスク・ナ・アムーレに移動しようとしました。反対に、間宮海峡を越えてサハリンには、微々たる部隊と弾薬しか投入されませんでした。一九〇五（明治三十八）年夏、サハリンの沿岸に日本の巡洋艦暁が大量の上陸用艇と共に出現し、サハリン島の占領が始まりました。しかし、サハリン占領を推し進めながら、日本側はポーツマスでロシアとの講和会議が始まったことをその住民に隠していました。日本の占領軍が、非日本人に一九〇五年八月七日までに島を離れるか、近日中に日本国籍を取得して、日本国法に基づき税金を納めるようにと告示した時、ロシア側はまだポーツマスでサハリンの権益を主張していました。

この頃、ニコライ神父は自分の日記にこのように記しています。

「この屈辱に、ロシアの面目をなくす新たな事件が輪をかけた。サハリンを日本人たちが少しずつ接収している。もちろん、どこにも抵抗はない。我々ロシア人の数は少ないのだ。我々の宝を日本人たちが自分の懐に納めていく。もう石炭だけでも五億ほどはあるとまで試算済みだ。捕われたロシア人は妻子と一緒にこちら側に連れてこられ、フランス領事に引き渡されている。軍人たちは捕虜になってこちらのロシア軍捕虜収容所に割り振られて行く……」

函館神学校と格闘技

　ワシリーはまだ子供でしたから、多分、多くの出来事は彼の頭の上をただ通り過ぎて行っただけでしょう。しかし、移住となると彼自身にもかかわる問題でした。サハリン島の南部で占領軍によって破壊され焼かれた村々の噂が届くようになりました。アレクサンドロフスクの波止場には避難民が群がりました。日本船の船倉での海峡越え、あるいは日本にある捕虜収容所が彼らを待っていました。フランス領事は、こういった民間人捕虜を、ロシアでロシアの公権力に引き渡す調整をしなければなりませんでした。彼らは、アムール地方で今後の自分の運命を占いながら厳しい冬を越すことになりました。もし函館の正教宣教団が、日本の占領下に入った教区学校の子供たちの運命に心を寄せなかったら、この混乱の中で孤児ワシリー・オシェプコフは行方知らずになっていたかも知れません。

　両親のいる子供たちは大人たちと運命を共にしました。ワシリーは、海を渡って生まれて初めての「海外渡航」をして、サハリンから向こう岸の日本本土の土を踏みました。ワシリーはその昔ニコライ神父が函館に開いた学校の生徒になったのです。しかし、函館の学校はあまり芳しくない状態にありました。領事館が東京に移って以来、主に機能していたのは女の子向けの学校で、地元の男の子が通うクラスは一つだけでした。そこでサハリンからやってきた孤児たちも学ぶことになりました。この孤児たちは、能力と才能に応じて、ある者は宣教師を目指し、またある者は極東のロシア軍が必要とする軍事通訳を目指しました。

　輸送船は、小さな漁船を掻き分けるように波止場に錨を下ろしました。ワシリーはサハリンとは違

1908年1月10日　正教神学校のヨールカ祭

う家並に目を見張りました。ロシアの家と比べると、何か軽くて本物ではないかのように見えました。日本では、さらに庇がそのまま歩道に伸びたような雁木造りの歩道に驚かされます。「二月、三月は雪が多くて、雁木がなければ、雪の中にトンネルを掘らなければならなくなる」と、後で宣教団で説明されました。しかし、今はまだ秋で、宣教団の木造の小さな教会の傍の白樺の葉は、黄金色に染まっていました。宣教団長のアナトリイ神父は、よく動く黒い瞳で新しい寄宿生を見まわし、肩に手をかけていいました。

「名前は何て言うのかな？　ワシリーっていうのか？　じゃあ、神の僕ワシリーじゃな……びくびくするな。ここはお前の家と同じじゃ。神様は、孤児が馬鹿にされるのを黙って見過ごしたりされない。わしらの学校はみんな大人しい生徒ばかりじゃ。みんな宣教師になるんじゃ。つまり、布教をするんじゃ。どうやら、お前もなかなかしっかりしとるようじゃ。ちょっと痩せてるようじゃが、大丈夫じゃ。この神父が倹約してお前に食べさせてやる」

もしワシリーが、孤児生活の辛酸をなめたのでなかったら、そして、どんな運命になろうとも、善意の人が居ない世の中はないということを理解していなかったら、ワシリーが新しい環境に馴染むのは多分もっと難しかったことでしょう。託された少年の将来を心から案じた後見人たちもそういう善意の人々だったし、ロシアの軍人たちもこの子供たちのことを忘れてはいませんでした。自分たちの不遇にも拘らず、子供たちの運命を神と日本にいるロシアの神父たちに託したのも、彼らでした。そして、今や異郷に迷い込んだロシアの小さな子供たちの運命を、函館の正教宣教団の団長アナトリイ神父が注意深く見守っているのでした。そして、その全てを人知れず支えているのが、日本正教会を司るニコライ神父でした。ニコライ神父のたっての願いにより、函館の正教学校では日本の国の学校のプログラムに従って授業が行われていました。しかし、将来の宣教師のために、ロシア語の授業と二ヶ国語での正教教義の基礎の授業がありました。

ワシリーにとって、街中の看板を見てふざけて、何気なく覚えた漢字や平仮名が、今や新しい住処のアルファベットになりました。以降、この言葉で、母国語のように流暢に話したり書いたりするようにならなくてはならないのでした。それは最初こそワシリーを恐れさせましたが、生まれついての知的好奇心の強さがその恐れを克服しました。まさに日本語を習得することが困難だったことが理由で、短い期間で函館を離れて行った何人かのロシアの宣教師たちが居ましたが、彼らよりも速く言葉を習得したことは、ワシリーの自尊心をくすぐりました。日本の子供たちとも、またその両親である地位の高い仏教僧たちとも、自由に会話を交わすことのできるアナトリイ神父の例も彼を勇気付けました。

多くのことが謎めいていて不可解であるにも拘らず、ワシリーが熱心に取り組んだもうひとつの科目がありました。それは東洋の格闘技、武道です。教えてくれたのはもちろん日本人の「先生」でした。学校ではワシリーのせいで、武道の先生が日本人たちから裏切り者呼ばわりされていると噂にのぼることがしばしばありました。彼は誰にも自分の技量の秘密を明かさないという誓いを立てたのに、サハリンから送られて来たロシア人には武道を教えている……と言うのです。先生の歩いた後に唾を吐いたり、威嚇の言葉を記した書置きを投げ入れたりする者すら居りました。すでに先生はある人々に脅されており、遅かれ早かれ良いことにはならないだろうということが感じられました。そして実際、まもなく、ワシリーの記憶に一生残る事件が起きました。それはいつもの課業の時間でした。

「さて、よく聞きなさい」畳の上で蓮華座を組んだワシリーから眼を離すことなく、その細い目でじっと彼を見つめながら先生が言いました「先ずは、正しく息をすることを学ばなくてはならん」

明るい日差しで暖まった道場の木の床からは、ワックスの匂いが立ち上っていました……その匂いは、ワシリーに悲しい出来事を思い出させました。葬儀の日に灯された蝋燭の匂い、司祭の歌うような低い祈禱の声が、記憶に蘇りました。しかし、今は追憶に浸る時ではありません。

「もし正しく息をすることを学べなければ、何も学ぶことはできん。もう一度言う。これはとても大事なことだ。間違った呼吸をしようとしてもできなくなるまで、鍛錬しなくちゃいかん」

少し可笑しくなりました。——今までだってずっと呼吸しているのに！　もっとも、お母さんが言うには、すぐには呼吸していなくて、最初は死産かと思ったらしい。でも産婆がひっぱたいたら、すぐ息をして、凄まじい声で泣き始めたそうだ。お母さん、どこにいるんだ？　神父様は神様のもとにいると言っていた。でも、神様がお母さんに何の用があるというんだ？　僕はお母さんがいなくてとても悲しかったのに。特にまだ大きくないうちは……。乾いた指がワシリーの額を突きました。

「小僧、お前、どうやら上の空だな。ここが道場だってことを忘れたのか？」

忘れるだなんて……時間がある時はいつもこの道場で過ごしているというのに。神父になる勉強をするって言っていた。確かにそういう勉強がある。でも、いったいこの稽古は何の関係があるんだろう？　僕はこの日本の格闘技に素質があると言われている……もしかしたらそうなのかもしれない。でも今はそんなことは考えまい。さもないと先生がまた腹を立てるだろう。早く合掌をしてお辞儀をしなくては。

「こうやって息をする。一、二と二つ数える間、息を吸う。それからまた二つ数える間、息を止める。それからまた二つ数える間、息を吐く。ずっと数えなくてもいいように、この振り子を動かす。この振り子が音をたてる。聞こえるか？　一回、息を吸う。二回、息を止める。三回、息を吐く。分かったか？　じゃあ、始めよう」

こりゃ退屈な授業だ！　心臓が打つみたいに、このキラキラする振り子が音をたてる。眠たくなるな……。すると突然、何か扉の向こうで騒いでいるのが聞こえました。怒鳴り声が聞こえます。先生が身構えました。ワシリーはすぐ着替えの部屋に押し込まれました。木戸の隙間からかろうじて低い声が聞こえます。

「顔を出すんじゃないぞ。お前には関係ない！」

先生は何故か扉ではなく窓の方を気にしているようです。窓の方を見ると――確かに居ます！　みんな黒装束で、顔にも黒いマスクをしています。一体何人居るのでしょう？　四人？　いや六人です。こちら側の先生は一人なのに……。相手は七人で、一番、腕っ節の良さそうなのが前に出て来ました。両腕を突き出していますが、手首はぶらぶらさせています。先生が後で教えてくれましたが、カマキリという型だったそうです。もう一歩前に踏み込み、先生の頭めがけて手を振り上げます。ワシリーは、何を先生がしたのか、あまりの早業だったので分かりませんでした。でも、のっぽの男はもう畳の上に伸びていました。先生が後で説明してくれました。指で鳩尾に一撃を与え、手刀で首を打ちすえ、膝で顔を打ったそうです。

残った者たちは、一騎打ちでは太刀打ちできないと悟って、陣型になってひたひたと近づいてきます。ワシリーはつい我慢できなくなって声をもらしてしまいました。師範は一瞬振り返ったかと思うと、もう畳に倒れています。しかし、敵の一人の足を手で掴み、こちらの方へ引いたかと思うと、目にも止まらぬ動きでその敵を頭越しに投げました。それから誰かの股を打って、でんぐり返しに立ち上がりました。敵の一人のマスクが落ちました。すると先生はそいつの髪をつかみ、上から思いっきり打撃を加えました。このように長々と話していますが、ワシリーがその時、この一幕の中に隠されたいくつもの動きを理解したわけではありません。それはただ後から、先生が稽古の時に全て書きつけておいたから分かったのです。

今や残るは四人です。一人は膝に怪我をして、その痛みと怒りから顔が青くなってさえいますが、残る足で蹴りつけようとします。先生は、するっと敵の背の側にもぐりこみ、怪我をしている方の足をすくい、敵の首を押さえて、首を軽く絞めたようでした。それから先生は、隅の空手用の板の転がっているところまで、まるで踊っているように移動して行き、二枚の板をひっつかんで、それで相手の攻撃を撃退します。それから残ったもう一人の頭を二枚の板で締め付けました。どうやらこれは本当に痛いようで、敵は床に崩れ落ち、立ちあがろうともしませんでした……

その時扉が開け放たれ、宣教団の守衛と巡査が飛び込んで来ました。残った一人に縄がかけられました。ワシリーは這い出しましたが、震えが止まりません。先生はワシリーの震えを無視するかのように、静かに彼の肩に手をかけて畳に坐らせ、あの忌々しい振り子を長い指で揺り動かしました。そしてワシリーにあごで示します。さあ、呼吸をしろということです。他に術はありません。呼吸の稽古をするしかありません。ただワシリーは、勇気を出して一つだけ聞いてみました。

「あれは『やくざ』ですか?」

先生は否定するように手を振って、ただの壮士崩れだ、と言いました。そして自ら、戦いの技を細かく解説してくれました。ワシリーは注意深くこれを聞いて、記憶に留めました。それでもやはり、あんなに痛めつける必要があったのかと、聞いてみました。先生は、これは日本の問題で、彼らが襲って来たのは今回が初めてではなく、すでに許容限度を超えていると弁解しました。先生が彼らを攻撃しているのではなく、奴らが先生をしつこく攻撃しているのだと。確かにそうかも知れません。自分より先生の方が良く分かっているのですから……

しかし、アナトリイ神父はこの事件に不満でした。敵に報復するのは、キリスト教精神に反する。然るべく脅かしてやれば、それで十分だったというのです。ワシリーは「奴らはもう恐れをなしているくせに、それでもしつこく喧嘩をしかけるんだ」と、先生の肩を持ちました。しかし、アナトリイ神父は賛成せず、それならば、痛めつけずに彼らの抵抗を止めさせて、そのまま警察に突き出すべきだったと言いました。ワシリーは、答えが分かっていながらも「何故奴らは先生を狙うのですか」と訊ねました。アナトリイ神父は、戦争の余波でロシア人やキリスト教徒を嫌っている者は少なくないと答えました。そこを先生は、あえて宣教団でロシア人に格闘技の奥義を教えているのです。

考えるべきことがありました。ここ宣教団の学校で、ワシリーにとって戦争に関することは全て、サハリンと共に過去のこととなっていました。ここでは、皆が互いに仲間で、食べ物でも本でも分け合い、助けが必要なら互いに助けに駆けつけます。ワシリーだろうが、一郎だろうが茂作だろうが、何の違いもありません。少年たちは皆で一緒に八畳間で寝泊りしていました。日当たりこそ良くなかったけれど、夜には竹製の台の上の古いランプに明りを灯し、本を手にして灯火を囲むのは、何と心地良いことだったでしょう。寮を見守る用務員とその妻が食堂へ行ってしまうと、もう消灯の時間になり、皆が寝入るとあまりに静かなので、土壁の向こうの木の葉が擦れる音が聞こえるほどでした。もっと寒い日には、少年たちはたっぷり炭をくべた火鉢を囲みます。その様子は雪の中で、今落ちたばかりの湯気の立つ馬糞の周りに集まって暖をとる雀の群れを連想させました。

しかし、宣教団の塀の向こうでは、どんな皮膚の色であるか、切れ長の目かそうでないか、領事館の教会に通うのか、それともお寺にお参りするのかということに無頓着な人は、決して多くはありませんでした。

聖ニコライとの出逢い

秋が深まった頃、ワシリーと学友たちは授業が行われていた建物に引っ越しました。そんなある日、ワシリーの全人生を一変させる、もう一つの出来事が起きました。

ある夕べのことでした。宣教団の中庭に、二頭の背の低い、毛並みのふさふさした馬に曳かれた馬車が入って来ました。背の高い神父が馬車から軽々と跳び下り、御者に一言二言言うと、まっしぐらに建物の方へと向かいました。すると、数歩も歩かないうちに、建物の玄関からアナトリイ神父が迎えに飛びだして来て、祝福を受けに背の高い神父に近寄りながら、嬉しそうに言いました。

「神父様！　大主教様！　こんなに遠いところを……おお、何という思いがけない喜びでしょう！」

その数分後には、函館の宣教団が、日本正教会の創建者にして全教会を司る大主教ニコライの訪問を受ける栄誉に浴したことを、宣教団じゅうの人が知っていました。予期せぬ賓客の訪問によって大騒ぎが始まりました。しかし、ニコライ神父は一休みするようにとの誘いも断って、すぐに教会に向かいました。いつものように、当地の神父が奉神礼を執り行いましたが、いつもとは異なり、領事館の小さな聖堂は超満員でした。高位聖職者の突然の訪問を知って、神学校の生徒や宣教団の団員はもちろん、ほとんどすべての大主教管轄区域の教区信徒が集まったのです。皆が大主教のお言葉を待っていました。

信徒たちの人波に押されながら、ワシリーは目を見開いて、領帯（司祭が肩から胸に垂らす帯）と肩衣フォル（主教が両肩から前方左に垂れるようにつける幅の広い帯状の祭服）を身に着けたこの高僧を見つめ、息を殺して、轟くような説教を、この小さな聖堂の壁を揺り動かし、低い冬の空を切り開くような、ある種の特別な炎のような言葉が響き渡るのを待ちました。しかし、実際は異なりました。華麗な登場の演出も、轟くような説教もありませんでした。群集が少し席を詰めると、どこからか粗末な木の椅子が出て来ました。ニコライ神父がそれに腰掛け、それほど大きくない声で、しかし明瞭に、感情を込めて語り始めました。それは主の祈りの最初の句についての、誰にでも理解できる簡潔な説教で、我々には天にまします父がおいでになるという喜びについて、また、人はあらゆる業を神の栄光を称えるために行わなくてはならないという話でした。ワシリーはこれら全て、つまり、大主教の風貌や周囲の雰囲気、説教の出だしの簡素さに、最初ほとんどがっかりしたことは最早覚えていませんでした。今や、彼は自分を忘れて、ニコライ神父の確信に満ちた知恵深き言葉に聞き入っていました。

「教会への奉仕に召命を受けた人々、あるいは自ら神に身を捧げた人々がおります。こういう方々は神の事業を直に行い、それによって救われています。しかしながら、どなたであってもご自身のお仕事に携わりながら、全く同じように神の業を行うことができます。そのためには、そのご奉仕を名誉や金儲けのためではなく、神のために執り行うこと、神に定められた義務として行うことが不可欠であります。お百姓さん、教師の方、軍人の方、商人の方、皆さんが人類のため、社会のために必要です。主は、人々にそれぞれの仕事をするよう命じられました。このことを心に留めて皆が汗を流しましょう。そうすれば、仕事を通じたご奉仕によってだけでも、神の国を得ることができるのです」

ワシリーは夢見心地で聖堂から外に出ました。いや、正確には聖堂から人の波に押し出されました。「僕はどうなのだろう?」まだうら若い人生で初めて彼は考え込みました「僕の使命、僕の奉仕とは何だろう? 僕は本当に一郎や茂作のように、宣教師になるべく召命を受けているのだろうか? それとも、何か別のものが僕を待っているのだろうか? 主は一体、僕に何になるように命じているのだろうか?」

ワシリーは深く考え込んでいたので、宣教団への道すがら、アナトリイ神父と今日の高貴な賓客が、彼に追いついたのに気付きませんでした。隣に快い大きな声を聞いて、彼は我に返りました。

「アナトリイ神父、あなたの教区の信徒たちは、まだあなたに色々お願いがあると思いますよ。今日たくさんの人が集まったことを、うまく利用して下さい。私のことは心配ご無用。私にとってここは故郷のようなものだということを忘れないで下さい。これ以上、あなたが私の世話を焼かないように、ほら、念のため、この立派な男の子に私は送ってもらいますよ」

ワシリーはそこで肩に触れる暖かい力強い手を感じました。ワシリーと遠来の神父はしばらく黙って歩きました。それから、再び心地良い声が、ワシリーに名前と、ここの学校に来てもう長いのか、また、どのようにしてここに来たのかを尋ねました。最初は気後れして口ごもりながら、そして次第に記憶を辿りながら、ワシリーは自分でも気付かぬうちに、この包み込むような善良な人格者に、自分のそれまでの人生の全てを、その悲しみや突然の転機について、話し出していました。あたかも、少年の魂が覚えていること――母の優しい手の感触、その匂い、懐かしい温かさ、天主経の最初の言葉「天にましますす我等の父よ。願はくは爾の名は聖とせられ……」を唱えるその声――の全てを再び体験したかのようでした。父の優しい微笑み、ロシアの拳闘術について父が話したこと、爺さんのこと、家に受け継がれて来たという知恵のつまった写本のことなどを思い出し、話しました。孤児であるという哀しみも、大主教には隠しませんでした。しかし話しながら、不思議なことに、怒りや恨みよりも、折々に自分を助けてくれた善良な人々のことが思い出されるのでした。人々はいつも慈悲深かったという訳ではありませんが、それでもケチというわけではなく、あるときはパン切れとお湯をくれ、またある者はふかしたジャガイモと塩、茶碗一杯の米を分けてくれました。孤児のためにいつも人々は、上からかけるためのムートンの上着や、暖をとる場所を見つけてくれました。

話し終えた時、ワシリーは宣教団の玄関に自分たち二人が、もうかなり長い間立ち尽くしていたことに気がつきました。それまで、穏やかに彼の肩に置かれていた大きな手は、今は思いやるように優しくその肩を抱きしめていました。頭をあげると、ワシリーはすべてを察しているような、心を打たれるような深い眼差しに出会いました。

「神父さま、祝福を下さい」自ずと言葉が出て来ました。ワシリーは自分の声に驚きました。その言葉はもしかすると最高聖職者に対しては、十分に丁寧なものではなかったかも知れません。しかし、ニコライ神父は黙って、ワシリーの短く刈った頭に祝福の手を置きました。

その晩、ワシリーはなかなか寝入ることができませんでした。何か良く分からない、今まで味わったことのないことが、彼の心の中で起こっていました。まるで、彼の中に巣くっていた痛みを何者かが直接自分に引き受け、父のように彼を可愛がり、元気づけてくれたようでした。ワシリーは突然、ニコライ神父が彼との別れ際に言った素朴なはなむけの言葉「主は君と共にあり！」に含まれる、とてつもなく偉大な意味を悟りました。ワシリーの心には平安がありました。しかし、その心には同時に、今のところは知ることも理解することもできない将来の様々な出来事や大事業の、何か漠然とした予感というものもありました。その複雑な感覚を抱きつつ、ガラス窓の向こうに広がる明るい冬の星をぼんやりと見つめながら、ワシリーは薄い布団の上に仰向けに横たわっていました。

別の棟では、ニコライ神父が泊まったアナトリイ神父の部屋の柔らかいランプの光が、やはり長く灯り続けていました。ニコライ神父は、もてなし好きの部屋の持ち主と、夜の更けるまで低い声で話し合っていました。首都東京の出来事、祖国からの知らせなど、話の種は山ほどありましたが、それよりも、大主教は当地の宣教団の悩みに耳を傾け、助言を与え、できるところは援助を約束しました。長い会話も終わりに近づき、話の種も尽きたかと思われた時、突然、ニコライ神父が尋ねました。

「ところで、私を教会から送ってくれたあの子は、どういう子なのですか」

少年の身の上話を再度語ろうとしたアナトリイ神父を、ニコライ神父は手の仕草で遮りました。

「大主教様、あの子は学問はよくできます。我々が予想したより、語学の習得が速いです。仲間たちとも仲良くやっています。喧嘩好きではありません。適度に敬虔です。ただ、何を目指させたら良いのかはわかりません。課業にある東洋の格闘技を教えているここの日本の先生は、この子に才能があるようだと言っています。誰と比べても筋が良いそうです」

「アナトリイ神父、あらゆる才能は神の贈り物です。学校の課業に遅れはない。もしかすると、前にも習ったことがあるのかもしれませんが。どうでしょう、彼を京都の神学校の給費生にしては？　日本語は問題ないでしょう。能力はあるし、追いつくでしょう。あそこでは英語も教えてくれるはずです。武道に関しては、あそこには、佐藤先生がいます。有名な講道館の師範です。多分聞かれたことがあるのではないかな？　どうですか？　ご賛成かな？　降誕祭が済んだら、出発させましょう」

アナトリイ神父は、教会全体の大きな問題を論じる合間にも、それまで知りもしなかったサハリンの子供の運命を忘れないニコライ神父の能力に驚き、ただただ両手を広げて同意を示すばかりでした。

翌日、朝早くから、賓客を送るために宣教団の成員の全員が中庭に集まりました。ワシリーは、その人の群れの中に特に目立つことなく混じって立っていましたが、ワシリーには、大主教の視線が彼を探しているような気がしました。事実、ニコライ神父の別れの祝福の手は、他でもなく彼に向けて振られたのでした。

降誕祭が過ぎ、ロシアの暦での新年の数日後、ワシリーは付き添われて京都へ出発しました。一度慣れ親しんだ、仲間たち、教師たち、そしてアナトリイ神父と別れるのは悲しいことでした。しかし、ようやく愛着を感じ始めたものを心から引き離すというのは、彼の運命であったようです。そして、何度彼は、経験したことのない新しきものへの期待に軽い身震いを覚えたことでしょう。何度彼を「官舎と遠い道」が待っていたことでしょう。

ロシアの辺境の島、サハリン生まれの私たちの主人公を再び見舞った運命のこの十字路で、しばらく彼の物語は中断とします。そして、ニコライ神父に再び思いを巡らせましょう。おそらくこの時代、特に函館のような遠い教区を巡るのは、彼にとって最早楽なことではなかったはずです。彼は机上でする仕事に、より多くの時間を割くようになっていました。彼の健康を気遣う周囲の人たちに隠れてこっそりと、彼は欠くことのできない夜の休息の時間を削って、その仕事に充てていたのでした。

11　聖ニコライの翻訳事業　キリル府主教の談話による

ニコライ神父は以前より自分の年齢について思いを巡らすようになっていた。宗務院へのある報告のなかで、一八九七（明治三十）年に、彼はこう記している。

「わたくしは、もうすでに、自然な定年が始まる年齢を越えております。予想もできぬ特別な事態を考慮に入れずとも、もはや今生の境は近く思われます……」

ニコライ神父はより強固に後継者の問題を持ち出すようになっていた。そしてこの問題が検討されている間、ニコライは、依然として全力を宣教団に捧げ、そして可能な限り、彼の宣教生活の初期に始めた翻訳事業に従事した。彼がこの仕事に没頭したのは、巡回旅行や公開の説教が制限された日露戦争の時代であった。彼はロストフの聖ドミートリーの「神の言葉を、口頭で説くのみならず、もの書く手で説くのもわたくしの聖職（わたくしはそれに値しない）である」という言葉を愛していた。

奉神礼書の翻訳は、成聖者ニコライによってまだ箱館時代に始められた。しかし、そのときは晩禱、聖体礼儀、秘蹟の実施に不可欠な書だけを訳し終えたのみであった。

翻訳者が出会った最初の困難は、日本語に祈禱の際に使う言葉や宗教の用語がないことであった。ロシア語で神を意味する言葉を、それまでは、日本の古代からの多神教の神々と同じ「神」と訳していた。ニコライ神父は、それを、日本では家来を持ち、その家来を気にかけなければならない主人を意味する、「主」と訳した。この言葉は神の御心の本質に近い言葉であった。その後、この「主」はキリスト教全ての宗派で神を意味する言葉となった。

一見、簡単なような「主よ、赦したまえ」という祈りの文句ですら、「赦す」をどう訳すかが、問題であった。日本語の訳語（赦）という字は犯罪者の恩赦として理解されるものであった。

ニコライ神父は語った。「神は犯罪とは関係がない。『憐れむ』という言葉を使おう。母はそのように我が子を『慈しむ』し、古いスラブ語の意味で『憐れむ』のだ。

このようにしてニコライ神父の訳で祈りの真の意味、キリストにおける福音の愛が伝えられた。

正しい訳語を見つけることは簡単ではなかった。日本人も漢字を使っているので、中国語訳から翻訳するほうが容易であるように思われた。訳ははかどるかと思えたが、ニコライ神父は中国語訳にも誤訳や訳文のぎこちなさを見出した。教会スラブ語とギリシャ語の福音書に戻るほかはなかった。

「私の前にはスラブ語とギリシャ語の奉神礼のテキストが置かれ、解説書もあった。私の助手は、漢語と日本語の辞書と文法書を手許に置いていた。私たちの前には、北京の我々の宣教団から貸し出された奉神礼の中国語訳がおかれていた。スラブ語のテキストを見て、それをギリシャ語と比較しながら、私は文字通りの正確な意味を表現すべく、訳文を口述した。助手は漢字と日本の仮名を交えながら書きとめた」

ニコライ神父の助手であった中井木菟麿氏は神父と共に、訳文を簡素で誰にも分かるものにすると同時に、教養ある上層階級が嫌悪するような通俗化を避ける、という困難な課題に取り組んだ。仏教的、あるいは神道的な解釈を持つ漢字は使わないということも、翻訳事業を複雑なものにしていた。またこれら訳書全体で、ある言葉や表現に、同じ漢字や読みを使うようにしなければならなかった。

このような微細な作業が順調に進行するわけはない。ニコライ神父は、「恐れ」を意味する漢字に関してどのような失敗があったか回想している。日本語には、通常の「おそれ（恐れ）」の表現と、愛の混じった「おそれ（畏れ）」の表現がある。「印刷したばかりの『奉事経』のなかで「おそれ」を意味するある漢字が、私たちの細心の注意にもかかわらず、別の漢字になってしまい、全てを印刷し直さなければならなかった、と。

もしニコライ神父がただ翻訳作業のみに身を捧げたとしても、彼は、偉業を為した人と、評価されたであろう。翻訳の正確さ、原語の荘重さを伝えることに対するニコライ神父の要求は非常に高かった。ニコライ神父は翻訳事業に関して、こう記している。

「私は、福音書と奉神礼書の翻訳が大衆の理解水準にまで下りるべきではなく、逆に、信者が福音書や奉神礼のテキストの理解へと高まらなければならないと考える。福音書に通俗的な表現はあってはならない。もしまったく同様の二つの漢字や表現があり、その両方ともが日本人の目と耳にとって同じく気品があるものであるなら、私は、もちろん、より一般的な方を選ぶ。しかし、無教養に対しては決して譲歩しないし、訳語の正確さに関してはどのような妥協もしない……」

別の懸念もあった。ニコライ神父は、仏教哲学とキリスト教神学の用語を、意図的にあるいは、無意識的に類似させたカトリックやプロテスタントの訳語を認めなかった。例えば、ヨハネの福音書第一章の初めの言葉「初めに言《ことば》があった。言《ことば》は神と共にあった。言《ことば》は神であった」の中国語訳で、カトリックの翻訳者たちは、「太初に道有り……」と訳した。「言葉」の概念に「道」という漢字をあてはめて、「タオ（道）」の意味を付与した。つまり、人間の運命と全世界の生命を導き送る道、という意味だ。この概念は、カトリックの翻訳者によって日本語でも使用された。何か至高のもの、世界のあらゆる運命を司るもののことが問題になっていることが人々に分かるように。

ニコライ神父とその助手である中井氏は、キリスト教神学と儒教の混合を望まず、あえて別の言葉である「言葉」を使用した。

「わたくしは、原則的に、カトリックの聖書の翻訳もプロテスタントのそれも読みません。彼らの翻訳の影響を受け、無意識であってでも、そこから何かを受容してしまうのではないか、という恐れからです」

翻訳作業が進むなかで、日本正教会の神学用語集というものが生まれた。それだけでも非常に多くの労力を必要とする学術作業だ。ニコライ神父は回想している。

「他のキリスト教宗派の翻訳に目を通して、私は、彼らの文章がところどころ意味不明で、言葉の省略や、余計な言葉が挿入されるなど、明らかに改作されているのが、分かった。そのため、私は、ロシア語訳とスラブ語訳を丁寧に読み込んだ。それらにあった訳語の不一致を解決するために、私は英語版を参照し、ついには、ギリシャ語の新約聖書も必要とし、入手した。これらの言葉で書かれた冒頭文を読みながら、難解な箇所では、黄金の口を持つヨハネ（雄弁家ヨハネ）による解釈も読みつつ、私は、この日、この作業に五時間も費やした挙句、訳すことができたのは十五文にも満たなかった」

こうした翻訳の後、中井氏が日本語訳を検討した。ニコライ神父は最期の日々に至るまで、このような翻訳作業を続けた。そして、翻訳事業は、奉神礼書や福音書の訳だけに止まらなかった。大主教の指導のもと、日本人の「翻訳者会」が結成された。その目的は、日本人にロシアとヨーロッパ文学の名著を紹介することであった。ニコライ神父は、文学作品の翻訳に祝福を与え、こう述べた。

「ロシア文学を訳し、それが読まれますように。プーシキン、ゴーゴリ、レールモントフ、トルストイを知れば、ロシアを好きにならずにはいられません」

ジェルジャーヴィン、プーシキン、クルィロフ、ツルゲーネフ、トルストイ、チェーホフから、バリモント、ブローク、ザイツェフやその他十九世紀末の作家に至るまで、多くのロシア文学の作品が日本語に訳された。宣教団は大規模な出版活動も繰り広げ、本や小冊子のほかに、数種類の雑誌も出版されていた。当時、日本最大の宣教団雑誌であった『正教新報』では、翻訳のほかに日本の著者による道徳と信仰についての作品も掲載された。著者の多くはロシアで神学アカデミーを修了した若者たちであった。この雑誌は日本正教会の当時の出来事についても記した。

婦人向け月刊誌『裏錦《うらにしき》』は女子神学校から出され、信仰と道徳にかんする訓話や婦人向けの文学作品が掲載されていた。ニコライ神父は、女性の道徳的啓蒙と正教徒の家族における女性の役割に、大きな注意を払っていた。宣教師や聖職者向けの定期刊行物もあった。日本宣教団で出版された多くの書物はロシアにも送られ、ルミャンツェフ博物館付属図書館（のちのレーニン記念国立図書館、現ロシア国立図書館）に収められた。

しかし、印刷されたものに劣らぬ価値があったのは、ニコライ神父の魂の気高い光によって照らされた彼の生きた言葉だった。彼の説教を聞く幸運に恵まれた人々、ニコライ神父と同時代に生きた人々の書いたものが残っている。ニコライ神父の説教を聴いた者は、神父が教え論じながら、その信仰の火に焼かれ、聴衆の心に炎をともしたと、語った。

セルギイ神父は、その著作『日本について』の中で、大主教ニコライが遠方の教区へと向かう日本の汽船の中で行った、そのような説教について述べている。船長から乗組員がニコライ神父の説教を聞きたがっていると聞き、説教が行われた。小さな船室には、士官や機関士から船員や三等船客に至るまで、汽船にいたほとんどすべての者が集まった。神父は椅子に腰掛け、出席したすべての聴衆に向かって、キリスト教の基本的な信条について、主について、至聖三者の機密について一時間ほど語った。ニコライ神父は強く説いた。

「キリストの教えはロシアのものだとか、ほかの国の人に対する教えだとか、考えてはなりません。その教えは天上から地上のすべての人々に遣わされたのであります。従って、この教えを受け入れるのは、どの国にとっても恥ずべきことではありません。それは、汽船や鉄道やそのほか生活に役立つものを取り入れるのと同じです」ニコライ神父は続けてこう述べた「我々の教えは真の信仰でありますが、あなた方の今のご信心が無用なものだとは申しません。仏教にも神道にも多くの良きものがございます。ただ、これらの宗教は不完全であり、真の神を知らぬ、人間自身が創造したものでありまず。これは日光のない時に、住まいを照らすために発明されたランプと同じです。ランプは、便利なもので、夜には不可欠のものです。しかし、それを昼間につけようとは、誰も思いません。同じように、仏教も神道もキリスト教を知らず、真の神と出会っていない時代には、良いものなのです」

この説教は、神学の真理に全く知識の無い聴衆を前にして、ニコライ神父が日常的なものを例に挙げて訴えたことがよく分かる。聴衆には様々な人がおり、いろいろな質問が出、人々の反応もいつも同じというわけではなかった。ニコライ神父は伝道者たちにこのことを事前に教えていた。ニコライ神父自身もときおりそういう体験をした。そのような折には、彼は冷静に身を処し、日本人の自然な教養に訴え、相手の怒りを解き、教え諭すような言葉を見つけることができた。教区を回りながらの講話に、彼は非常に責任感をもってあたった。その姿勢は聴衆の数、信徒の数にはまったく左右されなかった。掌院セルギイは神父のつぎのような言葉を思い返している。

「わたくしは、それぞれの教会を訪うとき、その教会がどんなに小さなものであれ、訪問中は、他の教会も全世界も存在していないかのように、全身全霊からその教会の会衆となります。もし、そのとき、別の教会から手紙が来ても、それを今いる教会での仕事の合間に読もうなどとは微塵も思いません。夜にその地での仕事が空いたときに読みます。その教会の必要としていることや問題、喜び、そのすべての状態が、本当に小さなことまで、魂に流れ込みます。ですから後になって、問題を話しあったり、助言したり、説得したりするのは難しくありません。これらすべては、ごく簡単なことで、それは、自ずと口から、心から流れ出ます。ただ、跡形もなく消え去るようなあらゆる感情に、心が囚われないだけの理性をもつことです……」

いつ、どこで、どういう依頼があったか、それが実行されたかどうかを確認するために、ニコライ神父はそれぞれの教区毎に、教会について、礼拝堂について、行った講話について、指導についてという四つのノートをつけていた。彼の心の中には、このようにして情熱と実務的理知が共存し、心の業と知的な業が高度なバランスをとって存在していた。

我々は、身近な聖人たちに何と学ぶところが多いのだろうか、と思った。私たちは、いつも憤慨や悲哀といった心の動きに、ほとんど必ず頭ではなく心で反応する。誰もが愛するロシア文学の主人公たちの「知性と心が葛藤する」のは、このためではなかろうか？　アレクセイ・トルストイも認めている。「愛するなら理性を失うまで。脅かすなら本気で。罵るなら情熱的に。斬るならば、腕振りかざし……」私たちは、時に、あまりに多くの物事を「腕振りかざして」処理しているのではあるまいか？　私はキリル府主教から、セルギイ神父が自著『極東にて』でニコライ神父を次のように描写しているのを、紹介された。

彼は、柔軟さを持ち合わせながらも、いかなる障害をも知らぬ鋼鉄の人でした。実務的な知性を備え、あらゆる困難な状況からの出口を見つけることの出来る指導者でした。ニコライ神父は、優しさと共に、厳正に教育すべきだと彼がみなした人々に対しては、屈せず氷のように厳しく接し、罰したり制止したりすることの出来る能力を持ち合わせていました。神父は魅力と同時に、長い経験と苦しい試練に培われた大きな自己抑制力を持ち、彼の信頼と誠意に価するためには、多くの時間と努力が必要でした。

私がこの言葉をニコライ・ムラショフに告げた時、ムラショフはしばし沈黙の後、こう言った。

「実は、もしあなたがこの言葉が誰に対してのものであるかを仰らなければ、私はそれをそのまま、私が知り合ったころのワシリー・オシェプコフに当てはめたところです。彼はそういう人として私の記憶に一生刻まれました」

私たちは、いつものように、ムラショフ氏の快適な家でお茶を飲みながら話していた。あらゆる参考書を目の届くところに置いておく、彼には、このようにして会う方が便利だった。私自身もいつしか、落ち着いた雰囲気と知性とくつろぎを感ずる、この家を愛するようになっていた。

「自己制御というのは理解出来ます。オシェプコフにも試練は十分すぎるほどだったはずです。しかし、指導者として、組織者としての天分はどこから来たのでしょう?」

「京都の神学校のことはもうお忘れかな? 教師たちは、意識してか、あるいは無意識に、彼らにとっての理想であり模範であったニコライ神父の流儀を学び取っていたはずです。神父のやり方で神学生たちを教育したのです。そう、以前あなたは、工業専門学校に入って格闘技をやられたときの話をされましたが、あなたも、当時は、あるときは意識的に、またあるときは無意識に御自身のコーチを範とされたのではありませんか？」

私はすぐに、当時のコーチを思い出した。ふさふさとした口ひげを生やした活力あふれるモルドヴァ人で、われわれ工専のガキどもにとっては本物の「とっつぁん（おやじ）」だった……。彼は、弟子が自分より強くなることを、自分の名誉だと考えるような人間だった。私が勝ったとき、祝いの言葉を述べようと私の方につき進んで来たコーチの姿が記憶によみがえった……

どうやら、私は自分の幸せな思い出に浸りきっていたようだ。私の物思いを破ったのはニコライ・ムラショフだった。

「ところで、そろそろ、函館からやってきた私たちの青年の物語に戻るころではないですか？」

「いかにも！」

12　京都神学校とワシリーの道

キリル府主教の談話とN・ムラショフの談話による

古都の神学校へ

函館から京都へ向かうこの冬の旅で、ワシリー・オシェプコフの眼前に流れて行ったのは、ほとんど日本を縦断する光景であった。最初は、青森港まで六、七時間の連絡船の旅、それから鉄道で東京に到着した。東京の駅からすぐに次の列車に乗り込んで、この現在の首都東京を通過した。京都育ちの付添い役は、この新しい首都を軽蔑するかのように言い捨てた。

「ほんまに、うちらの方が千年以上も古いんやさかいな」

ワシリーは、寒さ厳しい北の寒村から南へと旅をした。木々の種類が変わり、森の中に時おり見える動物も別のもので、日一日と天候もより温暖になり、湿度も高くなってきた。もしこの時、誰かがワシリーに日本とはどういう国だと訊ねたなら、きっと彼は迷うことなく答えただろう。「森と山の国だよ」と。

長い道中では、沿道の小さな宿屋に泊まる機会もあった。もっとも、畳の部屋に泊まることも、ご飯を盛った茶碗に、魚や野菜を載せた小皿を添えた食事も、ワシリーにはすでに珍しいものではなかった。箸で食事をしながら、ワシリーは心の中で、一郎や茂作など函館の同年齢の者たちの健康を優しい言葉で祈っていた。彼らは、どうやって掴みにくいご飯粒を口に運ぶのか、冗談を言ったり笑ったりしながら彼に教えてくれたのだった。さらに彼らは自分の感情を表に出さないことを、独自の例を挙げてワシリーに教えてくれた。怒り、痛み、恐れ、驚きは、心の中で耐えるべきことであった。喜ぶ時も礼儀をわきまえていなければならず、何より先に、その喜びを与えてくれた人に一度ならず感謝の言葉を述べなければならなかった。だから、今、この旅路で彼にとって驚くべき様々な風物に触れながらも、ワシリーは少しも動じていないように見せようと、必死で努力していた。もっともそれは、彼の持つ表現力豊かなロシア人の特性からすれば、時にはかなり滑稽なことであった。

　実際、驚いたことはいっぱいあった。水平に伸びるべき枝を、誰かがわざと捻じ曲げたように曲がった、背の低い松の木々、そして建物やら笠に使われ、果ては食べ物にもされる竹。そして、彼の付添い人の一人がワシリーの知らぬ「太古から生き残った」という言葉で表現した、世にも不思議な杉の木など、不思議な木々があった。

　不思議だったのは衣類だ。長くて、広いひだのついたスカートともズボンともつかない『袴』や、木で出来たサンダル『下駄』は二つの台がついている小さなベンチのようだ。この下駄を履くためには、『足袋』という特別の靴下が必要になる。これは靴下ではなく、親指のところが別になったミトンのようなものだ。これは下駄の鼻緒に引っかけるためで、全く可笑しいったらありゃしない！　男も女も、ほとんどの人が着物を着ている。冬には何着かを重ねて着るのだ。ワシリーもまた、これらの衣類を身につけなければならないことは疑いもしなかった。そして、実際、『着物』に馴染むと、彼自身もその異国の衣類の便利さを理解し、受け入れることになる。

　どんな旅にも遅かれ早かれ終わりがやってくる。長い時間をかけてたどりついた京都は、函館とは比べようもなく大きな街だった。しかし、正直なところワシリーが少々不安に思っていた神学校は、彼がもともとここに居たかのように、仲間のような親しさで迎えてくれた。ただ、アナトリイ神父の代わりにここには、アルセニイ神父がいるだけだ。この地の日本人の仲間の生徒たちとは、まだこれから知り合わなければならない。ここの学校の気風というのは函館のそれと同じだろうか？　同じで当然だ。ここでも、ニコライ神父の目に見えない存在が至るところで感じられ、実務的な、それでいて温かい雰囲気を高めていた。しかし、課業が始まってみると、やはり違いというものは感じられるのだった。その違いは、今日私たちが、音楽大学と音楽院の間で感じるような違いと同じだった。ここでは、もう一から始めるのではない。以前に習得したものに磨きをかけ、更に高いレベルにまで持って行くのだ。地理から神学まであらゆる科目がそうだった。それにもう一つの外国語科目である英語があった。

他にも違いがある。ここで神学生や伝道者を養成しているのは、農民や漁師に対する伝道活動のためだけではなかった。伝道の場における討論の相手は、仏教の哲学者や宮司、医者や教師など、社会の上層部の人々もなり得た。ロシア帝国の神学アカデミーで学習を続けるために、神学校の卒業生をロシアに派遣することもあり得ぬことではなかった。このため、知識面ばかりでなく、立ち居振舞いの面でも練磨が必要であった。ワシリーも、それまでに慣れた俗語的な言いまわしや、以前の農民風の習慣などを少しずつ改めなければならなかった。本も役に立った。この時代、ワシリーはこれまでになく多くの時間を読書に費やした。三ヶ国語で本を読んだ。

道場での授業に関して言えば、このロシア人の転入生がすでに習得しているものを見て取って、佐藤先生はただ是認して頷くのみだった。しかしこの是認が、ワシリーの能力に対してなのか、それとも彼の以前の師匠の見事な指導に対してなのかは分からなかった。先生たちの気持など分かるはずがない！　そして、この神学校が聖職者たちの養成を目的にしていたにも拘らず、ワシリーは道場でも、汗だくになるまで、稽古に励まなくてはならなかった。心の内で、このしつこい師範を呪ったこともあったが、心の奥底では彼が正しいことを理解していた。「虎穴に入らずんば虎子を得ず」その代わり、それまで何日も何週間も稽古してもできなかった技が、身体が思うように動き、時には考えることさえもなく、自然にできるようになった時のまたとない感覚は、何事にも換えがたいものだった。

暇な時間はほとんどなかった。アルセニイ神父は、相互扶助のようなこともやらせた。神学生たちがワシリーに英語文法の補習をし、その代わり、ワシリーは彼らにロシア語会話を教えた。

しかし、すべての日常の中で特別なものであったのは、やはり教会での祈禱だった。ニコライ神父自身が成聖式を執り行って開堂してまもない聖堂には、あたかもニコライ神父の目に見えない姿が宿っているかのようだった。時おり、特に夜も更けた徹夜禱の折、香と明かりの灯った蝋燭の煙でかすかに目まいがした時など、ワシリーには、聖堂の中の遠くの宝座に置かれたイコンから、ニコライ神父自身の顔が彼を見つめているように思われた。そんなとき彼は十字を切ってそんな幻影を追いやるのだったが、心の奥底ではその幻を喜んでいた。

ワシリーは、わずかな時間でも良いからニコライ神父と会って、あらゆることを相談したいと思っていた。話したいことの中には、よりいっそう彼の心を惹きつける武道の授業と、本に書かれた教会の教えを、どのように心の中に共存させるかという問題もあった。しかしニコライ神父の訪問を尋ねるワシリーに、アルセニイ神父はその実現は難しいと言わんばかりに頭を振ってこう言うだけだった。

「ニコライ神父の教区への巡回は少なくなった。もう精力的に動けるお歳ではない。後継者のことで奔走しておられるそうじゃ」

しかし、神学校の年長者の昔話や言い伝えの中では、以前の訪問時に、ニコライ神父がそのきびきびとした力強い歩みで、年少者が学び遊ぶ大部屋に入って来た時の思い出が、なおも語り継がれていた。ニコライ神父が入室するや否や、子供たちは大きな声で親しみを込めて、必ずロシア語で挨拶していた。「ズダローヴァ・マロッツィ！（こんにちは、立派な子供たちよ）」大主教は、生き生きと楽しげにそれに応えるのだった。そして言葉を交わすために立ち止まる。彼を子供たちが取り囲む。子供同士の仲たがいに彼の判断を求められることも稀ではなかった。そんな時子供たちは、子供らが父親に自分たちの言い争いを解決する言葉を期待するように、ニコライ神父の言葉を待つのだった。ニコライ神父は、それがどんなつまらない問題に見えようとも、一度たりとも自分への質問を聞き流すことはなかった。大主教の最初の訪問以来、彼がしばしば訪れた部屋は「マロッツィの部屋」と呼ばれたほどであった。

ワシリーはこの話をほとんど羨望の気持ちで聞いた。しかし、彼自身もニコライ神父に一度「マラジェッツ（マロッツィの単数形）」と呼ばれたことがあり、彼の小さな人生の物語を、途中で遮ることなく、同情といたわりをもって最後まで聞いてもらったという事実に、慰められるのだった。しかし、ワシリーは、このニコライ神父と自分との出会いを、誰にも話していなかった。この話を公にして自慢したいなどという思いさえ微塵もなかった。彼はこの出会いを、彼一人だけに与えられた、何か大事な秘密のようなものだと感じていた。そして、これがまだ始まりに過ぎぬというような感覚もあった。しかし、それが何の始まりであるのかは、彼自身も言うことができないのだった。

神学校から聖堂に向かう途中や稀にある休日に、最初は仲間たちと、それからは一人で、彼はよく古都京都の狭い小路にふらりと寄り道していた。この地の未知の雑多な生活が、ワシリーには何かと珍しかったのだ。彼の眼前には少しずつ、碁盤の目のように仕切られた街並みが広がって行った。珍しい寺院や古い建物、古くから京都の名を全国に知らしめた熟練の手工業職人たちが住む、幾多の通りがそこにあった。そしてその北の地域の中心には、あたかも自らの周りに街の建物を集め結束させるかのように、日本の天皇たちの古来の邸である「御所」が鎮座していた。成長を続ける若い江戸がいかにそれを隠そうとしても、京都はごく最近まで、首都という誉れ高い称号を戴いていたのだ。

いつの間にか一九〇六（明治三十九）年の冬も終わりに近づいていた。それはワシリーにとって、京都での初めての冬であった。木々や山々が冬の眠りから目覚め、古い寺院や池、公園にまた格別の魅力が加わった。天皇家が京都を去った時は、それによって街が荒廃に陥る恐れがあった。しかし、街は以前の天皇の邸に特別の配慮を続け、市民もその御所の美を間近に愛でる可能性を手にした。

ワシリーの仲間の少年たちは、特に竜安寺の有名な庭を誉めそやした。彼らの話では、この庭は普通の庭ではなく「石の庭」だということであった。

「きっと変わった石なんだろう?」とワシリーが尋ねた。

「いいや、特にそないなことおまへん。ただ白砂の上に自然の石が十五個転がっとうだけどす。何世紀も昔に相阿弥というお坊さんがこさえはったんどす。自分で行って見はったらどないどす?」

「何でそんなもの見なきゃいけないんだ」ワシリーは頑固に言い張った。

「お前たち、多分、俺をかついでるんだろう? さっきただの石だとか言ったじゃないか」

「石は普通の石どすけど、あの庭には秘密が隠れとんどす」やっとワシリーに秘密を明かした。

「さっき石は十五個あるって言いましたやろ」

「それがどうしたっていうんだ?」

「どないやってみても、十五個の石を一遍には見られへんのどす。必ず石が一個隠れるんどす」

「そりゃその坊さんがみんなをからかったんじゃないか？　もしかしたら本当は十四個しかないんじゃないか？」

「そこなんどす。もし見はる場所を変えはったら、別の石が見えんようになるんどす。それで、さっきまで見えへんかった石が、今度はよう見えるんどす」

「石に触ってもいいのか？」疑り深いワシリーが尋ねた。

「あきまへん。庭の一方におます縁側から見られるだけどす。他の三方は、お寺の塀どす」

そしてワシリーは竜安寺の石庭に向かった。おそらく、彼は一番物見高い訪問者の一人だっただろう。誰かにちょっと当たったり、押しのけたりしないように注意しながら、あちらこちらと座を占めて庭を眺めてみた。しゃがみさえした。縁側の手摺に上ることができないのは、残念の限りだった。さすがに上からならば、十五個の石を一望できただろうに……。この石庭の謎は、長らくワシリーの頭を悩ませた。ある時、彼は我慢しきれずに、僧の相阿弥は一体何を考えていたのか、自分が置いた石で何が言いたかったのかを、佐藤師範に尋ねてみた。師範はこう答えた。

「そうさな、坊主、俺たちは、存在するものは見えると思いこんでいることがよくある。時として、見えないものも存在するってことに思いも至らないことがある。ところが、見えないものは、いつでも存在するんだ」

そうか、そういう説明もつくだろう。しかしその説明はあまりに単純だった。そこでワシリーは、思い切ってアルセニイ神父に石庭について尋ねてみた。彼は修道士なのだから、坊さんの相阿弥のことがもっとよく分かるのではないだろうか？

「わしが思うに」考え込むようにアルセニイ神父は言った。「その仏僧は石そのものではなくて、その石を見ている人々のことを念頭に置いていたんだと思う。お前が庭を見た時、縁側には何人の人がおったかな？　つまり、それぞれに自分の見えない石があって、それぞれが他の人とは違う十四個の石を見ていたという訳じゃ。その僧はどんな見方にしても、それが唯一正しいということはないと言いたかったのではないだろうか？　日本には、まだ七世紀の頃に書かれた『十七条の憲法』というのがあったそうじゃ。それには『人は誰にも心があり、誰にも自分の好みがある。誰かは何かを良いと思っているが、私はそれを悪いと思っている。また、私は何かを悪いと思っているが、誰かはそれが良いと思っている。しかし、決して私がいつも賢いという訳ではないし、その誰かがいつも愚かだという訳ではない。両方とも我々は凡人である』というようなことが書かれているそうじゃ」

「では、何が真理で何が偽りだと、どうやって判断するのですか」ワシリーは熱く異議を唱えた。

「まあ、それは日本の古い憲法の話じゃ」アルセニイ神父は、少年の未熟な頭を異教の知恵で困惑させたことを少し後悔して、顔をしかめて答えた。「わしらのところでは物差しは一つじゃ。神の真理があって、主の戒めというものがある。この真理と戒めを心で聞きなさい。そうすれば間違うことはない」

石庭のある寺院の他にも、格別の美しさで名高い天皇の離宮、桂離宮があった。しかし、そこへはワシリーや他の神学校生徒はもちろん、京都の他の住民にも訪ねる術はなかった。皇后が、その美しさを懐かしく思われ、女官たちと共に今でも離宮をしばしば訪れているという話であった。離宮の庭、高床の三つの書院と茶屋、たくさんの灯籠については多くの話が流布していた。灯籠『三光灯籠』には、太陽と三日月、そして星の形の三つの窓があるという。それに基壇も火袋も全てが三角形の『三角灯籠』。そして『雪見灯籠』の大ぶりの屋根が、ふんわりとした雪の帽子を被る雪深い冬は、特に美しいということである。

しかし、ワシリーは、京都の普通の暮らし、特に職人たちの暮らしにも魅了された。京都が絹織物や呉服、料理の名人たちで有名なのも無理はない。ある時、仲間たちと鴨川の傍を歩いていて、ワシリーはその河原一面が、色とりどりの華やかな長布に覆われているのを目にした。

「お祭りの用意でもしているのかな？」ワシリーはちょっと驚いた。

しかし、それは着物の反物で『友禅』という染物だということだった。その反物は職人たちが機織りで織り、筆で下絵を描き、その輪郭に沿って糊でなぞる。そして熟練した職人たちが細筆で模様の巻きつるの一本一本、花びらの一ひら一ひらを草や鉱物から出来た自然の染料で染める。それから再び特別の色止めを塗った上で蒸す。おおよそこのような作業の後、最後にこの絹地を鴨川ですすぎ、糊と余分な染料を洗い流して、河原で干すのだ。ワシリーにこれを全て話してくれたのは、長い竹の柄のついた藁の箒を持って絹地の傍をうろうろしていた、もじゃもじゃ頭で黒い瞳の日本の女の子だった。彼女はたまたま飛んできたゴミを払い落したり、ただ見張りをしたりしていた。ワシリーは彼女の話を最後まで興味深く聞き、話のお礼をきちんと言おうと合掌しようとした。と、その時、ワシリーは服の裾を強く引っ張られて脇に連れて行かれ、低い声で言われた。

「何してはんの？　あの子は、穢多の屑拾いやで。あの子の方が質問してもろうて、お礼を言わなあかんのや」こう言った少年の目には「やっぱり異人やな。小さい子みたいに秩序いうもんを知らんのや」と言いたげな様子がはっきりと読み取れた。

屑拾いに雇われた女の子は実際、一所懸命身体を半分に折ってお辞儀をしていた。ワシリーはただ手を振るだけだった。散歩が全部台無しになってしまった。それまで生き生きとして、楽しそうだった女の子の眼に浮かんだ驚きの色は、きっと長く心に残ることになるだろう。最初は心を動かされた美しい絹地のことも、今はこう思えた——こんな方法では多くは作れまい。多く作れないということは、高額だということだ。きっとお金持ちだけが買えるものなのだろう。

春が近づき、京都中で花見の準備が整え始められた頃、ニコライ神父が何の前ぶれもなく、突然京都の神学校を訪問した。いつものようにお付きの者もなく、幌なし馬車の御者が一人ついているだけだった。この冬の数カ月の間に、彼の体力が衰えたのは目にも明らかだった。しかしそれでも、いつものように背筋を伸ばし、神学生の挨拶に朗らかに答える「こんにちは、立派な子供たちよ！」という声は力強かった。神学生の群れのなかに混じったワシリーは、「旅でお疲れでしょうに、休息もお取りにならないなんて」とニコライ神父を諌める校長に、神父が歩きながら反論するのを耳にした。

「ほんのわずかでも自分の仕事に奉仕する力が残っているうちは、宣教師たる者が休んで良いものでしょうか？　それはわたくしにはあまりに不適切に思えます。だからわたくしは、部屋着を作ってもらおうと思ったことは一度もありません。神が、わたくしに耕し種播くように命じたその畝で死にたいものです」

いつものようにニコライ神父の訪問の日には、聖堂での奉神礼と彼の講話があり、そして京都の宣教団の指導部との長時間にわたる話し合いが行われた。神学校の授業はいつものように続けられた。時ならぬ訪問に興奮した『立派な子供たち』は夜になってもいつもと違って落ち着くことができなかった。そんな中ワシリーは、仲間たちのざわめきの合間に、廊下で馴染み深い力強い足音がするのを耳にした。仲間たちもそれに気づいたらしく、声が全て止んだ。ニコライ神父が寝室に入って来た。

彼は少年たちが寝ていないことに気がつかないかのように、静かにベッドの間を歩き、どこかでかがみこみ、落ちかけている布団の端を直し、枕を直してから、また静かに部屋から出て行った。寝室には、彼のもたらした静寂が残されたかのようだった。もうそれ以上、誰も身じろぎもせず一言も声をたてなかった。それから眠りが訪れた。

翌朝、ニコライ神父自身の言葉で始められた朝の祈りのあと、ワシリーの一日の課業は道場から始まった。ワシリーは、この朝稽古が好きだった。しかし、今日の彼の心は、柔道とはほど遠いところにあった。ニコライ神父がここを去る前に、何とか話ができないだろうかと思いを巡らせていたのである。佐藤師範は、いつものように、第六感とやらで自分の弟子の状態を読み取り、したがって、この日は特に容赦なかった。やっとの思いで、袖で汗を拭いながら、柔道着のまま道場の外に飛び出した時、ワシリーは芳しいお香の匂いがするニコライ神父の領帯に、自分の熱くなった額であやうく衝突するところだった。

「ほほう。これは函館の立派な少年ではないか!」主教は、髪がくしゃくしゃになったワシリーの姿を愛でるかのように、少し彼を押しのけ、ゆったりとした口調で言った。「さて、佐藤師範のところでの稽古は如何かな?」そしてすぐに話を中断した。「さあ、行きなさい、行きなさい。まずは、火照った身体を冷まして着替えなさい。そして昼食の後で私のところに来なさい。ちょっと話でもしよう」

夢の中で、あたかも宙を飛ぶかのように、ワシリーは『立派な少年たち』の部屋に駆け込んだ。その日、神学校の昼食に何が出たのかまったく覚えていない。魚なのかご飯なのか、大豆というこの地の豆なのかさえも分からずに食べた。昼食後の休憩時間の間、彼はずっと目を閉じ横になり、ニコライ神父に忘れずに言い、質問しなければならないことを、心の中で繰り返して暗記していた。

才能は神の賜物

そしてその時間が訪れた。昼食後の授業を免除され、いつになく綺麗に顔を洗い髪を梳かしたワシリーは、ニコライ神父の部屋の扉の前に立ちすくんでいた。扉を叩く勇気が足りなかったのだ。後でニコライ神父との会話を思い返した時（思い返したのは一度や二度ではない——彼はこの日のことを一生記憶に留めていた）、どのようにして彼が部屋に入ったのか、神父の最初の質問にどう答えたのかは、もうさほど重要ではなかった。おそらくニコライ神父は、何よりも少年を落ち着かせ、彼があまり悪さを克服する助けとなるように質問をしたのだろう。

話が道場での稽古のことになった時、彼はもう恥ずかしがるのを止めた。佐藤師範の下で何を学びとり、今や組み合って二人も三人も続けて倒すことができるようになったことを、彼は事細かに語った。ニコライ神父は瞳に笑みを浮かべて聞いていた。神父は、彼が自慢をしているのではないことを知っていた。実はその時までに、彼は佐藤師範と言葉を交わすことができたのだった。佐藤師範も最初はニコライ神父の前で気後れし、しきりに頭を下げるばかりであったが、ワシリーの話になると生き生きとし、今までこれほど才能のある弟子は自分にはおらず、彼が宣教師になるとしたら、立派な才能を無駄にしてしまうと熱心に説得にかかったのだった。

しかし、真の説得をしたのは師範ではない。大主教自身、この有能だが、あまりに俗世のことに生き生きとしていて、あらゆる人間生活の現象に好奇心あふれる少年から、宣教師は養成できそうにないということが分かっていた。何とか別の方向に、彼の将来を決めなければならない。しかしそれだけではなかった。少年の澄んだ真摯な目には、何かとても意義あるものが煌めいていた。ニコライ神父は、その目の光に見とれては、考え込むのだった。ニコライ神父は、どうやら少年が、一度ならず繰り返して来たであろうしつこい質問を耳にして、ふと我に帰った。

「大主教様、異教徒に神の言葉のみで勝つべき者が、彼ら異教徒の格闘技を身につけることがふさわしいことなのかどうか、私には分からないのです。時として、私が他の全ての授業を、佐藤師範の稽古に換えてしまいたいと思うのは、罪ではないのでしょうか？ 格闘技は武士の道であって、信仰の道ではないはずです。それに『殺すなかれ』という主の戒めをどう考えたら良いのでしょうか？」

主教は、少年の少し蒼ざめた顔を一層注意深くじっと見つめ、そして、眼前に居るのは同等の話し相手であるかのように話し始めた。しかし、その話は質問された内容とは全く違うように思われた。

「今、ここ極東で生じた難問を、ロシアはこれから長い間かかって解決することになると思う。我々の義務というのは、自分の知識と信仰で、この日本の地でこれを助けることだ。しかし、誰かは向こう、つまり我々の故国に帰って、我々がどのような敵と、ひょっとしたら闘わなくてはならないのかを示さなくてはならない。それどころか、我々は日本にあるもの以上の技を創りださなければならないのだ」

ニコライ神父は、自分の言っていることを相手が理解したかを確かめるように、しばらく口をつぐんだ。そして今度は、話し相手の年齢に合わせたかのように、全く別のトーンで話を続けた。

「武士の道と信仰の道に関しては、お前は間違っているのではないかと思う。偽ドミートリーの時代に、ロシアの敵どもがトロイツェ・セルギエフ大修道院を包囲した時、修道士たちは修道院の城壁の上で、一介の砲兵や戦士として戦った。それよりももっと前、聖ドミートリー・ドンスコイの御代

聖ニコライ（前列中央）とワシリー（二列目左から二人目）

には、ラドネジの聖セルギイ自身がオスリャビャとペレスヴェトの二人の修道士に、戦功を祈ってはなむけの辞を述べた。彼らは戦いに赴き、そこで戦士として死んだ。お前は、クリコヴォの平原で蒙古の豪傑に立ち向かったアレクサンドル・ペレスヴェトが最高の位を受けた修道士だったのを知っているか？　だからこそ、主は彼にロシアの地を守るために立ち上がらせ、死をもって死を正したのではあるまいか？　ペレスヴェトはまったく防具を持たず戦いに挑んだ。彼がチェルベイに対して勝利を守り抜いた時、神が彼の盾となったのだ。オスリャビャも神のご加護で、無傷のままで恐ろしい合戦を生き延び、クリコヴォの平原で我々の勝利を見ることができたのだ」

ワシリーは大きく目を見開いてニコライ神父を見つめていた。あたかもその瞬間、馬の脇腹に垂れたオスリャビャの黒いマント、首と胸を覆う垂頭巾、金糸の十字架、真っ白な馬を眼前に見たかのようであった。

「彼らはイリヤ・ムーロメツのようだったのですか？」一気に少年は尋ねた。

神父は静かに頷いた。

「イリヤ・ムーロメツは晩年に修道士になった。彼の遺骸は、キエフのペチョールスカヤ大修道院に今も眠っている」

神父は続けた「覚えておきなさい。主はあらゆる被造物、主がお造りになられた全ての存在に自分の生命を与えて下さった。命は、神の最も貴重な贈り物だ。従って、誰かが他の命を奪おうとしたら、それは神の命そのものを奪うことになるのだ……しかし、戦いとなると、これは別の話だ。戦いではいつも正しいものを守る方が勝つ。もし戦いで死んだとしても、人々の記憶の中で英雄として生き残るのは、彼を殺した方ではなくて、死んだ彼の方なのだ。戦い、信仰と父祖の地を守ることは、昔も今もこれからも必要だ。そして戦うことは学ばなければならない。たとえ異教徒に学ぶのであっても」

そして笑みを浮かべ、付け加えた。

「ただ、他の授業をみんな佐藤師範の稽古に換えてはいけないよ。ここで得るあらゆる知識は、きっとためになるはずだ。立派な少年よ、お前は成長したら、きっと教わったことに感謝するだろう」

ワシリーはニコライ神父とのこの会話が終わりに近づいていることを悟り、何かまだ言葉として発せられていない、何かとても重要なことを自分がまだ聞いていないような気がして、それが怖かった。その重要なことは、深い、全てを見透すような神父の目が語っているように思えた。慌てて、とりとめもなく訴え始めた。

「大主教様、私は今、どうしたらいいのでしょう? どこへ行くべきなのでしょう?」

そして答えとして彼は、穏やかな大主教の言葉を聞いた。

「我が子よ。時が来れば主がお示しくださる。主のご慈悲を推し量ることはできない。祈れ。そして自分の心と理性の声を聞きなさい。もし神がお前の心の中に居られるなら、そこで答えは見つかるはずじゃ。神にのみおすがりしなさい。もし正しい答えを得られないなら、神の名を思い起こしなさい。そうすればお前の心に光がさし、謎が解けるだろう……」

大主教が京都を離れる前日の晩、ワシリーはなかなか寝付くことができないでいた。彼には大主教とうまく話し合うことができなかったように思えてならなかった。自分の心に湧き上がるすべての疑問を、最後まで彼に打ち明けることが出来ず、そのためにあれほど期待していた明確な答えを得られなかったような気がした。しかし、ちょうどその頃、大主教とアルセニイ神父が、ワシリーのことを話し合っており、今後の教育において世俗的な鍛錬、特に外国語を重視しようと決めていたことを、彼は知る由もなかった。

「武道に関しては、あの少年は大変な才能があるのですから、講道館の嘉納博士のところに入門させるべきだと思います」ニコライ神父は談話を締めくくった。「アルセニイ神父、そんな咎めるようなまなざしで、わたくしを見ないで下さい。講道館ではサーカスの見世物のための格闘家を養成しているのではありません。この学校はもっと真摯なもので、その取り組みもはるかに真剣なものです。わたくしは嘉納博士の書いたものに目を通しました。嘉納は哲学博士で、哲学的議論を好む我々のワシリーにとっても、あそこで指導を受けることは屈辱的なことではありません。本物の麦粒を毒麦の粒から見分けることは、まだここで教えることができます。あなた自身、彼が正教に揺るぎない信仰心を持っていると仰ったではないですか。それなら、彼は自分の魂を異国の影響から守り通せるはずです。修了まで何年もありますから、その間はまだ先の計画で少年の心を乱すのは止しましょう。然るべき方向にしっかりと、しかしそれとなく導きましょう。約束しましたよ。彼自身が必要な決定をするまで成長させるのです。そしてその将来を左右する大事な時期に、彼を支えてやるべきです」

ニコライ神父は心の奥底で、少年にもその宗教上の指導者にも、全てを詳細に話してはいないことを認識していた。しかし、今はまだ全てを話すべきでもなかった。このがっしりとした、好奇心あふれる少年の中にニコライ神父が見たものの多くは、まだ予感や直感のレベルであり、言葉に表現できるものではなかったからだ。神父に分かっていたのは、少年に関係すること全てがここではなく、ロシアで実現するに違いないということだけだった。そしてそれは、宗務院への報告には書き送らなかった、ニコライ神父の多方面にわたる活動の一つの側面と繋がっており、個人的な手紙のやり取りにおいては、少なからぬ場所を占めていた。そのような手紙の一つで、彼は胸の内を次のように吐露している。

「ロシアで社会活動のための人材が不足していることに、外国で暮らしながら、私がどれほど苦しんでいるか、貴方様には想像もできないでしょう……それは何故なのでしょうか？　それはロシア国民がまだ成長していないから、社会活動をする人々がいないのです。今の知識階級は、かろうじてロシア本体への奉仕に足りる程度です……ロシアに教育が普及したとき、事態は変わることでしょう。つまり一般大衆の成長こそ、ロシアが最も緊急に必要とするものなのです」

この手紙は、当時の有名な教育家であるS・ラチンスキー教授に宛てられたもので、ラチンスキーはニコライ神父と意志を共有する人であったばかりでなく、同郷者でもあった。ラチンスキー家代々の領地であるタチェヴォは、大主教の故郷であるイェゴリエ・ナ・ベリョーゼ村からわずか数露里の距離にあった。ラチンスキー教授はロシアにおける農村学校の提唱者で、大主教はこの試みの中に、ロシア全体の教育と精神的発達を促す、まさに大衆運動を感じていた。彼はこの同郷者に次のような手紙を書き送った。

「何と素晴らしい！　どれほど計り知れない意義が、村の学校にあることか！　ロシアは偉大な、広大な国です。この国は世界の六分の一を占めていて、その三、四平方露里の土地毎に、開校したタチェヴォの学校のようなダイヤモンドのように素晴らしい学校が設けられ、そこで芸術家、聖職者、教師その他が養成され磨かれるのです。タチェヴォのような学校が、ロシア全体に網の目のように広がりますように。そうすればロシアは、どれだけ世界のなかで輝くことでしょうか！」

しかし問題は、国民の学校が人々の生活の基盤に建てられ、その中心となるのは国民教育でなければならないと考えたラチンスキーの理念の学校が、実際にロシア全体に『網の目のように』広がるのは、まだあまりに遠い話であることだった。この試みは、しばしば、ラチンスキー自身や国民専修学校の監督官Ｉ・ウリヤノフ、作家レフ・トルストイ伯爵、作家で医師のアントン・チェーホフ、あるいはニコライ神父のような人々の情熱によって維持されていた。ニコライ神父は、故郷のベリスキー郡にラチンスキーがジズリンスキー村の学校を開校することを知って、自分の最初の一年分の年金を全部その建設のために寄付し、翌年分の年金も同じ目的に充てることにしたのだった。

ニコライ神父は、宣教団によって開校された日本の正教学校の卒業生たち、そしてロシアの神学アカデミーに派遣した若い日本人たちを、その経験と魂の研鑽のために、タチェヴォのラチンスキーのもとに差し向けた。

一方、日本でも、講道館の創始者、嘉納治五郎がその精神的な父となった教育システムが誕生し、国家的規模で導入されつつあった。その成功の秘密がどこにあったのか、どうすれば詳細に知ることができるだろうか？　このシステムからロシア人やキリスト教徒に受け入れられないものを取り去って、その場所にラチンスキーが心を配った民族的な理念や原則を置き、そうしてこのシステムをロシアのために役立てることはできないだろうか？　しかし、そのためには、嘉納治五郎のもとに、少なくとも一人はロシア人の弟子が行かなくてはなるまい。それも、ただ、このシステムを見事に習得できる者だけでなく、さらにその先に進み、このシステムにロシアの魂、その真の礎を注ぎ込むことのできる人間が行かなくてはならない。今回の京都訪問で、大主教は講道館に送るそのような弟子が見つかったと、ほとんど確信していた。

「講道館のシステムにワシリー、つまりオシェプコフを派遣することが、将来のロシアに関するニコライ神父の構想の一部だった……本当にそうお考えなのですか?」

この前章を書く前に、ムラショフとこの件について考えながら、私は疑問をぶつけてみた。

「うまくまとめましたな。まさしく『いきなり問題の核心に迫る』ですな。何故そうでなかったと思われるのでしょうか?」彼は熱を込めて答えた。「何よりも先ず、格闘技は若者に魅力があり、大衆的で国民的なものになり得ます。道場を建てるには、学校を一つ作るより、場所も資金も少なくて済みます。健康な人々の世代、つまり労働者たちが育ち、必要とあらば、戦士が育ちます」彼は続けた「そして、国民学校の一部となることで、格闘技はロシアが当時かくも必要とし、そして今も必要としている社会活動のためのきちんとした、強健な人々を養成することができるのです。これは原理の問題です。嘉納治五郎が声高に宣言した大そうな哲学的原理（この原理は柔道家には忘れられ、むしろ現在の日本経済においてうまく機能しているように、私には思えるのだが）のことではなく、これら全てを組織する原理、つまり、柔道を学校や大学、その他あらゆる教育機関に導入するという原理の問題です。そしてそれは、実際に機能しました。そこでは、各人の心身の鍛錬、そして万人の幸福な暮らしの実現のために、各自の力を最も効果的に傾注させることを人生哲学とするような世代が育ったのです」

「ええ。しかし、聖ニコライと格闘技……どうも結びつかないような気がしますが」

「いや、驚いた。何故、これがお分かりにならないんですか?」ムラショフ氏が反論した。「どうも、ニコライ大主教が、この歳月にどれだけ日本の生活のあらゆる局面に精通していたか、十分にご理解頂けなかったようですな。彼はただ、新しい日本の国民的理念に目を向けずにはいられなかったのです。しかも、彼は心底からロシアの人間であり続け、祖国との精神的な絆を微塵も失っていなかったのです。その絆は、精神的なものだけではありませんでした。ロシアへの数度の帰国は言うに及ばず、幅広い様々な人々との彼の文通がその証拠です。彼はラチンスキーと、文通のみならず、数度の帰国の際にも会っていたのではないかと、私は思っています」ムラショフ氏は続けた「それだけでなく、まだ少年だったワシリー・オシェプコフが講道館に入門する時も、その後ロシアでの活動を始める時も、まさしく、ニコライ神父が祝福の言葉を贈ったのだと信じています。直接の証拠、つまり、ワシリー自身の証言などは、私のところにはありません。彼と私との関係はそれほどのものではありませんでしたし、時代もそういう時代でありませんでしたから。しかし、ニコライ神父の話に少しでも触れた時のオシェプコフの顔の輝きを、あなたがご覧になっていたら！　考えても見てください。神学校の卒業生が格闘技の学校に入ってしまい、しかもそれを教会の誰も非難せず、思いとどまらせようともしなかったなどということが、どうやって起こり得たのでしょうか？」

「もしかしたら大主教の構想は、そこまではっきりしたものではなかったのかもしれません」

ムラショフ氏が付け加えた。もっとも、私にはそれすらも疑わしく思われた。

「実際、大主教の手紙にも日記にも、そういう記録は残されていません。しかし、忘れないでください。大主教の存命中、ワシリーはまだ講道館に入門したばかりで、どれだけそこで成功し、どのように修了できるかは、まだ分からなかったのです。一方、大主教の余命はもう一年足らずでした。お望みならお話ししますが、もう一度、最後の、最も重要なワシリーと大主教との出会いがあったと、私は確信しています」

「そうすると、これからの展開で最も重要な年になってくるのは、一九一一（明治四十四）年、ワシリー・オシェプコフが神学校を卒業する年ですね」

「そうです。この年、年老いた大主教が最早離れることのなかった東京に、ワシリーがやってきます。彼はもう講道館に入門する決意を固めていました。実は、彼には講道館入門のためのある秘策があり、それは佐藤師範が彼に授けたものでした。この秘策がどれほど単純なものかお知りになったら、きっとあなたは驚かれるでしょう。しかし、まさしくこの秘策が、もっと正確に言えば、その秘策を知らなかったことが、多くの才能ある若者たちにとって躓《つまず》きの石となったのです。

嘉納治五郎が全てにおいて正しかったのかどうか私は分かりません。しかしそれもそのはず、嘉納治五郎は、入門の試験の過程を極限まで単純化したのです。何年もの間、古参の柔道家たちが、弟子たちには何も教えず、ただ侮辱して、彼らの試験をしていました。入門試験の全期間にわたり、入門希望者は教師のみならず、正式な弟子たちからも様々な苛めを受けていました。汚水をかけられたり、怒声で脅されたり、夜中に叩き起こされたりしました。入門希望者の反応をみて、教師とその周囲が若い入門希望者の性格の資質、すなわち、その意志力、不屈さ、心の清らかさ、内面的洗練度、謙虚さ、粘り強さに関して結論を下しました。古い道場では、弟子を選びながら、道場主が体格の特性や肺活量なども考慮したものです。

ワシリーはさらに運が良かったのです。通常、門下生は師範の家に住み込み、その修行期間にわたり、女性や飲酒、賭け事を遠ざけるのはもちろん、朝の眠りや一人での散歩すら犠牲にしなければなりませんでした」

13 講道館入門　キリル府主教の談話とN・ムラショフの談話による

京都の神学校を卒業する頃には、ワシリー・オシェプコフが宣教師の道に進まないことはもう誰の目にも明らかだった。あらゆる科目でよい成績を収め、教会で執り行われる奉神礼にも非常に熱心に通っていながらも、ワシリーは佐藤師範のもとでの稽古に多くの時間を費やしていた。佐藤師範は自分の弟子の今後に関しては何の迷いもなかった。講道館にやり嘉納治五郎に師事させる。それだけだった。

オシェプコフ自身はどう思っていたのだろうか？　彼はこの数年で大人っぽくなって、少年から強靭な体つきの若者に成長していた。成人も近づいていた。彼自身、神学校を卒業した後のことを考えていた。そんな時、彼の脳裏に穏やかだが意志に満ちたニコライ神父の声がいつも変わることなく聞こえてくるのであった。

「自分の心と理性の声を聞きなさい。神がお前の心にあるなら、そこに答えがあるはずです」

そして、その心と理性は、佐藤師範の言うことは正しい、道は東京の講道館へ続いている、と彼に呼びかけていた。彼を東京へと駆り立てるもうひとつの理由があった。東京には、初めてあった時に、自分の霊父であると、心の奥底から感じた人、ニコライ神父がいるのだ。

元ペテルブルク神学アカデミーの学長セルギイ・チホミロフ神父が三年前、京都の主教に按手され、日本に赴任していた。彼は、ニコライ神父の協力者、後継者であり、京都にもしばしばやってくるので、ワシリーは、彼に助言を求めることが出来ただろう。しかし、ワシリーはニコライ神父こそが、正しい選択をしたと祝福するか、選んだ道を否定するかができる唯一の人であると思っていた。

卒業試験と卒業にかかわる様々な儀式が終わり、出発の時がやってきた。ワシリーは別れを告げるため、彼があれだけの汗を流した道場へ赴いた。佐藤師範は、別れに際して、何の表情も外に表さなかったが、自分の手塩にかけた弟子が講道館に入門する決意を固めたことを知ると、周りに誰もいないことを確かめて、静かな声で言った。

「わしはお前を十分に育てた。だが嘉納の弟子の取り方は独特だ。それを覚えておけ……」

そして、師範は自分の最高の愛弟子に柔道の最高峰に入門するためのある策を伝えた。

「それだけなんですか?」意外だった。

「思うほど楽なことじゃないよ」師範は告げた「特にお前のような外国人にはそうだ」

夏へと向かう日本の首都でワシリーは、いたるところで魚の匂いがし、一日中騒々しく、人であふれ、どこまでもつながる平屋建ての家の間に複雑に伸びた路地に閉口した。しかし、この首都の上に、ドーム屋根と十字架を天辺に抱く復活大聖堂の白亜の威容が望めるのだった。ワシリー・オシェプコフは京都の正教団からの紹介状を携えて、この白亜の教会へと向かった。講道館の入門試験が始まるまでそこに寝泊り出来るはずだった。ワシリーは愛想よく迎え入れられ、部屋に通された。しかし、夏休みのためか、宣教団全体に活気が感じられなかった。それでいて、張り詰めたような空気もあった。あるいは、心の中の不安を、自分はただ周りのものに反映させているだけではないか? ワシリーはそんなことも思ってみた。しかし、彼を待ち受けていたのは思ってもいないことだった。

ここに来た瞬間から、彼は、ニコライ神父の朗々とした声で歓迎されるだろう、と思い、神父とのそのような再会を願っていた。しかし、彼を宿舎に案内してくれたのは、まったく見知らぬ人たちだった。二度ほど、ワシリーの脇を主教セルギイが、隣の人に何か事務上の話をしながら、通り過ぎた。ワシリーが面会を願っているニコライ神父が同じ屋根の下にいるということを示すものは、何もないかのようですらあった。ある日、彼は思い切って、ニコライ神父のことを訊ねてみた。

「ニコライ大主教は衰弱されていて、ほとんどご自身の居室から出られません。目も耳もだいぶ弱られました。ただ、聖堂での奉神礼はなさっておられます。翻訳のお仕事に力を注いでいらっしゃいます。もうご高齢でいらっしゃいますから。そのほかのお仕事は、セルギイ主教が代わりにされております。ニコライ大主教は非常に満足されております。セルギイ主教が、その柔和なご性格と善良な魂により、宣教団と日本人全ての尊敬を集めているのをご存じですから」

ワシリーの胸中に大きな暗雲がたちこめた。もはや、自分のこれからの試験のことなどは考えていられなかった。自分の人生などはどうでもよいもののように思われた。「本当に、我々はみな、もうすぐ霊父を失って孤児になってしまうのだろうか」そんな、思いが離れなかった。しかし、同時に、主は私たちの熱い祈りを聞き入れて、ニコライ神父の寿命を延ばして下さるのではないかとも思われるのだった。また、自分がニコライ神父にもう一度会えるという、根拠はないが、確信もあった。実際、運命は彼にそういう機会を用意していた。ある日、彼は誰かに揺り起こされたかのように、いつになく朝早く目を覚ました。そして、これ以上眠れないと感じて、早朝の祈禱に出かけた。

心の師聖ニコライとの再会

主教の居室へと伸びる廊下の前を彼が通り過ぎた時、ワシリーは、扉が開け放たれる音を背後で耳にした。朝の光が降り注ぎ、セルギイ座下の声が聞こえた。

「今日はお止めください、大主教様。お体をおいたわり下さい」

それに対して、弱々しいが、毅然とした声が響いた。

「自分のことは自分で決める！」

ワシリーは振り返った。そこには、杖に寄りすがりながら、あれほど毎日その出会いを待ち望んだその人が、彼の方に向かってくるのが見えた。朝日が後ろから降り注ぎ、その白髪を照らし、ニコライ神父はあたかも光に包み込まれているかのようだった。（大主教付きの）堂役が駆け寄って、神父が法衣の頭巾を被る手伝いをした。ニコライ神父はそのまま数歩進み、ワシリーのところで立ち止まった。そして、懐かしい声が、以前もワシリーが耳にした言葉を発した。

「ほれ、あなた方がこれ以上、私の世話を焼かないように、この少年が、私を連れて行ってくれる」

暖かく、軽い手が、ワシリーの肩に置かれた。ワシリーは、この早朝の薄明かりの中では、ニコライ神父は自分が誰であるかが分からない、と思ったので、神父の手を取って、何も言わずに歩いた。そして何よりも、ニコライ神父の祈りを妨げてはならなかった。ニコライ神父は聖堂の入口の階段をやっとのことで上ると、ワシリーに軽く会釈して、肩から手を放した。ワシリーは神父に続いて聖堂に入った。彼は、ニコライ神父が至聖所に向かうのだと思った。けれども、ニコライ神父は、脇の祭壇の前に立ち止まった。

奉神礼が進行していた。祈りを捧げる信者たちの邪魔にならないように気をつけながら、ワシリーはニコライ神父の方へ近づいた。急に助けが必要にならぬとも限らない。聖歌隊が歌っていた。ワシリーを帯の端でかすりながら、髪に白いものの混じる日本女性が通り過ぎ、至聖生神女（聖母マリア）のイコンに細いろうそくを供えた。彼女の皺だらけの黄ばんだ手を目にしたワシリーは、働き詰めだった母を思い出し、母がこの歳まで生きていたならば、このような節くれだった指をしていただろうと思った。彼はもう一度、ニコライ大主教の身じろぎもしない姿に目を移した。神父の顔は見えなかったけれど、その姿は祈りに深く没頭していた。ワシリーは視線さえもが祈りの妨げになるのを恐れて、視線を逸らした。

若者は聖歌隊が作り出す慣れ親しんだメロディーに聴き入り、奉神礼が日本語で行われており、自分がその言葉をロシア語に訳すことなく、全て分かっていることに気がついた。そして、ワシリーは徐々に祈りに没頭していった。彼はもうニコライ大主教のこと、目前に迫った入門試験のことを祈っているわけではなかった。この時、彼は、自分が何を主に求めたのか、自分でも言うことは出来なかった。それは心からの燃える思いであり、熱い祈りであった。そして、ある瞬間には、彼は祈りに応える声を聞いたかのように思われた。

傍らにニコライ神父の杖のかすかな音を耳にして、ワシリーは我に返った。奉神礼は終わり、ワシリーはニコライ神父の後を追った。階段に差し掛かったとき、彼は勇気を奮って大主教に手を貸そうとした。そして二人は互いを見合った。「何ということだ」と、ニコライ神父は言った。ワシリーは、終わったばかりの早課の祈禱のことを言っているのではなく、大主教がワシリーに気づき、彼のこと、彼が東京に来たことを言ったのだと悟った。ワシリーは何を言ったらよいか分からず、黙ってニコライ神父の居室まで共に戻って来た。ワシリーは、自分以外に誰が神父をここまで見送ったのか、覚えていなかった。扉のところで、堂役が滑り込むようにして大主教に手を貸そうとしたが、大主教は手振りで堂役を下がらせ、ワシリーの方を向いて告げた。

「昼食のあとで私のところにいらっしゃい。少しお話ししましょう」

ワシリーは、神父のこの丁寧な口調から、神父が、ワシリーをもう少年としてではなく、ひとりの大人として扱っていることを、はっきりと理解した。複雑な感情が彼に押し寄せた。自分が一瞬のうちに大きくなったような気がして、少年期と別れを告げるときに、誰もが感じる一種の寂寥感に包み込まれた。そしてまた、それまで彼とニコライ神父を結んでいた、目に見えぬ糸のようなものが断たれつつあるのだと感じた。しかし、決められた時間に、ワシリーがニコライ大主教の居室に入り、彼が何か書き物をしていた机から立ち上がってワシリーを迎えたとき、この寂寥感は跡かたもなく消え去った。ニコライ神父の後ろには窓があり、そこから差し込む光で、ワシリーにはまた彼の姿が光輪に包まれているように見えた。ニコライ神父の目は喜びと親しみで輝いていた。それは長い間会えなかった息子を迎える父のようであった。ワシリーも心から親しく彼に手を差し伸べた。ワシリーは、この時、二人の間にどういう会話が交わされたのか、誰にも語っていない。

ニコライ神父の居室から戻った彼は、一人になれる場所を求めて、宣教団の周囲の狭い路地を夜遅くまで歩き回った。興奮止まぬ彼の頭に、ニコライ神父の言葉が断片的に繰り返し去来した。聖堂で祈りを捧げているときに、彼を襲った驚くべき感情を思い出していた。ニコライ神父の言葉は、ワシリーの決意を肯定していた。主は彼の選んだ道に祝福を与えられている。けれど、何故なのだ？　彼の真の召命、主と祖国に対する彼の使命はそこにあるのか？

ニコライ神父はその疑問にも答えていた。そして、助言も受けていた。否、それは助言というよりも、全人生で従うべき、それについて意識していないときですら従うべき、戒めというべきだろう。

「自分が何を望んでいるのか、ということを自分にはっきりさせることが肝要です。自分の人生に踏み出すにあたって、自分の内面が空であってはなりません。ぐらついていてはいけません」

「あなたの人生はまさに始まろうとしている。純粋さ、何事も恐れぬことは、精神面でも大人になるための第一条件です。あなたの力と新たな存在意義は、何ものをも恐れぬことを学ぶことにあります。それがあれば、危機にあって平静さを得て、自分の能力を十分に発揮することができます」

「怠惰と否定は人が何をしようとしても失敗させますが、信仰はなにものにも打ち勝つ力です。そしてその力は、他の人に対しての勝利、あなたを高揚させる勝利によってではなく、魂の平静、そしてあなたが好きなことを始めるときにいつも感じるような喜びによって強くなるのです。毎日成長出来るのです」

「他の人の能力や知識を手に届かぬものだと感じるような鬱屈を自分に許してはいけません。また、あなたよりもっと多くを達成した人をいつも祝福しなさい。あなたはその力を借りることができるのです。日々、己の力を研鑽すべきです」

「生きるというのは闘うことです。自らを御して、倒れてはまた立ち上がることを学び、障害に打ち勝つことを学ぶことです。その障害が外面的にはあなたより強いということもあります。しかし、主の助けによってそれを克服しえるのだ、と心の中では、信じていなくてはなりません」

「より高く、より前へと前進するにつれ、我々の誰もが、完成の道に終わりはないということを知ります。あなたが、その日どういう高みに達するのかではなく、人生があなたにどのような完成を要求しているのか、が問題なのです。そしてそれは常に変化します」

「人の一生には、一時の休みもありません。人は成長し続け、不断に変化します。もし主のお許しを賢明に理解することが出来ず、また受け入れることが出来なければ、人はその与えられた変化のなかで滅んでしまうかもしれません。主があなたをそのようなことから救われますように！」

「あなたは、これから他の人に自分の知識と能力を伝えることでしょう。その時にこのことも教えなさい。誰かがあなたに教えを乞うたら、彼に対する最初の配慮は、彼の身になってみること、彼の能力を越えるものを求めないことです。自分がどのような道をたどって来たかを忘れずに、自分がいつも強かったわけではなく、時には焦燥の中で、あるいは苦渋の中で学んだことを思い出しなさい。そうすれば、あなたが自分の教え子たちにもっと楽に接することが出来るでしょう」

「あなたの力は善の力でなくてはなりません。力は攻撃にあるのではなく、命を守ること、自分や親しき者の命を守ることにあります。これはあなたの父祖の遺言でもあります。彼らもロシア人で正教徒だったのです。古来からロシアの勇者はいつも弱きもののために立ち上がりました。弱きものは、一人だったり、抑圧された民族であったりもしました。このことを忘れないように」

「私には、あなたの人生が様々な形をとりうるということが分かります。あるいは、自分の受けた宗教的な教育について思い起こさない方が良いような時代、過去の多くを忘れた方が良いような時代、私のことを思い出さない方が良いような時代が訪れるかもしれません」

ニコライ神父は、反論しようと腰を浮かしたワシリーを身振りで押し留めました。

「私たちがあなたの魂にここで注いだものを、あなたの魂が忘れるだろうと、言っているとでも思ったのですか？　ここで学んだことは、あなたの自身の信仰と人生の原則になるはずです。そうであれば、我々の努力の甲斐があったというものです」そこでニコライ神父はいったん口をつぐみ、それから、あたかも自分に言い聞かせるかのように言った「あなたのロシアでの困難な、苦難の道が私には見える。主が、苦しみにあっても、あなたに力を授けますように」

「お前が自分の十字架を背負うように祝福する。お前の為すことが、ロシアの幸のためにあらんことを……」

ニコライ神父の手が十字を描きながら彼に触れ、静かな声でこう告げた。ワシリーはその瞬間に彼が感得したことをその後、誰にも話していない。

そしてワシリーは彼を祝福する神父の手にわが身を預けた。

ムラショフは話を終え、感慨深げに言った。

「かれらの最後の出会いとは、このようなものではなかったか、と思うわけです。いくつかのことは、弟子として、オシェプコフ自身から聞いております。また、私自身が、この常人ならざる人物の歩みと業績を、考慮に入れて、導き出したものも多少含まれています。私には、講道館に入門する前、東京大聖堂での早朝の祈禱の時、オシェプコフは、ニコライ神父、すなわち以前のイワン・カサートキンが後の人生を決める、つまり日本での伝道に身を捧げるということを決めた時に、感じたことと同じようなものを、経験したように思われます」

「それはいったいどういう意味ですか？」

「私は信仰をもつ人間です。こう言うべきではないでしょうか？　彼ら二人は同じく主の召命の声を聞いたのだ、と。キリスト教徒でなかったら『運命の声』を聞いたと言ったところでしょう。全ての人にこのような天啓が下されるわけではありません。この主の声というのは、今風に言えば『運命的』な、深い意義のあることを為すように運命付けられている人にだけ聞こえるのです」ムラショフは、物思いにふけるように付け加えた「ロシアの運命を決したクリコヴォの戦いの前に、そのようなことがラドネジの聖セルギイに起こったと言われています。修道士たちは、聖セルギイから出る光すらも目撃したそうです……」

私たちの話はここで自然にとぎれた。私たち二人とも、何か特別な心震わせるものに自分たちが今触れたのだという感動を、これ以上の会話で乱したくなかったのだ。ムラショフは別れ際に言った。

「嘉納治五郎についての書き物を、あるスポーツジャーナリストに渡すと約束しましたよ。それでは、次は、もしお望みであれば、ワシリーの講道館入門と最初の稽古について、あなたにお話ししましょう」

私は、いつものように、色々な思いを巡らしながら、ムラショフの家を後にした。ひとりになって考えたかった。今や、この私が愛する格闘技サンボの歴史だけでなく、それの持つ本質もが、違って見えてきた。サンボで得た力をどこで使うべきかをあまり考えず、サンボを強くなる為の手段と見る者は、恐らく、この私の新しいサンボに対する理解を分かろうとしないだろうし、受け入れもしないだろう。そんな理解が彼らになぜ必要だというのであろうか？　最良の場合でもこの力は、今や危険なものとなった街頭での自己防衛、あるいは我々の誰もがいまや無縁だとは言えない戦争のときに、自己防衛のために使用されるだけだろう。しかし、これは本来、現代の素晴らしいコンピューターを、その限りない可能性を悟らずただ計算機とタイプライターとして使っているのと同じではなかろうか？　本来、私たちが獲得したあらゆる知恵と能力は、我々自身を変えているのではないだろうか？

私たちはこの変化を何故意識しようとせず、いや、その変化に方向を与えないのであろうか？

ニコライ神父の日記の最後の一箇所が思い出された。

「人の人生というものは、ありとあらゆる多様な思考と感情の組み合わせから成り立っている。あまりにも複雑に組み合っているので、精神生活がどのようにうまく接合し繋がっているのか、はっきりとは理解しがたいほどである。金に鉄を付けたり、ダイヤモンドをケイ素、あるいは石塊に有機的に接合させるには、少なからぬ技術が必要である。このようなことが精神生活でいかに巧みに目立たず行われているのかには、まったく驚嘆するほかはない……」

そして、人間の内面で起きている精神生活の奇蹟、心の働きは、その人間の身体的状態から分けることは出来ない。「健全な精神は健全な身体に宿る」と言われるのも無理はない。肉体的な修練と道徳的修養とが緊密に関係していることは、驚くべきことであろうか？

講道館のロシアの熊

一九一一（明治四十四）年の十月二十九日、講道館では、ここで学ぶ弟子の入門試験が実施された。畳を敷き詰めた道場は、若い志願者でいっぱいで、立錐の余地もないほどであった。全員が畳敷きの床に坐り、水をうったような静寂が道場を支配したとき、講道館の創始者、嘉納治五郎が、志願者たちに語り始めた。講話は長かった。嘉納治五郎の思想をよく知らない志願者もよく理解できるように、同じような話が色々な形で何度も繰り返された。初めのうちはかしこまって耳を澄ましていた若者たちが、徐々に退屈し始めた。周りに目を向けたり、隣をうかがったりし始めた……

ワシリーは話をする嘉納治五郎から目をそらさず、身じろぎもせず、話を聞いていた。彼は、志願者の一人一人に講道館の講師たちが入念に目を配っているのを知っていた。少しでも気を抜けば、集中力の欠如、あるいは、この柔道界の巨人に対する不敬と評価されるのだ。しかし、坐り続けるのはそう容易いことではなかった。足がしびれ、足をほぐしたくなった。窓の外では、虫が騒々しく鳴いていた。嘉納治五郎の話は、この虫の唱和と交じり合って、眠気を催すメロディーになったかのようであった。しかし、ワシリーも、長い奉神礼の勤行にだてに何年も鍛えられてきたわけではない。勤行で何時間も立ち続け、目がまわったり、目の前のろうそくの炎が揺らめきだしたりしたのは、昔の話だ。そのうちに勤行に慣れ、あたりで起こっていることに気を取られることなく、祈りを捧げることにのみ意識を集中させることを学んだ。今や彼の心の集中は、嘉納師範の話の内容そのものに向かっていたのではなかった。かなりの時間が経ち、彼の肩に手を置き、講師のひとりが彼に入門を許すと告げたとき、彼は我に返った。

しびれた足で立ち上がろうとして、思わずワシリーは畳によろめいた。それでも、日本人のように手を使わずに立ち上がった時、彼は自分のかたわらを何人かの師範に囲まれながら、嘉納本人が出口に向かっていくのを目にした。深く礼をしながら、ワシリーは師範のひとりが嘉納に向かって言うのが聞こえた。

「先生、それにしても先生が教えられないとして退けられた、このたくさんの若者たちを残念には思われませんか?」

ワシリーはすでに頭を上げて、嘉納の答えに耳を澄ました。

「教える方法は山ほどある。私は教えるのを断ることで、彼らを教えているのだ。昔の賢人はそう教えたものだ」

ワシリーはこの言葉を発した人の姿を畏敬の念をもって見送りつつも、この偉大な先生があまりにも簡単にこの場で無資格者を退けたのではないか、と思った。それから、考え直した。それが自分に何だというのだ？　とにかく、自分はここで学ぶにふさわしい者として受け入れられた。ワシリーは機会あれば、すぐにこの道場の教師たちに自分の知っていることすべてを披露せねばなるまい、と心に決めた。自分がまったくの初心者と思われないように。

講道館では、有名な入門の誓いが立てられた。ワシリーも血判の署名をした。文字通り、へとへとになるまで稽古に明け暮れる日々が始まった。佐藤師範の厳しい教えに感謝せざるを得なかった。彼に教えられたものは実際とても多かったのだ。しかし、最初は、皆と一緒に初歩から始めなくてはならなかった。息をすること、歩くこと、見ることを学ばなくてはならなかった。先生たちはこう言った。

「何ごとでも、何かを達成しようとするときは根本から始めなければならない。そうすれば数日のうちに達成出来る。それを高度なことから始めると、無駄骨を折ることになる。だから全くの初歩からやろう」

先生は、昔の武道家たちは、目の訓練のために、紙や庭木の枝をじっと見つめたものだと教えた。小さなものを観察し、その形態や動きの細かい変化に気を付けたのだ。「武道家たるものは、遠くのものを隣にあるかのように、近くのものを遠くにあるかのように、見ていなくてはならない」彼らは入門者にそう教えた。

ワシリーは佐藤先生からすでに、視野の周辺を見るということを教わっていた。講道館でもこの視野の端を介してどれほど多くの情報が入ってくるかを強調した。道場では、視線をまっすぐ前に置いて動かさずに、同時に周りで生じているわずかな動きにも留意して、その動きの意味を判断することを毎日学ばなくてはならなかった。相手にまっすぐ対峙し、その相手の視線と視線を交えながら、その上や下で起きていることを理解する能力が訓練された。

「普通の生活でも同じ事が言えるが、畳の上では相手の目を観察することがとても大事だ。相手の目が落ち着かなかったり、躊躇したり、自信がないようであったり、弱っているように見えるときは、攻撃の絶好の機会だ。人生のどんな窮地にあっても、自分の弱みを見せてはならぬ。さもなければ、必ず敗北する」

ワシリーはそう教えられた。視覚のみならず、聴覚、触覚、嗅覚を徐々に発達させることも稽古の課程に含まれていた。こういった感覚は暗い部屋での格闘などの際に視覚を補うのだ。肺呼吸だけでなく、腹式呼吸ももう一度最初から学んだ。呼吸法の訓練には、体の重要な点に圧力を加えつつ呼吸する指圧も組み込まれていた。この呼吸法の授業は役に立った。授業にはしばしば先生と弟子の質疑応答があり、次第に先生の講義へ移って行った。

「相手の呼吸と自分の呼吸のどちらが重要ですか?」

「面白い質問だ。相手が吸う瞬間がとても重要だ。お前たちは、攻撃の時は、息を吐くはずだ。吸うときに受けた攻撃は、吐くときに受けるよりずっと危険だ。相手が息を吸っている瞬間を捉えろ。そこが相手の弱点となる」

「なぜですか?」

「体が弛緩しているからだ。お前たちはこの相手の吸気の瞬間を本能的に捕らえなければならない。相手の守りが弱くなる吸気の瞬間を選ぶのは、大きな技で、秘法だ」

「吸気の瞬間には敵は無意識に緊張しているので、攻撃に対して脆い。これは試合や実戦のみならず、日常生活、討論の時にも言えることだ」

「武道においても日常生活においても弱点を見せるな！　生きることは闘いだ。己の弱みを見せず、常に集中しており、自己を律して欠点をなくすように努力しなくてはいけない」

「呼吸においては、いつも呼気に意識を集中すること。ゆっくりと長く吐け。できるだけ腹の下に吸った息が達するようにしなくてはならない。目は相手の目から離すな。相手の内部の動きを追え。武道の達人は言った。『己と敵を知れば勝つ。己を知るのみで敵を知らねば、一度は勝つが二度目は負ける。己を知らず敵を知らねば、毎回負ける』」

「呼気に集中しろ。呼気がより長くより穏やかなものになるようにしろ。これによって疲れにくくなり、平静さを保てる」

言われた時はよく分かるのだったが、いざ畳の上で組合い、一秒一秒と時間が経過すると、すぐに実践できるものではなかった。が、ワシリーはここでもまた佐藤師範の厳しい特訓に深く感謝しなくてはなるまい。先生たちは、他の弟子たちと違って、ロシア人のワシリーが体で悟るということの意味、つまり頭と体が一体になるということを、すぐに理解したことを驚きながらも認めた。このロシア人は腰を使って全身を動かし、回転させることができ、回転技とかわし技もいくつか知っていた。先生たちは、入門者にはそう簡単には育たないはずの「心眼」、相手が使おうとしている技を予測する能力もこの弟子には育ち始めていることに気がついた。これを知った先生たちは、ワシリーの乱取りの相手に一番強い弟子たちと組ませるようになった。もっとも、そこには別の考えもあったように思える。当時、ロシア人を、単なるスポーツの上での敵ではなく、本物の敵と見る者が少なからずいたからである。終わって間もない日露戦争の余波がまだ強く感じられた。

「真に戦うことのできる者とは、自分の怒りをコントロールできる者である。敵に勝つことのできる者は、先手は取らない」

このことを自分の弟子たちに教えるために、師範はこの事態を利用したのだ。

一般には、技量の上で同等であるか、あるいは他方に少し劣っている場合ですら、より力の強い相手の方がより勝利に近いと考えられていた。入門からまもないこの頃、ワシリーは、殺気立った相手に畳の上で手加減無用に手をひねられたり、息が出来ないほど首を絞められることが、しばしばあった。しかし、彼はそんなときでも、立ち上がって、柔道のしきたり通りに相手の指導に感謝し、謙虚に頭を下げた。夜は畳の上に敷いた硬い布団のなかで、昼間受けた痣と筋の痛みを全身に感じながら、佐藤師範の教えばかりでなく、とうに忘れていた父親が使った技が、思い出された。柔道に、このロシアの技との違いよりも共通点を多く見出して、驚いていた。技を習得した者は、たとえ肉体的に劣っていようとも、敵に対していつも優位に立つという佐藤師範の言葉も思い出された。ワシリーは自分が肉体的に劣っているとも考えなかったし、実際にそうではなかった。ということは、技量の問題なのだ。技を良く修めることで、精神的にも優位にたつことができると佐藤師範が教えたのも意味なきことではなかった。

「精神力を利用する、即ち、平常心を保つこと、それと同時にあらゆる展開に準備し、力をためておくこと」と、ワシリーは教えられた「状況を正しく把握しつつ、手足の力を解き、心を自由に遊ばせなくてはならない。敵の行動に正しく反応できるかどうかは、常に精神状態にかかっている」

ワシリーは思った「ということは、俺はまだ完全にくつろぐことを学んでいないということだ」。しかし、彼はまたその理由も知っていた。彼がロシアの正教宣教団の学校では、すぐに得ることのできた一体感、親しさ、家族のような感覚が、ここ講道館ではまだ感じられないのだ。そういう開放感は、生徒の多くが日本人であったけれど神学校には存在した。それは、当時の彼がまだ幼く信じやすかったせいなのか、それとも、同年輩の少年たちもそうであったせいなのかは分からないが。とにかく今は、この分け隔たりのない開けっぴろげな感覚というものが足りなかった。これがなくてはロシア人の開放的な心は辛いのだ……。ワシリーはニコライ神父に会えることをひそかに期待して、ニコライ堂に行く許可を得ては、宣教団へと走った。しかし、神父が人前に出ることはもう稀なことになっていた。ワシリーは、宣教団でニコライ大主教との面会を特別に願い出るしかないと、考え始めていた。

そんな矢先、ワシリーは、ある乱取りで肋骨を折り、しばらく安静にせざるを得なかった。この痛い教訓は長く彼の記憶に残った。投げられたかと思うと、道場が逆さまになった。本能的に、跳ね起きようとしたが、刺すような痛みが彼の全身を貫いた。

「立て!」彼は自分に言い聞かせた。しかし、痛みはそれを許さなかった。動かずここにじっと横たわりたいという思いにとらわれた。

「立て!」ワシリーは、自分が道場中に聞こえるほどの声で叫んだような気がして、心配で目を開けた。しかし、稽古はいつものように続いていて、倒れたワシリーのことなど誰も気にかけていなかった。彼は全身の力を奮って立ち上がった。痛みから再び目が眩んだ。前には、薄笑いを浮かべた乱取りの相手が立っていた。ワシリーを畳の上に投げ落とした屈強な若者だ。しかし、やがてその薄笑いは驚きに変わった。彼は、このロシア人が再び立ち上がるとは思っていなかったのだ。こんな風に投げれば肋骨が折れる。そのことをこの屈強な若者はよく知っていた。そして、それは間違いではなかった。肋骨は確かに折れていた。しかし、ワシリーは立ち上がった。それどころか、この若者に謙虚に黙礼をすらした。本来、この若者こそが先にワシリーとの練習から得た知恵に感謝するべきではなかったか？　真の勝利とは自らの痛みと弱さに対する意思の力の勝利であり、自分自身に対する勝利なのだ。

少し休んだ後、遅れを取り戻すための講道館の厳しい稽古に明け暮れる日々が始まった。「これのどこが柔らの道なのだ」ワシリーは憤りすらを感じた。しかし先生たちは、柔道の基本を強調するのを忘れなかった。

「この世に水ほど柔らかく弱いものはない。しかし、固く頑丈なものと戦う上で水に及ぶものはなく、何ものも水には代え難い。人は生まれたときは柔らかく弱いが、死ぬときは固く強い。草も木もあらゆるものは生まれた時は優しく柔らかいが、死ぬときには乾いており折れやすい。なぜなら固さと強さは死に伴うもので、柔らかさと弱さは生に伴うものだからだ。これは孔子の教えでもある。だから大きく固いものは下にあり、柔らかく弱いものは上にある」

ワシリーも、父の話してくれた、見上げるような蒙古の巨人戦士を地面に投げ飛ばしたという、伝説的な勇者オレクスの物語を思い出した。しかし精神力は精神力でしかない。嘉納治五郎が敵と同等の力関係を物理的に崩すために、様々な攻略技や工夫に大きな意味を与えたことは正しかった。

ワシリーは覚えた。守りでは、敵の押しを受け入れ、敵を自分の方へ引きよせる。もし敵が自分の方へ引けば、相手に向かって強く押す。攻撃の時は敵を押し、彼の抵抗を利用して別の方向へ激しく引く。逆でもよい。最初は自分の方へ敵を引き寄せ、それから彼の抵抗を利用して、反対方向へ押せ。もし敵と密着しているなら、足と全身の力を使って敵を一気に床から払う。

投げと組合いの方法の話となると、ワシリーは身を乗り出すような興味にかられた。この頃になると嘉納治五郎の弟子たちは、すでに喜んでこの「ロシアの熊」を練習相手に選ぶことはやめていた。ワシリーは対応する術を我が物にしているようだった。多くは京都の神学校ですでに学んだものであった。違いは、ただここでは全てが一ランク上だということにあった。それは、教えられる技に対しても、相手の力量に対しても言えることであった。しかし、ワシリーも、佐藤師範にその能力を高く評価されていたのだ。柔道の創始者が大事なものだと考えていたこと、勇気、自己献身の力、瞬時に決定を下す能力も彼には十分備わっていた。

一九一二年二月十六日

稽古に明け暮れる毎日が続いていた二月の曇天の夕方、ワシリーは東京大聖堂の鐘の音に気付いた。聖堂の力強い鐘が、あたかも涙を流すかのように、ゆっくりと悲しげに打ち鳴らされていた。鐘の音を十二まで数え、ワシリーは先生の怒鳴り声にも構わず、道場から外に飛び出した。ワシリーは聖堂の方へ急ぐ老人を止めた。ワシリーが問い質す間もなく、老人は頭を振りながら言い始めた。

「ニコライ主教さまが……」

本当にニコライ神父に何かが起きたのだろうか？　ワシリーが大聖堂に着く前に、一番悲しいおそれが的中してしまった。宣教団ではワシリーどころではなかった。ニコライ大主教の葬儀に向けた準備で宣教団は騒然としていた。ワシリーはそれでも自分を知っている人たちから、ニコライ神父の最期の日々の様子を聞き出すことが出来た。ワシリーに気がついたセルギイ神父からも話が聞けた。セルギイ神父は京都の頃からワシリーを知っていて、この青年とニコライ神父との特別な関係を知っていた。

ニコライ神父の容態が悪くなったのは、もう大分前の十一月末の頃ということであった。ワシリーが彼を苦しいほど求めていた頃だ。ニコライ神父は翻訳作業に従事していた。十二月末と新年の発作にも拘らず、降誕祭の最初の日には、最後となった聖体礼儀を執り行い、宣教団の女学校のヨールカ祭（クリスマスツリーの祭り）にも赴いた。一月末には聖路加病院に入院した。医師団は悲観的な診断を下した。ニコライ神父の体は無数の病気にさいなまれていた。しかし、病院でも翻訳の仕事は続けられた。残された日の少ないことを覚悟した神父は、病状にも拘らず退院を願い出て、宣教団に戻った。ニコライ大主教は残った仕事をセルギイ主教に引き継ぎ始め、彼に告げた。

「我々の役目というのは鋤の役以上のものではない。農民が耕し、また耕して、鋤が摩耗すると、農民はその鋤を捨てる。私も疲弊した。だから私も捨てられる。新しい鋤が耕し始めるだろう。さあ、耕しなさい。誠心誠意、耕しなさい。倦むことなく耕しなさい」

二月の初めには宣教団の一九一一年度の会計報告書の作成を終了し、自らの手で署名した。二月十六日、朝のお茶の後、神父は宣教団の銀行手形を取り出し、送金するために自ら署名しようとして、落としてしまった。

「こんなに苦しいのは初めてだ。ほれ、もう指がいうことをきかない。どうやら、私は死にかけているようだ」

日本の大主教ニコライは、一九一二年二月十六日夜七時、心臓麻痺により没した。

日本正教会は父を亡くした。ワシリー・オシェプコフも、心の父を失い、再び孤児となった。

大主教ニコライはまだ世界で最初の電報が打たれる以前、アルフレッド・ノーベルがダイナマイトを発明し、メンデレーエフの周期律表が発見される前に、この世に生まれた。彼が生きている間に、リュミエール兄弟の最初の映画、そして蝋管式の蓄音機、蒸気タービン、内燃機関が発明され、キュリー夫人が放射性ラジウムとポロニウムを発見した。彼の生涯に、十九世紀が終わり、より急激な変動と技術革新の時代となる二十世紀が幕を開けた。そしてこの後、二十世紀はニコライ神父抜きでその歩みを続け、彼が全人生を捧げた国、日本は、幸運にも彼が目撃することのなかった日米開戦と広島への原爆投下の道へと邁進していった。そしてその地獄を経験したあと、困難だが新たな再生へと向かっていった。

全日本が大主教ニコライを弔ったと言っても過言ではないかもしれない。正教徒も非信者も、何万人もがニコライ神父に別れを告げるため列をなして並んだ。棺は彼の居室の上の十字架教会に安置され、無数の参列者を集めた追悼祈禱が執り行われた。夜には女子神学校の四十人の生徒がやって来て、福音書と細いろうそくを手に棺のかたわらに立った。これは彼らにとって一生の記憶に残るニコライ神父との最後の授業のようであった。遠くからやって来た老人や乳飲み子を抱えた母たちは、聖堂の前に筵を敷いて追悼祈禱を待った。この時、ニコライ神父の日本での活動五十周年に寄せた一年前の東京市長の祝辞が再び新聞雑誌に掲載されている。

「我が国にキリスト教を広めることを己の使命と信じて日本に至った、尊敬すべきニコライ大主教猊下は、日本国と日本国民が大きく変わって行く時代にあって、あらゆる不便、貧窮、辛酸を舐めながらも、怒りに我を忘れることなく、平静に、満ち溢れる温かさを以って、人々に接し、我が国に正教の基礎を築くべく、人々を教え説き、ついには我々が今日見るこの多くの熱心なキリスト教徒を獲得した。

一方、我が国は徐々に発展し、現今の進歩を見るに至った。わたくしは、尊敬すべきニコライ先生が我が国に献じた大いなる功績は、宣教の成功に限るものには、もとよりあらず、また我が国における文明進歩を促したることにある、と考える」

この日々、ある日本の新聞はこう記した。

「ニコライ大主教は、後世に一つの大聖堂、八つの寺院、百七十五の教会、二百七十六の教区を残し、一人の主教、三十四人の司祭、八人の輔祭、百十五人の伝教者を育てあげた。正教徒の総数は三万四千百十名を数えた。この中には、すでに物故した八千百七十名は入っていない……私物として残したのは着古した何着かの着物のみであった」

大主教ニコライはその生前の遺志により、東京の谷中墓地に埋葬された。没後半世紀以上経ってから、信徒がニコライ神父の遺骸を墓地から聖堂に移そうと希望したとき、その希望は退けられた。彼の遺骸は、宗教の違いによらず全日本人のものであり、日本人の墓地に眠るべきものである、とのことであった。ワシリー・オシェプコフは自分の涙を隠そうともせず、無数の人々の立ち並ぶ葬列に加わっていた。その葬列の先頭、ゆっくりと進むニコライ大主教の遺骸の前には、祖国を出る時に神父が生家から持って出た、スモレンスクの聖マリアのイコンが掲げられていた。


ムラショフと私は、数分間、哀悼の念をもって沈黙した。それから私たちは、日本とロシアのためにニコライ神父によって何が為されたか、という話題に移った。

私たちは、一九七〇年四月、亜使徒聖ニコライがロシア正教会により二十世紀後半では初めて、聖人とされたことを知っていた。私たちは、聖ニコライ個人に接した人々に彼の教えがどのような強い刺激を与えたのかを語り合った。

こうした人々のなかには、正教に改宗した日本人ばかりでなく、ロシア人もいた。日本で宣教団や領事館で働いていたロシア人、ニコライ神父が開校した正教学校や神学校で教えたり、学んだりしたロシア人、そして彼と書簡を交わし、神父がロシアに帰国した時に会ったロシア人もいた。そういった人々の多くが自分のメモや本、雑誌記事などに、ニコライ神父について断片的だが、記述を残している。そのうちのひとりは自分の手紙のなかで、ニコライ神父がロシアに帰国したことと、彼から得た印象についてこう記している。

「モスクワにニコライ猊下が滞在しています。私は彼に会う機会をもち、彼の真の宣教師としての魂に感銘を受けました。今晩、私たちのもとに来られることを約束されました。猊下の言葉を聞いていると、初期のキリスト教の時代に戻った気がします」

ニコライ神父は教会の優れた指導者を何人も育て上げた。そのなかには、日本での宣教活動に二十一年を捧げたアナトリイ（チハイ）神父、一九四三年からモスクワおよび全ロシアの第十二代総主教になったセルギイ（ストラゴロツキイ）神父、そして、もちろん、成聖者ニコライの後継者となり、その使命を五十年以上も果たした主教セルギイ（チホミロフ）等がいる。ニコライ神父は宗教分野だけでなく、その時代のあらゆる面に影響を及ぼしている。一九一一年に研究のために日本に派遣されたサンクトペテルブルク大学のある学生は、東京に到着するとすぐ、大主教ニコライを訪れた。彼の言葉によれば、「教授か学長に対するように」ニコライ神父は彼を迎え、彼の研究知識のレベルと目的を察し、今後の研究のためにとるべき道を示し、ロシア語とロシア文学を教えている学校について話し、そこの学生たちと親しくなるようにと助言した。

すでに書いたように、ニコライ神父は日露戦争中も大きな仕事をした。彼の努力によって消息不明となっていたロシアの軍艦の乗組員たちの行方が分かり、捕虜となった者たちは精神的のみならず物質的な支援も得た。

日本領となった千島列島のアイヌ民族の状態に対してニコライ神父が払った配慮は、神父の長年にわたる活動のなかであまり知られていない。彼らの多くは色丹島に移住させられ、漁を営みながら貧しい生活を送っていた。彼らの中には、ロシア支配の時代に洗礼を受けたキリスト教徒がいた。ニコライ神父は、この島のアイヌたちの悲惨な状況について東京にやってきた日本人の聖職者から聞いた。その後、日本正教会ではアイヌのための義援金が集められた。また東京の新聞にアイヌの窮状についての記事が掲載され、政府は彼らの生活改善のための方策をとることを決定した。島に医師と教師が派遣され、食糧も配給されるようになった。

私たちは聖人ニコライの姿と彼の偉業を伝えてくれた、すべての人々に感謝しなくてはならない。それは『日本について』、『極東にて』の著者であるセルギイ神父であり、またたくさんの資料を引用した日本の亜使徒大主教聖ニコライについての研究を発表したミンスクとベラルーシの大主教アントニイであり、ニコライ神父の手紙や日記を保管し、その出版を準備した人たちである。

私は、ニコライ神父によって開校された神学校で学び、神父の最も若い知人であったワシリー・オシェプコフが、ニコライ神父の精神的な影響の外にあることは出来なかったはずだと主張した。

「思うに」ムラショフが私の考えを継いだ「子供時代や青年時代に築かれた強固な精神的な基盤というものは、生涯にわたるその人の人格を決定します。その後の運命が、その人を直接的に教会への奉仕に向かわせなくても、またその後に反宗教的な環境に置かれたとしても、それ以前の宗教的な教育と生活習慣によって培われた、精神的価値がなくなることはまずないでしょう。その人自身がこのことについて哲学的なレベルで深く考えていないということは、また別のことです。また周囲の人が、何がその人の人格の基盤となっているかが理解出来ているわけではありません」

私も同じ意見だった。

ワシリーが入門した頃の講道館　下富坂道場　　写真提供 公財 講道館

ワシリー　明治44年10月29日入門時の台帳

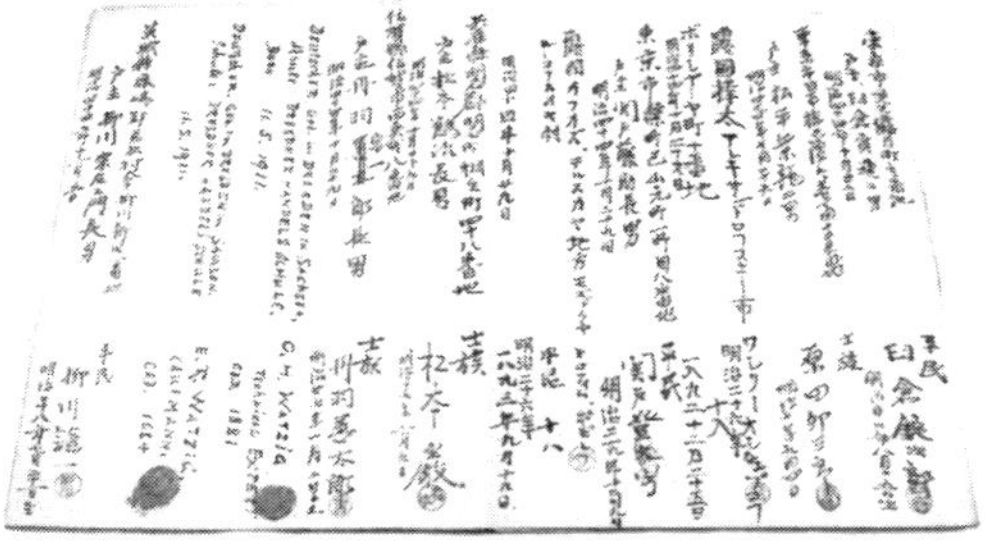

14　孤独な研鑽　N・ムラショフの談話による

形の修得

講道館の稽古は以前と同じように続き、ワシリーはあらゆる技を磨き上げることに没頭しました。大きな存在を失った今、これから先どう生きていけば良いのかなどと考えずに、すぐに眠りに就くことができるように、彼は毎日、極限まで力を出し切って道場を後にするのでした。父が亡くなった時のように、彼は再び一人になってしまったと、痛いほど感じました。確かに、今彼はすでに世の中を知らない子供ではなく、一人の大人でした。しかし、やはり、まだ他の人たちに、どちらへ進むべきか、何をするべきか、多かれ少なかれ決めてもらう立場にありました。彼は自分の周りの世界はすべて、実際には彼にとって仮の、異国の世界であり、彼の本当の居場所はここにはなく、どこかに彼の本当の故郷があるのではないかと、しばしば考え込むようになっていました。しかし、徒刑囚の町、サハリンのアレクサンドロフスクも、最早故郷のようには思えませんでした。その街は、日本の占領と、ロシア人の強制移住、埠頭で泣く女子供の群れを思い起こさせるだけでした。彼はこの思いから逃れるように苦しい稽古に没頭し、講道館の厳しさに感謝していました。

昔の武道の達人たちがありとあらゆる伝説を残している訓練、〈形〉の習得が始まりました。〈形〉は、各々の流派で、その創始者が何種類か揃えるものとされていました。嘉納治五郎も例外ではありません。講道館の卒業者は基本の〈形〉を習得していなければなりませんでした。しかし、本質的な違いもありました。昔の武道の達人たちは、一連の〈形〉に不思議な名前をつけました。一連の〈形〉には流派独自の符号、つまり、言葉で語られた体の動きの奥義が含まれていました。嘉納博士にとって大事なのは別のものでした。すべての〈形〉は、柔と剛、弛緩と緊張、敏捷な動きと緩慢な動きが交互になることで形成されていました。〈形〉をうまく実践するにはリズム感、距離感、時間感覚を持ち、正しい呼吸と力の配分ができなければなりません。いずれにせよ必須の条件は、その動きが始まった出発点に戻ることです。

昔の武道の達人たちは『人は〈形〉を行い、〈形〉は人を作る』と教えました。〈形〉の稽古は、心身を常に戦いに備えた状態にし、感情の動きを調整し、ストレスを取り去り、意志を強くすると考えられていました。それだけでなく、〈形〉の稽古をしている時に一つ一つの筋肉や神経が鍛えられ、体のエネルギー代謝が促進されるのです。嘉納博士は弟子たちに語りました。

「覚えておきなさい。〈形〉は、何歳であろうと、天気がどうだろうと、どんな場所でも、どんなものを着ていても、装備を身につけていようがいまいが、一人であろうが二人であろうが、あるいは大きな集団の中に居ても、ほんの数分で実践することができるのだ」

〈形〉は、体が「自ずと理解するようになる」まで稽古しなくてはなりませんでした。しかし、ワシリーは次第に自問することが多くなってきました。何故これだけの力と時間を講道館の道場で費やすのか？　それでなくとも鍛えられていた自分の体を、何故それ以上に完成させなくてはいけないのか？　一体これがどういう実際の仕事に役立つのか？　ニコライ大主教の言葉が脳裏に浮かびました。『自分が正に何を望んでいるのか、しっかりと自覚することが肝要です』今のところ、ワシリーはこういった自問に対し、明確な回答を見出すことができませんでした。後年、時おり閉鎖的とか、孤立的とか言われたものが彼の性格の中に現れたのは、まさにこの頃でした。しかし実際には、それは彼の心の深い内的思考だったのです。彼は、それからも一度ならず、教会学校と神学校で教わったことに心の中で立ち戻り、その教えを生活によって確かめ、その教えに沿って自分の人生を確かめることになります。

彼は、この稽古を通して自分の体が変わりつつあるばかりでなく、その中に別の人間が生まれていたことを自覚していませんでした。それは、情熱的であると同時に自制心が強く、決断力があると同時に注意深く、退くと同時に強く出ることができ、敵の可能性を知り、攻撃のための好機を感じ取ることのできる人間でした。同時に彼の中には、以前の善良で知識欲旺盛なロシアの少年も住んでおり、彼はどんな新しい知識も飲み込みが早く、誠実で正直で、人の親切には真心を持って応え、不正と偽りに対しては病的なまでに敏感な人間でした。ついに彼は、遠い将来のことを思案するのではなく、講道館をできる限り良い成績で修了するべく、全力をかけようと心に決めました。

嘉納治五郎のシステムの基本原理を、実践を通じて習得することが彼を待っていました。

敵のわずかな力も自分のために使えるよう、冷静に己の可能性と敵の情報を評価すること。

敵を疲れさせ、消耗させ、苛立たせつつ、敵の攻撃をかわすこと。

自らは有利なポジションを保ちつつ、敵を不利なポジションに導くよう努めること。

攻めにおいても守りにおいても、常に敵の弱点を見出すこと。

投げにおいては、梃子の原理を効果的に使用すること。

相手を阻止するために相手の痛むところを押さえ込む。

必要に応じて痛みのショックを与えるために急所を撃つこと。

　稽古を受け始めて一年が経つ頃には、ワシリーはその努力と根気強さばかりでなく、その実際の成果によって師範たちの注目を浴びるようになりました。ワシリーには達成した成果以上の能力があることも、経験豊かな師範たちは認めていました。ただ、今のところ、彼の人生においては、道場での稽古以外にその能力を用いる場がなかったのです。『ロシアの熊』は講道館の中で、ますます一目置かれる存在になっていきました。そしてそれに注目せずには居られなかったのは、彼の師範たちのみならず、講道館の当の創始者も同じでした。

　私たちは、ワシリー・オシェプコフと嘉納治五郎の個人的な出会いが、どのように、どんな状況下で実現したのか、知りません。ある日、道場に入った嘉納が、このロシア人の動きの速い、自信に満ちた試合の目撃者となったのか、それとも、彼の戦いぶりを見て、嘉納自ら乱取りを申し出たのか、それは分かりません。しかし、重要なのは、ワシリーが嘉納の目に留まっただけでなく、その賞讃を得たということです。このことはすぐに講道館で話題になりました。彼はかつて佐藤師範に教わった技だけでなく、嘉納の派で最も効果的な投げでも成功したのです。ワシリーは、講道館の創始者がなぜ〈形〉の形式的な稽古、特に二人で組む乱取りをかくも重視しているのか、ようやく理解し始めました。何時間も一連の〈形〉を稽古した後でも、達人はさらに苦しいトレーニングへの準備が整っていると感じていることに、ワシリーは気が付きました。何故なら、時間の経過も、疲れもこの時達人は感じていないからです。

　二人の対戦者が柔道の規則を全て守りつつ、自分の持つ全ての能力を駆使する乱取りでは、双方が互いに相手の弱点を探し、ただちに攻撃に出ることができるように、常に用心していなければなりません。ワシリーに師範たちは教えました。

「このような状況の中で、弟子は攻撃の際に工夫を凝らすことを学び、また真剣さ、誠意、注意深さ、思慮深さ、堅実さを養成することができるのだ。これらの性質は柔道の中でだけ役立つものではない。もしこれらの性質を生活の中で適用することができれば、必ず名を成すことができよう」

「乱取りでは、すばやく正しい決断を下すこと、とっさに動作を行うことを学ぶ。何故なら、動作を素早く決断することのできない者は、次々とテンポ良く行動することができず、攻撃においても守りにおいても絶好のチャンスを失うからだ」

ワシリーは思いました。実際、対戦の参加者で、敵がどんな技をかけて来るか、自信をもって予想することができる者は一人も居ない。つまり、誰もが、どんな予想外の攻撃にも反撃する準備ができていなければならないのだ。それが可能になるのは、高いレベルで精神を集中させた時のみであろう。『教会で祈っている時のように』……彼にはそう思えました。この考えの正しさを、上級のクラスで稽古をしている英国人が、偶然にも証明する結果となりました。彼は言いました。

「俺は、重要なのは闘いの技術を習得することだと思ったので、座禅の授業をうまくサボってきた。俺は、神秘とかいうものはどれも信じていないんだ。しかし、修行が終わる頃になって、俺は自分の成果を、授業をサボらなかった奴の成果と比べてみて分かったんだ。俺はそうやって必要な知識の丁度半分、しかも一番重要な知識を得ていなかったんだと」

嘉納治五郎は、敵に対する確かな勝利の秘訣は、想像を逞しくして、瞬時に状況を判断し、正しい判断を下す能力にあると断言しました。乱取りが育むのはまさにこれらの資質です。しかし、競争相手たちの中で『ロシアの熊の抱擁』を自ら体験することを買って出る者は、今やほとんど居ませんでした。といっても講道館にあったのは競争ばかりではありません。自己練磨のための共同作業の中で、自ずと一つの家族のような感覚が生まれましたが、その感覚は、どの流派も特に大切にしているものです。親しい友人は結局できませんでしたが、それでもワシリーは、気付かぬうちに、次第にこの『家族』の中で自分たちの仲間だと見られるようになって来ました。仲間たちは道場の中だけでなく、ワシリーと付き合うようになり、稽古の合間に講道館の歴史の詳しい話、すなわち、最初は十二畳だった道場がどのように六十畳にまで広がったか、嘉納先生がより便利で良い場所を求めて町から町へ、何度道場の引越しをしたかなどについて話してくれるようになりました。

初期の道場の『四天王』の運命も話題に上りました。彼らの運命は様々でした。横山作次郎は、自分の後継者である十段の三船久蔵を育て上げ、ごく最近、一九一二年に亡くなったばかりでした。山下義韶は講道館で初めて十段を取りました。稽古で彼と組んだ者は、非常に運が良いとされていました。富田常次郎は今でも嘉納治五郎と共に模範演技に出かけています。ただ西郷四郎は、残念ながら、すでにかなり前に講道館を去り、長崎に移り住み、そこで弓術——弓道を始め、この武道においても極意を極めました。

ワシリーは自分が講道館に入門するずっと前に、嘉納治五郎が門下の最高の柔道家と共にヨーロッパを巡り、パリ、ベルリン、ストックホルム、ロンドンを訪れたことも知りました。この洋行で嘉納は柔道を宣伝したばかりでなく、外国の格闘技の技も熱心に研究したと囁かれていました。日本精神を最も熱狂的に信奉する者たちは、古典的な技が『外国かぶれ』によって『冒瀆』されるのではないかと危惧しました。

こういった逸話は、みな非常に興味深く思われました。ワシリーは、自分が講道館に入門した年に、官立の東京高等師範学校に体育科が設立され、その専攻の一つが柔道であることも聞いていました。ということは、嘉納治五郎の理念はこの地で真剣に受け入れられており、それは国民の身体健康に対する単なる配慮以上のものだということです。『子は親が産み、教師が人間にする』という昔の日本の言いならわしがありました。この専攻科はそのような教師を育てなければならないのです。それではこの教師たちはどのような人間を育てなくてはならないのでしょうか？　嘉納治五郎が、柔道はそれを学ぶ者の分析能力を育てると考えたのはさすがでした！　ワシリーは、ニコライ大主教が講道館のことを考えるようになったのは、単にワシリーの個人的な運命に対する配慮からだけではなかったのではないか、という思いがますます強くなって来ました。すると、ワシリーの稽古における情熱に、彼の周りのあらゆるものに対する注意深い眼差しが加わりました……

結局、講道館はその門下生の中から、民族の伝統を守り伝える者を育てたのでした。彼ら一人一人の人格にある最良のものが講道館を豊かにし、次々と新しい世代の弟子がその経験を享受しました。その経験は各門下生の個人的技量の資産となり、彼らの将来の栄達の礎となりました。どのような格闘技の学校もその真の意義は、以前の門下生たちが達成したものを習得するだけでなく、自分の技量を磨いて完成させ、高度な技量の新たな限界を切り開きながら、一歩前に進むことのできる新しい格闘家を育てることにあります。

おそらく我々は、柔道の学校は国のエリートの養成に携わったのだと言うべきでしょう。もちろん、それが日本国であったし、その国には真の精神、大和魂で教育された人材が必要でした。しかし、それは彼らが、国境を超えた全人類的な価値、すなわち、高い道徳性、忍耐、不屈の意志、そして不遇や苦痛、死への恐怖を克服する能力、あらゆる生命力を集結させる能力を持っていなかったという意味ではありません。嘉納治五郎のシステムにはこういった資質を育てる方法論がありました。もちろん、彼がそれを考えついたのではありません。しかし、彼は昔の武道の達人たちが持っていた最良のものを全て選び出し、その知識を体系化したのです。この方法論は利用することができました。国民的精神に関しては、我々には何世紀も続く伝統がここにあり、父祖の残した遺訓がありました。

ムラショフが言った。

「稽古の結果、おそらくはワシリーが大体において、若い頃から既に非凡な人物であったために、ニコライ神父の神学校で培われたものと、講道館で育成された資質とがついに統合したのだと、私は思います。そうであったからこそ、彼は将来においてサンボの創始者になり得たのだと思います。我が国では彼のことを、こんな風に評価しようとする人たちが居ます。

曰く、聖職者たちに育てられ、たまたま異国に行く運命にあった少年だと。しかし彼は祖国に戻り、過去に得たものは全て、不要なものであるかのように捨て去り、ただスポーツ教育、試合、将来の赤軍兵士たちの養成に没頭したと……

しかしこれでは、彼という人間の本質自体を、果てしなく貧しいものにしてしまいます。人がその魂の基盤、すなわち、本質となったものを、捨ててしまうことなどできるでしょうか？信じて下さい。彼は、自分の過去、幼年時代、教師たち、養育者たちを一切忘れてしまうようなゾンビではなかったのです。そのどれとも彼が縁を切ることはありませんでした。彼はただその時代の状況、それが要請するもの、その可能性を現実的に判断することができたのです。もし彼が、片時も忘れず信仰したものを、ソヴィエト社会主義の時代に公然と打ち明けていたら、彼はサンボのために、祖国のために一体何ができたというのでしょう？」

路上の試練

講道館の弟子たちが強いのは道場の畳の上だけで、街角で喧嘩や武器をもった敵に出くわすと、いつも尻尾を巻いて逃げるのだという町の閑人たちの風評が、ワシリーの耳にも入りました。彼は自分はよもやそういう目には遭うまいと思っていましたが、嘉納治五郎がそのシステムに自衛の特別部門――護身術を取り入れることを決めたのは、良い決定だと思っていました。この護身術の重要な部分をなしていたのが手や足を使った様々な打撃で、それはまぎれもなく、簡易化され、目的に応じてアレンジした空手の技でした。「手技」には、拳を使った突き（拳の甲を使った裏拳以外）、指を使う槍拳、掌の側面を使った「手刀打ち」、肘を使った肘打ちなどがありました。

「足技」は、足首の盛り上がった部分あるいは踵による前後、側面への簡単な蹴りを使うもので、複雑な前後の回し蹴りは含まれていませんでした。一言で言えば、それは簡易化した空手であり、嘉納治五郎のシステムの中で、投げや抑え込みを補完するような役割を果たしていました。一連の護身術には小刀や杖、ピストルを使ったとても簡単な技も含まれていました。先生は断固として言いました。

「もし武器をもっている相手と一騎打ちになって、相手に勝ちたければ、先ず、自分には全く弱みが無いなどと無益に信じ込まないこと。こちらは武器をもっていないのだから、当然、困難な戦いになる。とっさに攻撃の方向を判断することだ。もし相手が小刀をもっていて、刃が下を向いているなら、上からあるいは右手を左肩先から振り下ろすようにして攻撃して来るだろう。もし刃が上を向いているなら、攻撃は下からか、まっすぐか、あるいはもっと確率は低いが側面からだ。だが、敵が非常にすばやく攻撃の方向を変える可能性も、忘れてはならない。速い動きで攻撃的であれ。そうした時のみ、勝利を手にするチャンスがある。武器を握った手を払いのけ、手か足の打撃で思い切り反撃を加えよ。あるいは武器を握った手を掴んでその動きを止め、その後で打撃、投げ、関節技に移れ。それでは、実技練習に入ろう。たくさんの技が披露されるが、一人一人が自分に合ったものを選ぶように。それが自分の主な技となる。

実技に入る前にいくつかの数字を覚えるように。普通の聴覚、視覚、嗅覚を備えた人間なら誰でも約百分の六秒で危険を察知する能力がある。危険を瞬間的に感じ取らなければならない。何故なら、いつも危険に備えていなければならないからだ。だが、タイミング良く危険を察知しても、それではまだ危険を防ぐことにはならない。状況を把握するためには、平均して百分の三十二秒かかる。敵が二番目の打撃を加えるためには、普通百分の二十五秒かかる。反応が百分の七秒遅れるのは構わない。ではその遅れをどう取り戻すか？　我々は、状況把握（これはいつも出来ていなければならない）と防衛手段の選択が、時間をかけなくても出来る柔道家を養成している。つまり君たちの知覚作用は、自然にこれができるようになるということだ。

また、必要な時には速く、背後からでも、倒れながらでも、回転しながらでも相手を打つことが、自然にできるようにならなくてはならない。重要なのは、相手が武器をとる前に、相手に先んじなくてはならないということだ。本能的にそれができるようでなくてはならない」

護身術の先生は次のようにも教えました。

「掟なしの喧嘩では欺くことも必要だ。だからもし何かができるようであっても、敵にはそれができないかのように見せるのだ。もし何かを使っているなら、使っていないかのように見せろ。もし近くに居るなら遠くに居るように見せろ。もし遠くに居るなら、近くに居るように見せるのだ。見せかけの弱さで相手をおびき寄せろ。もし敵が数名居て一致協力しているようなら、その協力体制が乱れるようにするのだ。もし相手の体力が十分なようなら、戦いを避けて、相手を苛立たせろ。相手の隙をついて攻撃を始めるのだ。敵の目にいつも日の光がさすようにしろ。

一つ一つの技の完成度を磨くのはいいことだが、真の護身方法は、技の組み合わせによってのみ成り立つ。

もし誰かが君たちに襲い掛かったなら、それは敵が自身の優越を信じているからだ。もちろん、ある程度の抵抗は予想しているだろう。敵がどういう人間なのか一瞬に判断することを学べ。相手がごろつきなら、こちらの最初の動作で相手を狼狽させ、怖がらせてやれば十分だ。

しかし、他流試合禁止の原則を何らかの原因で破った、十分に権威のある格闘技の流派の弟子と遭遇するということもあり得る。こうなるともう別の話で、由々しき事態だ。この時こそ、すでに君たちが習得した『いつでも試合に臨める準備』が発揮されなければならない」

ワシリーは考えました。

「しかし、街中の喧嘩で相手が一人ということはそうあるまい。今考えれば無邪気な子供同士の喧嘩ですら、そんなことはなかった……」

アレクサンドロフスクの人影もまばらな路地、犬がうろつく、人を寄せ付けない中庭、ほったらかしにされ、常に餓えた少年たちの群れが、脳裏にまざまざと蘇りました。そして、母に隠れて濡れ手拭いを当てた自分の青痣も思い出されました。ワシリーはそういう思い出を振り払い、再び先生の話に耳を傾けました。先生の話は納得させるものでした。

「敵が多数であってもひるむ必要はない。彼らの数が多いほど、その動きは足並みが揃わない。同時に君たちを襲うことが出来るのは、三人以下だ。しかも、彼らはとうてい同時には攻撃動作ができまい。誰から始めるか、すぐに決めることだ。一人ずつ片付けるのだ。

敵が多いときは、目、首、急所の三つの弱点を打て。自分を敵の的にさせるな。敵の足元が互いに混乱するように、すばやく動きの方向を変えろ。敵の一人一人を交互に身を守るための盾にするのだ」

理論の次は実技でした。しかし、ワシリーは、今のところ全ては講道館の道場でのみ起きていることで、守りであろうと攻撃であろうと、この実技演習で、弟子は誰も本物の敵に対峙しているように信じ込むことはできないということを、片時も忘れていませんでした。やはり、実技は一種のゲームであり、技巧、直感、闘う手段の習得を競うものでしかありませんでした。稽古の後、弟子たちは集まって、二本の剣を両手で自在に操ることのできた昔の二刀流の剣士たちの伝説や、侍たちの一風変わった武器についての伝説を、嬉々として語り合うのが常でした。そういう仲間の一人は、ある時、角を尖らせた平たい多角形の金属片を、家から道場にもって来さえしました。

「そりゃ何だい？」ワシリーは興味を引かれて尋ねました。

「手裏剣さ！」仲間は誇らしげに答えました「これは忍者というスパイの金属製の武器なんだ。もしちょっとひねって顔をめがけて投げたら、敵はただじゃ済まないぜ。それに突起が見えるだろう？ここに毒を塗るそうだ……」

逞しい鋭い手が若者の肩越しに伸び、危険な物を奪い取りました。

「誰がそんなものを道場に持ち込んで良いと言った？　ここは殺し屋の養成所か？」先生の怒りは、本当に凄まじいものでした。「罰として一週間道場に近づくことを禁ず！」

「覚えときやがれ！」追放された弟子は、面目を潰された悔しさから道場の廊下で毒づいた。

「ちょうど、そろそろ他の道場に行こうと思っていたところだから、痛くも痒くもないさ。ここは、どうも真剣味がない。形も決まり切っている。俺は剣道を専門的にやった方が良い。剣道なら、剣くらいはちゃんと戦いで使えるように教えてくれるからな。本物の武士としてな」

道場を出て行く彼の後姿を、ワシリーは物思わしげに見つめていました。しかし、彼と再び会う日がそう遠くはないということを、その時のワシリーは知る由もありませんでした。一ヵ月あまりが過ぎたころ、何かの雑談の折に、小野隆志という名前が、話題にのぼりました。講道館を飛び出した若者の名です。彼は適当な道場を結局見つけることができなかったという話でした。実際には、彼は行きたいと思っていた道場に入門を断られたのでした。

「お前さんはあまりに講道館の臭いがするよ」古来の伝統を守る道場の達人たちは、嘲り笑うように小野に言いました。「教えなおすのに手間がかかる。そもそも、講道館を破門された奴が、ここに何のつもりでやってきた？」

「わたくしは破門されたのではありません。自ら辞めたのです」小野は思わず熱くなって言いました。しかし、そうすることによって、さらに大きな過りを犯していたのです。先生たちは話し合っていました。

「全く自己抑制のできない奴だな。講道館じゃ、一体何を教えているんだろう？『深い理由もなく道場を去らない』という講道館の規則も破っているのだし……奴を入門させても、何の得も無いだろう。引き受ける必要はない」

小野は仕事もせずぶらぶらしており、しかも、酒をあおるようになったので、結婚を控えていましたが、相手の両親が断ったという話が伝えられていました。

小野の話題は何事もなかったように忘れ去られました。昇段試験が近づいており、ワシリーは毎日遅くまで道場に残って、最も激しい夜稽古に励んでいました。仲間たちからわざと遅れて、一人で人気のない静かな夜道を通って家に帰るのは、なかなか気持ちの良いことでした。そんなある夜のこと、遅くまで戸を開けている商店の並ぶ街路にさしかかったワシリーは、煌々とした明かりが漏れるどこかの居酒屋からほろ酔い加減の若者の一団が、彼の方へどっと群がり出て来たのに気が付きました。大声を上げて騒いでいる若者たちを避けようとして、ワシリーが舗装道路の方へ一歩進んだ時、突然彼は声をかけられました。

「おう！　講道館の毛唐書生！」

ワシリーは歩みを止めました。かすかによろめきながら、小野隆志が彼の前に立っていました。

「そうだ、貴様だ、この毛唐！　テメエの嘉納先生も所詮は書生に過ぎん」小野は挑むように続けました。「貴様、テメエを何度も畳の上で投げてやったのに、この俺を知らないとでも言うのか？」

畳の上で投げたことがあるというのは真っ赤な嘘でした。二人は乱取りでは一度も組んだことがありませんでした。しかし、泥酔者に何かを証明して見せても、全く無駄なことだったでしょう。

「隆志、本当に君だと見分けるのは難しいよ。俺は君が休んでいるところを邪魔したくない。今度、いつかまた会おう。その時、喜んで君と話をするよ」ワシリーは落ち着き払って答えました。

「貴様と話をするだと!?　この俺が……」

ワシリーは相手の動きをすばやく捉え、わずかに身を引きました。かわされた小野は、地面に倒れ込みました。明らかに酔いが醒めた小野の仲間たちは、かなりの距離を後退しました。

「酔っ払い相手に模範演技なんかごめんだ！」ワシリーの脳裏にそんな思いが一瞬ひらめきました。小野の仲間たちは思いがけない見世物に喜んだようでしたが、彼らの中に本物の武道家は居ないようでした。気まずい状況からワシリーを救ったのは、折りよく鳴り響いた警官の呼子でした。警察が来るとは思ってもいなかった小野の仲間たちは、小野を地面から抱き起こし、暗い横道にすばやく逃げ込みました。暗がりからワシリーの耳に、しゃがれた声が聞こえました。

「毛唐！　この落とし前は必ずつけてやるぜ！」

ワシリーと小野の衝突の噂が、どのように講道館まで達したのかは分かりませんが、いずれにせよ、講道館の中ですぐに皆が知ることとなりました。例によって、一人一人がその話に尾ひれをつけ、噂を聞いた門下生たちは二つに分かれました。一方の人々は、受けた侮辱に対して仕返しをしなかったことで、このロシア人が面目を失ったと評しました。また一方の人々は反対に、もしワシリーが酔漢を打ちのめしていたら、それこそ面目を失うことになり、講道館の権威が地に落ちることになっただろうと考えました。しかし、本当に喧嘩になっていたら、『ロシアの熊』が勝ったであろうことは、誰にも疑いの無いことでした。この陰口が耳に達したときワシリーはただ肩をすくめて見せただけでした。彼はただこのいまいましい事件を出来るだけ早く忘れるように努め、また、酔いの醒めた小野隆志もそうするであろうことを期待していました。しかし、自分が間違っていたと知るまでに、長くはかかりませんでした。

それは本当にたまたま起きたことでした。ある日ワシリーは、昼食の後、夕方の稽古が始まるまで少し街を散歩することにしました。足は自然と駿河台の方に向きました。近頃、それが彼のお決まりの昼の散歩コースでした。その時間、このあたりは閑散としていて、ワシリーは復活大聖堂（ニコライ堂）のドーム屋根を見上げながら、ゆっくりと横町を歩いていました。自分の考えに没頭していた彼は、近くの小店から飛び出して来たらしい、明るい紅の着物のほっそりした年頃の娘に、どうして自分がぶつかってしまったのか、分かりませんでした。少女はアッと叫び声をあげ、手に持っていた風呂敷包みを落としました。舗装道路に飾りや糸、白粉、お菓子など、何やら女性の小物らしきものが飛び散りました。あわてて互いに何度も謝りながら、ワシリーと娘は一緒に風呂敷の中身を拾い集め始めました。彼が、娘の頬がほんのり赤く染まっているのに気付き、そして、青みがかった黒髪からほのかな香りを感じ、細く白いうなじのか弱さに目を止めるのに、時間はかかりませんでした。

「同じ方向のようですね」ワシリーが機転をきかせました。

「そのようですね」媚びるように娘が言いました「でもその角までですわ」

角の向こうで三人の男が彼を待っていました。娘の明るい色の着物がちらりと見え、どこか脇道にすっと姿を消しました。今回、彼を待っていたのは、明らかにほろ酔い加減のグループではありませんでした。小野がその中に居ることからだけでも、それが神田方面からやってくるチンピラでも、強盗の類でもないことは一目瞭然でした。

今回は罵詈も、やり過ごされた打撃（あの時は打撃もなかったのですが）の落とし前についての、大そうな文句もありませんでした。ただ、人気のない路地に、殺人の恐ろしい武器として手裏剣が風を切って飛びました。しかし、投げた方は、おおよそ忍者とは縁遠い者で、ワシリーは反射的に身をそらすことができました。こうなると、相手の三人の意図が容易ならぬものであるのは明らかでした。ワシリーは左に一歩進み、何かの建物の、窓や出口のない壁が背になるように向きを変えました。そうすれば、少なくとも背後からの予期せぬ動きは防げます。手裏剣の投げ手が、勢いよく前に踏み出しました。しかし、ワシリーはすっと屈みこんで頭への打撃をかわし、固めた指で敵の鳩尾を突きました。次いで、痛みに身をかがめた相手を首への一撃で動けなくしました。まっすぐ伸ばされたワシリーの手は、今は恐るべき武器でした。

「おい、毛唐！」娘の呼びとめる声に、ワシリーは思わず振り返りました。

それが彼の間違いでした。彼の顔面に誰かの拳が直撃しました。壁が自分の頭の上に覆いかぶさったような気がして、彼は自分が倒れかかっていて、編み上げの兵隊靴を履いた誰かの足が、急所めがけて飛んでくるのが分かりました。ワシリーはその兵隊靴の足のふくらはぎの少し上を片手で掴み、自分が倒れ落ちる勢いを利用して、敵の体を頭ごしにひっくり返しました。それから、今度は彼自身が足で別の敵の急所を蹴り上げ、一回転をして立ち上がりました。

二人の暴漢はすでに壁の傍に転がって呻いていました。しかし三人目の敵は、まだ戦いの続行を熱望していました。それはその打撃がかわされたにもかかわらず、ワシリーにとって同等の相手で、過去に同じく講道館道場の経験がある小野でした。しかし、ワシリーにはその瞬間、二つの疑いようもない利点がありました。まず彼は、憤怒に我を忘れることなく冷静でした。彼は佐藤先生の教えを覚えていました。

『敵の力を過小評価するより、過大評価した方が良い。決して敵の前で自分を過信せず、敵を侮るな。最も危険なのは危険に見えない敵だ』

小野隆志は憤怒に顔を歪め、罵倒を繰り返すことで、不意に攻撃を仕掛けるチャンスを全く失っていました。ワシリーはこの状況を利用し、勢いのある蹴りを小野の膝小僧に与え、すかさず相手の着物を掴んで、ぐいと持ち上げました。小野の体が路面に落ち、大きな音が響きました。路面は明らかに道場の畳より固いものでした。周囲に静寂が戻った時ワシリーは、角の向こうで娘の紅の着物の端が、風にそよいで見え隠れしているのに気付きました。彼は、あえて娘に声をかけませんでした。驚いた彼女が逃げてしまうかも知れなかったからです。そうして、彼女が不運な仲間のために、助けを呼んでくれるという見込みが立ちました。

ワシリーは午後の稽古にいつも通りに現われました。しかし、仲間には説明しなくても良いにしても、弟子のことを何でも知っておかねばならない先生には、顔の青痣の説明をしなくてはなりません。一見何の反応もありませんでした。しかし、それ以降、不敗の講道館の名誉と栄光を路上で守った勇者としての栄光が、彼に加わりました。彼は、年少の門下生たちの感嘆の眼差しには注意を払わないようにしていましたが、そんな眼差しを受けることは、何と言っても嬉しいことでした。

ムラショフが私に言った。

「おそらくワシリー・オシェプコフが護身術を使わざるを得なかったのは、この時だけではなかっただろうと思います。当時の東京はそう安全な場所ではありませんでした。この町は、どんな首都もそうですが、大通りと富裕な人々の住む街区から成り立っていたわけではありません。深夜とは言わず、日が暮れたら近づかない方が得策な地区もありました。

住民も立派な商人や職人だけだったわけではありません。社会のどん底の貧民層が居たことも分かっています。ワシリーが襲われる別の理由もありました。ポーツマス条約での譲歩という形で終結した戦争での勝利が、ロシア人に対する国民感情を良くすることはありませんでした。キリスト教徒、とりわけ外国人に対する態度も、警戒心を伴ったままで変わることはありませんでした。

しかし、今私がお話しした衝突は、特別なものでした。ワシリーは街中での喧嘩で、格闘家たちと闘う羽目になった訳ですから」

「しかし、双方の流派は同じだったじゃないですか」私は指摘した。

「とんでもない」ムラショフが異議を唱えた。

「状況から判断して、その場には小野の他に、おそらく空手家かどこかの柔術道場の弟子が居たのだと思います。もっとも沖縄空手が受け入れられるようになったのはもっと後のことですが。

こういう小競り合いはそれもまた稽古だと言えます。それは生命や身体が重大な脅威に曝された際には、規則や流儀の潔白さにこだわるべきではないということを教えてくれたはずです」

「ところで、我々の話の主人公、ワシリー・オシェプコフは、既に講道館を修了しようとしていましたね。その後、彼はどうなったのですか？」

ムラショフが答えた。

「その後は、あなた自身がお分かりのように、柔道の知識をより完全なものにし続け、それを自分の弟子に伝え始める以外、彼に道はありません。しかし、二つの言葉が分かるのですから、彼は通訳として働くこともできることを忘れないでおきましょう。しかし、この面での彼の知識は、しかるべき時が来るまで誰にも必要とされませんでした……」

師範への道

講道館での学習が修了した時、この名声高き講道館で学ぶ四人の欧米人の一人であったワシリー・オシェプコフに、初段取得のための準備をするよう命じたのは嘉納治五郎自身でした。それは大変に高い評価で、確かに彼が非凡な才能を有しているということを認定するものでした。ワシリーはこれからも長い間、自分の生活は講道館と結びついたものになるだろうと思いましたが、実際には僅か六ヶ月後に講道館を離れることになりました。ワシリーは多くの受験生の中で誰よりも早く、この最初の段階の教師資格である『初段』の称号と、有段者であることを示す黒帯を得ることができました。彼はこの栄光を勝ち得た最初のロシア人でした。それは大変珍しいことでしたので、日本の新聞雑誌が『ロシアの熊が目的を達成した』というユニークな見出しで、この出来事を記事にしました。

今まで近づくことの許されなかった奥義の受講が、有段者となった彼を待っていました。それは、生体の最も重要な経穴と、それに作用する技の知識に基づいた蘇生術のシステムである『活法《かっぽう》』を理解することでした。この知識の基盤にあるのは古代中国の医学の教典でした。嘉納治五郎は、精神的な自己完成の分野で著しい成果を収めた、高いレベルの有段者にのみ活法の知識に触れさせることを求めました。そしてこういった有段者たちは、得た知識を悪のために用いない、という昔の武道の達人たちの道徳的な戒を、絶対に守らなければなりませんでした。

活法は様々なレベルの怪我を負った時に、畳の上で施す応急手当の方法だとされていました。しかし、意識喪失の原因が脊柱の損傷であったり、頭への強い打撃、あるいは内臓器官の損傷である場合には、活法の使用は禁じられていました。

これから学習するこの手法は、何よりも先ず、心臓と呼吸器系統の活動をコントロールしている神経中枢を刺激し、スポーツや日常生活で怪我を負った者を、そのショックから呼び覚ますためのものであると、ワシリーは教わりました。活法の教師は注意を促しました。

「競技者が意識を失っている場合は、慎重に扱わなければならない。もしショックが起こった時、その競技者が立っていたなら――そういうことは窒息技や打撃の際によくあるが――彼を支えてやり、人中（鼻と唇の間の縦の溝）の上から三分の一の位置を強く指圧する。彼が意識を取り戻したら、しばらくの間寝かせるか坐らせた状態に保ってやり、急な動きをさせないこと。さもないと、また意識を失うことがある。意識が戻るまでの時間は五分を越えてはならない。五分を越えた場合は医者の処置が必要だ」

経験を積んだ師はワシリーに説明しました。

「大事なのは手当を施す際に、自身が平静であることだ。さもないと、自分が医者に診てもらわなければならなくなる」

活法の手法はかなり多くのものがありました。生活上のほとんどあらゆる機会に適用できるものでした。

仲間が耳打ちしました。

「もし鼠蹊部に打撃を受けて痛むなら、飛び跳ねて足をまっすぐにして踵から着地するんだ。楽になるぜ」

教師が話に割って入りました。

「自分が強い打撃を受けた場合は、仲間に床に坐らせてもらい、足を折り曲げずまっすぐ伸ばせ。誰かがお前の後ろに立って、脇の下に手を入れて抱え、後ろに下がりながら、少しお前を持ち上げては床に落とすんだ。それでもなお、お前が青い顔をして痛みで背中を丸めているとする。その場合は床に寝かせてもらい、誰かがお前の右側に立つ。そいつは左手でお前のまっすぐにした右足を持ち上げて、自分の左腿に置く。それから左足先を、お前の右の臀部の下に差し入れる。その後で、そいつは右の拳の縁で、お前の土踏まずの真ん中を数回強く打つ。そうすればお前の顔色も良くなり、痛みも減るはずだ」

「この時、私は救助者から逃れることはできますか?」ワシリーが冗談を言いました。

「重要なのは、救助者に右と左を間違えられないことだ」教師は少しにやっとして答えました。

「もしそれでも良くならない場合はどうするのですか?」ワシリーの問いは続きます。

「その時はお前の帯を外す。そして救助者の左膝に背中で寄りかかるように坐らせてもらう。救助者は右手でお前の首を抱え込み、左手でお前の脇の下を支える。救助者は右手の掌で擦り込むようにして、お前の胸の下の端から下へ左腹の方に向かってマッサージを施す。一つ一つの動作は横隔膜を押しながらやる。そしてこのようにして一分に十八回ずつリズミカルに行う。八分から十分後にはお前の具合は良くなるだろう」

「もし良くならなければ?」笑いをこらえながら、ワシリーは食い下がりました。

「おい。誰か、こいつの急所を蹴ってやれ!」先生が腹を立てて言いました「そうしたら、俺がこいつを坐らせる。そして脊椎の六つ目と七つ目の胸椎の間に俺の右膝を当てる。両手の掌をこいつの胸に当てて、押したり引いたりする。同時に膝で前に押す。一分間に十八回。これをこいつが意識を取り戻すまでやる」

「さて」いつもながらのワシリーの悪ふざけに先んじて、先生は続けました「おい、ロシア人。今、俺が言ったばかりの技を全部やってみろ。いいか。右と左を間違えるんじゃないぞ」

これはやってみるとなかなか大変なことでした。しかし重要なのは、これでもう危機的状況にあっても、困難に陥った者を助けることができるということだと、ワシリーは理解しました。

もっと重傷な場合の独自の手法というのもありました。もし負傷者が意識を失ってうつ伏せに横たわっているなら、彼の一定のツボに働きかけてやる必要があります。ツボの見つけ方はこうです。薬指の先を相手の首の一番突き出た椎骨、すなわち、七番目の椎骨に置きます。それからまっすぐにした掌を脊柱に当てます。必要なツボはこの掌の付け根、手首の所にあります。今度は掌を交互にこのツボに置き、リズミカルに、自身の体重を利用して押し続けます。この時一回一回の動作は、掌を押しこむかのように、そしてかすかに掌を向こうに押し出すように行います。負傷者の意識を取り戻すには、通常は四回から六回この指圧を続ければ十分です。先生はワシリーにこう教えました。

「強い打撃を顔に受けたり、首を絞められた時間が長かったりした場合は、競技者を慎重に仰向けに寝かせ、足は膝を真っ直ぐに伸ばし、手は真っ直ぐにして、身体に沿わせるんだ。彼の太腿の傍に膝をつき、指をまっすぐに伸ばした両手の掌を相手の腹の上に交互に置く。つまり、両方の親指が負傷者の臍の辺りにあるようにする。上の方、横隔膜の方に向けて、呼吸に合わせ強く腹を押せ。これを相手の意識が戻るまで続けるんだ」

「さて、交代だ」先生が命令しました「これを攻撃の技と同じくらい、すばやく無意識にできるようになるまで繰り返せ」

初段者となったワシリーは、活法の技法の訓練と同時に、自身の技量に磨きをかけながら、教師たちの稽古の助手を務めました。彼は自分の教師たちの訓戒を心に刻みました。『学習に休みなし！』しかし、彼は今や習得した技の更なる完成、その最終的な仕上げと練磨により多くの時間を費やすようになっていました。確かにこの練磨に完成はありません。新しい対戦相手の一人一人が、ワシリーがすでに磨き上げた組み手や投げ技に小さな、しかし重要な改良を加えました。

ワシリーは、残った時間を自分の格闘技の理論学習に費やしました。彼は、嘉納治五郎のシステムとその先生たちの全ての教えが、必ずしも将来に役立つものではないことを理解していました。しかし、何かを捨てる前に、少なくとも何を捨てるのか知っていなければなりません。これは容易なことではありません。ワシリーは柔道の教導と理論を説く書物に読み耽りました。

「達人の学びはかくのごときものである。聞くものすべてを心に納める。それが、その体の隅々に行き亘り、その物腰と行いに現われる。言葉は少なく、行いは慎重になる。その性には仁義礼智信の五常が宿る」昔の師たちはこのように教えていました。

師たちは、人間の道徳的資質と身体状態には相関関係があると主張していました。

『正しく平静に己を処することのできる者の筋肉は柔らかく、骨は固い。正しく平静に己を処する術を逸さぬ者は、不動心を得る。不動心を宿す者の耳と目は研ぎ澄まされ、手や足は丈夫になる』

『若さは正義を求め、血気盛んである。武道によって血気はより盛んになり、善事にも悪事にもなり得る。講道館の道を正しく辿れば、人はその性格を正し、正義の忠実なる守護者となる。悪事にこれを用いれば、得た知識は社会に害毒を撒き散らすだけでなく、己にもまた跳ね返る』

ワシリーは嘉納治五郎のこの教えを読んで苦笑いしました。先生はうまく逃げ道を作ったのだ……と思いました。これでは、何か問題が生じた場合は、ただその門下生が講道館の道を正しく歩まなかったのだ、ということになります。責任も報いも、もっぱらその弟子が問われることになるのです。

次の言葉は積極的に利用する価値があると、ワシリーは思いました。

『力に訴えるのは、最後の手段としてであり、人道と公正さが打ち勝つことができず、また相手が、周囲の好意を失い、悪評を呼んでいることに自ら思いを廻らすことなく、勝手無法に己の力を用いる場合のみである。気高い精神を持つ青年は、その人生の始まりにおいて言葉と行動を慎むべきである』

ワシリーは、ページに指を置いてふと考えました。小野隆志のことが思い浮かびました。あの忘れ難い格闘の後、小野について詳報は何も聞こえて来ませんでした。ただ、地方のある剣道の道場に何とか迎えられたものの、そこでも長続きせず、教師と口論して飛び出し、地方の初心者の個人教授をして稼ぎながら、各地を渡り歩いているらしいという噂が耳に入っただけでした。

嘉納のこの思索には次の言葉が続いていました。

『己の面目を保つことができねばならぬ。しかし、あまりそれに拘《こだわ》ってはいけない。武道は人を高めるためにある。周囲の人々の感情を害しながら、考えも無く軽率に行動してはならない』

これは、格闘技の世界のみならず、広く通用する教えとして記憶すべきだと思いました。

次の言葉は、今のワシリーのために書かれたものであるかのようでした。

『可能なものは全て習得したかのように思っている者、いくつかの形の動きを稽古を重ねて習得し、自分の体力に一定の自信を得るや否や、自身の長所を褒めちぎる不遜な自慢屋になり下がっている者は、武道の真の求道者とは言えない』

仮にワシリーが生まれつき自慢に溺れる方ではなかったとしましょう。でも、技能の完璧さについてはどうだったでしょう。とにかく、そろそろ夜の稽古に出かける時間かもしれません。有段者ワシリー・オシェプコフは本を置き、一介の弟子のように、真面目に道場に向かいました。

ワシリーの初恋

彼はこの異国、しかし慣れ親しみ、どこか自分の故郷になったかのようなこの国で過ごす最後の数週間、あるいは最後の数日が過ぎつつあることを、まだ知りませんでした。運命が、新しい突然の転機を用意していることも知りませんでした。しかし、何年も直感を研ぎ澄ませてきただけのことはありました。オレンジ色と青色が複雑に入り混じった夕焼けの空が、何か不安なものに感じられました。いつもより大きく見える赤い夕日が、まるで別れを告げているかのように、ますます暗い雲に包み込まれて行きました。しかし、彼は若く自由で、愛くるしい女性たちの顔にますます見とれるようになり、様々な柄をあしらった絹の着物に包まれたその優雅な姿を、目で追うようになっていました。

一度ならず彼は、自分の方に横目で投げかけられた、関心のありそうな視線を捉えたことがありました。しかし、彼の前で自分の風呂敷包みを落とした少女の事件以来、彼は路上での女性たちとの偶然の出会いに慎重になっていました。神学校の寝室で語られた少年たちのお気に入りの昔話――勇敢な武士たちが、ずるがしこい狐が化けた愛くるしい娘たちの罠におびき寄せられ、死んでしまうという話――が思い出されました。ワシリーにとってのそのような『罠』が、復活大聖堂に上る階段で待っていました。娘は聖堂の扉から外に出て、その下駄を直すためにちょっと立ち止まりました。その地の習慣で、どうやら彼女はその下駄を教会の玄関で脱いだようでした。その時、頭を覆っていた白くて軽いショールが、娘の綺麗に梳かした黒髪から逃れ、風に飛ばされました。跳び上がってショールを捉まえるのは、ワシリーには朝飯前のことでした。何歩か歩んで娘にショールを差し出す方が、むしろ大変なことでした。こんな時、何を言えばいいのか、彼には全くわかりませんでした。彼女は感謝の言葉を述べ、同時にショールを再び頭に掛けようとしました。しかし、手にした祈禱本が邪魔になり、彼女はごく自然な信頼に満ちたしぐさで本を彼に差し出しました。風に飛ばされそうなショールをしっかり押さえ込んでから、二人は並んで歩き始めました。ワシリーは少女に福音書を急いで返そうとはしませんでした。聖堂での奉神礼の話を始めました。彼女は毎日曜日ここに来ているとのことでした。この情報はワシリーの記憶にとどめられました。

お互いにお辞儀を交わし、世話をかけたことに対して日本流に何度も詫びてから、二人はすぐ近くの交差点で別れました。その先まで彼女を送ると言うと、しつこくなるとワシリーは感じたのです。しかし、次の日曜日、ワシリーはすでに聖堂の中に居て、浮世の罪を主に謝罪しながらも、その目は参拝者の中に、先日知り合った名も知らぬ娘の姿を探していました。その視線が彼女を探し当てたのは奉神礼も終わりの頃、彼女がろうそくを供えるために、神の下僕ニコライ聖人のイコンに近寄った時のことでした。彼にはそれが何か天啓であるかのように感じられました。

彼は、この前の偶然の出会いを彼女がもう忘れてしまったのではないかと心配しながら、聖堂の出口で彼女を待ちました。しかし、娘はワシリーが分かり、初めは警戒していたその視線も、温かいものになりました。彼らは並んで歩き始めました。ワシリーは彼女が鞠子というのだと知りました（彼は心の中でこれを『マーシェンカ』と名づけました）。彼女は船乗りの守護聖人である神の下僕ニコライ聖人に、父の無事を祈ってろうそくを供えたのです。彼女の父は漁師で、函館の船主のはしけ船に雇われて今海に出ているということでした。

娘はワシリーが函館に居たことを知って手を打って喜び、この見知らぬ北の町について彼を質問攻めにしました。彼女は父の妹である叔母のもとに住み、女子神学校で学んでいるのでした。そして彼が同じく正教の神学校、ただし京都で学んだことを知って再び手を打って喜びました。娘はそれからは彼を敬意のこもった目で見つめるようになりました。彼が浮世の有為変転をこれだけ経験したのに対し、彼女は東京から一度も出たことがありませんでした。娘は、自分のキリスト教信仰と正教女子神学校での勉学を、叔母があまり良く思っていないことを仄めかしました。叔父も腹を立ててこう言いました。

「若い娘が散歩したり、教会に行ったりするものではない。娘が男に一間以内に近づいたり、目を見たり、男の手から物を受け取るなどもっての他だ」叔母も同じ意見でした。

「娘には厳しく接して、たくさん辛い思いをさせれば、嫁いでから何の文句も言われなくなります」

しかし父は北の町へ発つ前に、娘の養育のために自分の稼ぎの大部分を送ると約束していきました。このため叔母の家族は姪の信仰に対して多少は鷹揚でした。しかし、もし、姪が通りで男性と知り合い、しかもそれが外国人と知ったら、彼女を家に閉じ込め、あれこれ脚色して彼女の父に書き送るに違いありません。そしてそれを父が信じでもしたら、父はそれを恥じて首を括ることになってしまうでしょう。しかし、それでも二人は逢瀬を重ねるようになりました。彼が日本人でないことに気付いているにも拘らず、どこの生まれかなどと娘が根掘り葉掘り尋ねないことが、ワシリーは気に入りました。しかし、鞠子が学ぶ女子神学校を開校したニコライ大主教の話になった時、ワシリーは我慢できなくなって、彼自身も大主教と同じようにロシアから来たのだと彼女に言いました。

しかし彼には、自分の思い切った告白に、彼女があまり驚かなかったように思えました。後になって分かったことですが、多くの日本人と同様に、彼女もキリスト教はロシアの宗教だと思っていたのでした。神学校でキリストにとっては『ギリシャ人もユダヤ人もなし』つまり主の前では誰もが平等であると言われていたにも拘らず、鞠子にとって正教は、何よりも先ずニコライ大主教という人格と結びついたものだったのです。ワシリーは彼女の眼差しの中に、大主教に対する畏敬の念の一部が、今や彼にも向けられているのを感じました。しかしそれをどうすることもできませんでした。

二人の関係は奇妙なものになっていきました。ワシリーはこの可憐で優しい少女が大変気に入っていました。そして時には、彼女の手を取って、いとも簡単に彼女と駿河台に駆け上がることができるような気がしました。しかし、彼女はあまりに姿勢良く、彼の隣でその可憐な小さな足で凛として歩き、またあまりにカタカタ下駄が鳴るので、ワシリーは思い切って彼女の腕を取ることさえ出来ずにいました。彼女がその切れ長の黒い瞳で、彼をあまりに信用しきって下から見上げるので、ワシリーの胸に去来するあらゆる罪深い想いは、いっそう萎縮していくのでした。

よくあるように、全てを激変させたのは一つの出来事でした。それは突然の夏の夕立でした。迫り来る激しい雨を避け、二人は手を取り合って、近くの寺の仏塔の深い廂の下に駆け込みました。滝のような雨が、横殴りに吹き付けました。突然、枝のように広がった白い炎のような稲妻が、灰色の絹のような空を切り裂き、雷鳴が轟き、思わずワシリーは自分の身で雷から守るように、鞠子を強く抱き寄せました。ワシリーは彼女の心臓がごく間近で、どれだけ早鐘を打っているかを聞き、彼女の方に身を屈めました。彼女の怯えた目と微かに開いたふっくらとした唇が目に入りました。そして次の瞬間、堪えきれないワシリーの唇が彼女の唇に重なりました……

二人とも将来のことなど考えたくありませんでした。豪雨、稲妻、蒸し返すような暑さ、花の咲き乱れる庭が、どんなに素晴らしいものに感じられたことでしょう。それまでワシリーを苦しめていた漠然とした不安さえ、全く消え去った訳ではなくても、どこかに行ってしまったようでした。鞠子は自分の親類たちにワシリーを紹介したくありませんでした。彼女は寒くなって函館の埠頭が凍てつき、父が戻る秋の訪れを待ちました。ワシリーは自分の境遇が、一家を構えるにはまだあまりにはっきりしないものであることを、理解していました。彼は可能な限り鞠子を悲しい思いや不安から、そして彼自身から守っていました……

第一次世界大戦

夏はまだ真っ盛りでした。それは、歴史の歯車が急転した一九一四年の夏でした。一見、いつもと変わらず鳥は歌い、稲は穂を出し、日焼けした漁師たちは大海原に重い網を投げているように見えたかもしれません。しかし、遠いヨーロッパの鉄道や街道沿いでは、それとは別の不吉な動きが始まっていました。そしてサラエヴォで一発の銃声が鳴り響き、ヨーロッパの大半の列強国が総動員令を布きました。

そしてロシアの田舎道でも、威勢の良いアコーディオンの響きと、将来の寡婦たちの号泣に見送られて、兵隊外套をまとった男たちが列をなして動き出しました。第一次世界大戦が始まったのです。

ロシア帝国の臣民であるワシリー・オシェプコフは、祖国に戻らなければなりませんでした。彼自身もまたこの困難な時代に、彼のいるべき場所はロシアであると理解していました。ロシア正教宣教団では、彼の帰国に祝福を与え、さしあたりの費用として若干のお金を彼に支給しました。講道館で初心者に教えることによって得た資金も少々ありました。それは定職が見つかるまでこれで何とか遣り繰りできるお金でした。彼はまたウラジオストックの宗務院宛ての手紙を数通託され、いくつかの伝言も頼まれました。鞠子は何も尋ねず、何も彼に頼みませんでした。ヨーロッパのオペラの舞台で、イタリア人作曲家プッチーニのオペラ『蝶々夫人』が、大喝采と涙を呼び起こしながら既に演じられていたこと、それが外国人を愛した若い日本女性の感動的な物語であることを、鞠子は知る由もありませんでした。しかし彼女は、自分の愛に将来がないことを心で感じ取っていました。鞠子は、愛する人を乗せて出航した汽船を見送りながら、波止場に立ちつくしていました。彼女は、初めて彼に出会った日に被っていた、あの白いショールを被っていました。ワシリーもまた船上に立ち、風が再びそのショールを奪い、石油の薄膜で汚れた港の海面に運び去るのを見ていました。しかし彼はもうそのショールを捕まえることも、鞠子に返すこともできませんでした」

「悲しい物語ですね」私は言った。

「彼らはそれ以降出会うことはなかったのですか?」

「あなたは私に、『蝶々夫人』のロシア版を期待しておられるんですか?」ムラショフが笑い出した「いいえ、私が知る限りでは、これは全く伝統的な悲劇によくある初恋の物語だったようです。どんな場合も、初めての心のときめきがハッピーエンドに終わることは稀なようです。この初々しい感情というのは、あまりにも未熟で現実離れしていて、日々の生活の困難というものを客観的に評価できず、それを処理することができないものです。それに、初恋というものは、時々全く別のものを恋だと思い込んで、全てを法的にきちんとしようと急ぎ、後で、何がどうなったのかと驚き呆れる羽目になるのです」

「青春の蹉跌も、やはり青年の性格の側面を磨き、鍛えるということですね」と私は話を結んだ。

「私たちの物語の主人公にとって全てはまだこれからです。しかし、この愛というデリケートな分野において、この先も苦しみに遭わないという保証はなかったようです」ムラショフが話を継いだ
「今、私がお話しした物語を、私はしばしば自分の心の中で、若きワシリーへの日本の送別のプレゼントと呼んでいます。彼はまたこの国に戻ります。しかし、彼はまた別人となって、この国もまた大きく変化します。同じ川の流れに二度は入れずと言ったところでしょうか」

「オシェプコフはその次の来日の際に、彼女を探そうとはしなかったのですか?」

「いいえ。彼自身、再び東京に来た時には何年もの経験を積み、様々な思いも経験していました……。彼の人生のページの続きに戻りましょう。もちろん、鞠子との別れは彼にはつらい経験だったでしょう。しかし、その行く手にあるのも、また彼にとって未知の世界です。そこには友人も師もいません。それにやはり戦争です。戦争については、彼自身すでに辛い子供時代の思い出がありました……」

ムラショフは一息ついてから付け加えました。

「私はね、運命がこの人物を最高純度のダマスカス刀のように鍛えたのだと思うのです。これは誰もが背負える運命ではありません」

15　故郷ロシア　N・ムラショフの談話による

ウラジオストック体育協会

ロシアの首都のペテルブルクから遥か離れた地、ウラジオストックが戦争を知るのは、ペテルブルクからのニュースと次々に届く新聞によってでした。ウラジオストックから見れば、戦争は、広大なロシアの大地の遥か反対側の国境線で火の粉を散らしているだけでした。とはいえ、この地ではごく最近の東方の隣国との戦いの記憶がまだ鮮やかで、町の外の停泊地に日本の巡洋艦の鋭い鋼鉄の鼻先が見えたという噂がまことしやかに囁かれるのでした。戦争の記憶は、住民に疑わしそうなまなざしを日出づる国日本に向けさせていました。

けれども普通の人々にとって、戦争の砲声はどこか遥か遠くで轟いているだけで、彼らには関係ないのだという考えにすこしずつ慣れていきました。辻馬車の御者は、ウラジオストックの表通りのスヴェトランスカヤ通りの端から端までを相変わらず十ルーブリで客を運び、ホテル「ヨーロッパ」では、依然としてジプシーたちの歌声が響いていました。セミョーノフ市場では、すました料理女たちが新鮮な蟹やゼンマイのマリネ漬けを選び分けては買い物籠に入れていました。

ウラジオストックに現れた、一風変わった経歴の『日本帰りのロシア人』が、地元の諜報網にかからなかったとは思えません。そして、ワシリー・オシェプコフがその諜報網の特別な監視の対象にならずにいたのは、彼が日本の正教宣教団からの手紙を持っていたからでしょう。彼の孤独のうちに時を過ごす日が始まりました。彼はまたしても見知らぬ町で生活することになりました。彼は、うたい文句によれば「町で最高のレストランと熱帯庭園と女性合唱団」があるという「太平洋ホテル」を宿とすることにしました。フロントの従業員は、服装からして、この客が社会的地位のある人間だとは見なさなかったけれど、海外滞在を示すスタンプのあるパスポートと、ぞんざいに投げつけた日本円のチップが功を奏しました。簡素でありながらも、便利で清潔な部屋が割り振られました。彼の平安を乱す者は、せいぜい、狭い廊下で広いスカートに包まれた大きなヒップや肩先をぶつけてくる合唱団の歌い手くらいのものでした。

そんなとき、ワシリーは帽子を少し上げ、申し訳なさそうに謝るのでした。歌い手たちにとっては残念なことに、この紳士との交流はいつもそれだけで終わってしまいました。歌い手たちは、町でも有名な「ランデブーの小川」がある郊外のグニロイ・ウーゴリまで、この逞しい紳士と流しの辻馬車で大喜びで『ご一緒』したでしょうに。彼女たちは、太平洋ホテルにひしめき合っている海軍乗組員の将校たちとの夕食で満足するしかありませんでした。この将校たちは、財布のなかの限られた棒給を一ルーブル毎に数えていました。もっと金のある客は太平洋ホテルには泊まりませんでした。

動員令はワシリーにすぐには下りませんでした。ですから、ワシリーはこの新しい場所で何をするか、どうやって生活費を稼ぐかを決めなければなりませんでした。もっとも、ワシリーが、東京からの伝言と手紙を渡すために訪れた、ウラジオストックの宗務院では、「海軍から照会がありました。英語の知識のある教養のある聖職者が戦艦に必要だと。どうです？　ぜひ、お願いしますよ！」と、仕事を紹介されましたが、彼は考えておく、と言ってそれを断りました。

ワシリーが得意とすることは、銃剣の扱いを除けば格闘技だけでした。というわけで、彼は当地の体育協会を探しに出かけました。コラベリナヤ通り二十一番地のモダニズム様式の家はすぐに見つかりました。建物は普通の住居には見えませんでした。ワシリーはこの小邸宅の入口の白い扉をノックし「どうぞ！」という返事を待たずに戸を開けました。入ってみると、正面の机には誰も坐っていませんでした。ワシリーは注意を集中し、あたりを見回しながら反応を待ちました。と、突然、彼は背後のなにかの動きと微かな音を察知しました。それがなんであるか判断を下す以前に、自己保存本能のスイッチが入りました。ワシリーは左足の踵で左に急旋回しながら前屈みになり、背後から現れた人間のくるぶしを掴むと一気に立ち上がりました。床から驚愕した顔が彼を眺めていました。

「どうやったんですか⁉」ウラジオストック体育クラブの会長は何度も謝りながら、ほこりを振り払い、感嘆の声を上げました「私はあなたよりずっと大きいし、フランス・レスリングをやってもう何年にもなるんですぞ！　もう一度その技をやってみてください。お願いします！」

これがこの会長と日本の柔術の最初の出会いです。講道館の名誉ある修了証書のおかげで、この『日本の柔術の専門家オシェプコフ氏』は、ほどなくウラジオストック体育協会でこの新しい格闘技の教師になることになりました。「体育家のあいだでこの格闘技への関心が高まっている」と、ウラジオストックのスポーツ雑誌『ヘラクレス』は記しています。

しばらくすると、この『日本帰りのロシア人』のことはスポーツ界だけでなく広く知られるようになりました。この『日本人』が波止場で彼に向かってきた港のゴロツキどもをどう退治したかという話が、人から人へと伝わりました。とても信じられないほどの数のゴロツキを投げ飛ばしたと囁かれました。実際には彼らは全部で四人でした。とある夕暮れ、ワシリーは潮の匂いと重油、魚の匂いを嗅ぎながら、港を散歩し波止場に停泊している船を見ていました。ドック人夫と言われるこのゴロツキどもに、彼の何が気に障ったのかは分かりません。それは紳士風の背広だったのかもしれないし、この辺りでは見かけない蝶ネクタイだったのかもしれません。

「おい！　そこのヤサ男、ちょい、こっちへ来やがれ！」この四人組のリーダーのヒゲ面の男が太い声で怒鳴りました。

後ろには、オレンジのチョッキを来た若い男、ビール腹の巨漢、そして馬鹿に手の長い猫背の男が従っていました。四人組はワシリーに詰め寄り、ヒゲ面がワシリーの肩をつかんで揺さぶりました。

「オメエ、聞こえねえのか！　あ？」口汚くヒゲ面が罵りました。

ワシリーは返答のかわりに拳骨の背で肝臓と眉間を殴りつけました。ヒゲ面は腹を折るようにして一歩後退しました。

「このヤロウ！」罵りながらオレンジのチョッキの男が飛びかかってきます。

次の瞬間、ワシリーの手は獣のように男の襟に喰らいつきました。そのままいったん伸ばした手を折るように、男の体を自分の方へ寄せ、顎を拳骨で二度続けざまに殴りつけました。男の体はだらしなく路上にずるずると落ちました。脂ぎった太っちょが体に勢いをつけて向かってきます。ワシリーは男がぶつかってくる瞬間にスッと身を交わすと、バランスを失って落ちる男に回し蹴りをかませました。太っちょはのろのろと立ち上がると、コンテナの壁に寄りかかり、荒い息を吐くと、再び向かってきました。ワシリーはコンテナをけって跳びざま体をひねり、相手の眉間めがけて踵で蹴りつけました。これがとどめになりました。太っちょは路面に崩れ落ち、立ち上がれませんでした。

次は「手長」の番です。彼は一見見劣りがするその外見にも拘らず、誰よりも喧嘩の何たるかに通じていました。左右の手を同じ位自由にあやつります。ワシリーはパンチを受けたけれど、ほとんど痛みを感じませんでした。次のパンチは、腰を沈めて頭上にかわしました。それから回し蹴りで敵を倒し、その腹に拳骨を見舞いました。相手は一瞬ふらふらっとしてから、地面に崩れ落ちました。

ワシリーの頭に、ショック状態にある人の意識を戻す救護技がよぎりましたが、彼は唾を吐き付け、踵を返して港の出口のほうへ向かいました。出口の向こうには街の灯火が輝いていました。そして、ウラジオストックで、ワシリーは、以降、伝説の人とまでは至らずとも、有名人になりました。

ウラジオストックは、大方のロシア人にとっては「世界の果て」、少なくともロシア帝国の果てであるのですが、『日本式格闘技の達人オシェプコフ氏』にとってはロシアへの入口になりました。この都市は彼にとっては、かつて函館や京都そして東京がそうであったように、すべてのことが珍しい街でした。通りを行き来する人々の姿、格好も彼にとっては馴染みのないものでした。雑踏の中を行く人々は様々で、騒がしくありました。通貨も違いました。円ではなくルーブルでした。日本の車夫は余りしゃべりませんでしたが、スヴェトランスカヤ通りやアレウツカヤ通りを流す辻馬車の御者たちが世間話をしたり、「馬の餌のカラス麦代が近頃は高くなった」と愚痴っては、駄賃を弾ませようとしているのにはなかなか慣れることが出来ませんでした。

通りでは日本人にも出会いました。日露戦争前の大量避難にも拘らず、ウラジオストックの日本人移民はまだ残り続けていました。日本人たちの多くは小規模の小売業を営み、またマッサージ店、床屋や菓子屋、古物屋などを営んでいました。セミョーノフ市場では、中国人の経営する店で、市民が蟹やタコ、ナマコを買いあさっていました。中国人はまたアレウツカヤ通りで洒落た洋品店も経営していました。流行に敏感な淑女たちはそれらの洋品店を通じて、パリに洋服を注文していました。そうとはいえ、ウラジオストックはロシアの地方都市であり続け、ワシリーはその多くのものにこれから慣れていかなくてはなりませんでした。

コラベリナヤ通り二十一番地の借家にある体育クラブに通ってくる生徒たちは、ワシリーには意外なほど、肉体的な準備ができていませんでした。その多くは、日本の若い門下生たちが持っていたような運動に適した、肉体的基礎すらも十分ではありませんでした。全ての教師に必要な忍耐を肝に命じて、ニコライ神父の遺訓を自分に言いきかせるほかはありません。

「自分がたどった道を思い出しなさい。自分がいつも強かったわけではなく、いつも怒りや苦闘なしに何かを学べたわけではないということを思い出しなさい。そうすれば、あなたの教え子の前でもっと楽になれます」

コーチへの道

「教師よ、生徒を通して復習せよ！」この訓戒はコーチにとって特に重要だ。私は、コーチの仕事を技術専門学校二年の時に始め、卒業後は児童青年スポーツスクールでサンボのコーチとして働いた。一九八六年、私はカリーニングラードでサンボと柔道の児童青年スポーツスクールの設立に参加した。このスクールはこれらの種目のコーチ全員が入っている組織だった。私は自分の生徒たち、世界チャンピオンになったヴィターリー・ミヘイエフと欧州チャンピオン、世界のチャンピオンになったラリーサ・チュエヴァ、そのほかの選手たちを心から誇りに思う。

私が今これを思い出したのは、コーチの仕事というのは特殊なものだからだ。本物のコーチというのは自分の持っている格闘技の技術を伝えるだけでなく、自分の魂を弟子に注ぎ込む。弟子をただスポーツの素材としてのみ眺めず、その成長の第一歩から将来の選手の魂を導くとき、弟子は成果を収め、立派な人間に育つ。同時に、コーチの成長にもその生徒たちが大きな役割を果たす。このプロセスというのは、言うなれば相互補完的なのだ。例を引こう。

私たちは、自分たちの児童青年スポーツスクールで、試合の前の三礼という儀式を重んじていた。柔道の生徒は、マットに出る前にまず最初のお辞儀をする。それから審判からの合図の後で、マットの上の赤い線を超える前に第二のお辞儀をし、最後にマットの中心の色のついた部分入る前に第三のお辞儀をする。試合が終わり、その判定が下された後、この儀式は反対の順番でまた繰り返される。ある時、そんな儀式としてのお辞儀を繰り返したあと八歳か九歳の少年が、私をまっすぐ見つめて、尋ねた。

「フロペッキー先生！　僕たちはいったい誰に頭を下げているんですか？」

もちろん、私は説明した。しかし私を驚かせたのは、この質問の隠れた本来の意味だ。少年はおそらく自分で意識はしていなかったであろう。ただ、それと知らず、少年の口から真実がついて出たに違いない。今、私はこの言葉に隠された少年の真の質問の答えを知っている。

「主に頭を垂れよ。主にのみ仕えよ」

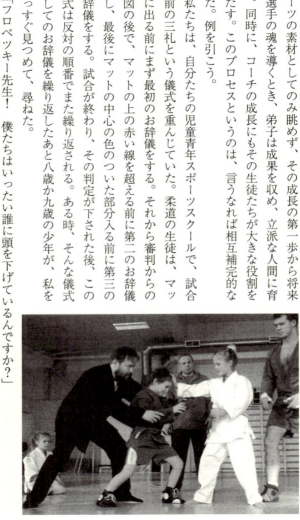

ワシリー・オシェプコフがコーチとして最初からうまくいったとは思えません。彼自身まだ若く、教師としての知恵は、年齢と経験とともに備わってゆくものです。それに彼は自分の最初の弟子たちをゼロから教えはじめなくてはなりませんでした。教え子の中には兵隊たちもあり、しかもその数は増えていったのですが、彼らは素手での白兵戦の技を知っており、その技はその昔ワシリーの父が教えてくれたものと似ていました。彼らをワシリーは丹念に、また厳しく鍛えました。彼らはスポーツとしての格闘ではなく、実戦に備えていたのですから。彼自身も将来の実戦に備えていました。銃剣の取り扱いを訓練し、講道館で得た知識が前線のどこにおいて役立つか、ということを思案してみました。死に対する恐怖は感じませんでした。つねに戦いに備えている心理状態はそのような恐怖を知りませんでした。前線での裏切り行為の頻発、指揮系統の混乱、ラスプーチンに関する噂が、ただ彼を困惑させました。

相変わらず孤独であることを除けば、そのほかすべての分野で、ワシリー・オシェプコフはウラジオストックの社会に順調に溶け込んでゆきました。当時としてはユニークな彼の経歴は、この太平洋に面した国際色豊かな港町では特別、興味を引きませんでした。当初、彼は地元のプーシキン通りにそびえる東洋学院の卒業生によく間違えられたものです。この大学は、アジア地域での仕事に通じた、通訳、管理職者、あるいは仕入れ係などを養成し、その卒業生の中には商人すらいました。「ヴォストーチニキ（東洋学院生）」と呼ばれる人たちの中には陸軍や海軍の将校もいて、ワシリーに劣らぬ日本語や英語を操る者もいました。そこでは、東アジアの宗教史、民俗学、極東諸国の近代史を学んでいました。

「予行演習」と呼ばれる、秋、二月、三月に行われる試験で問われる知識が、すべて書物で得たものであるのが、ワシリーの日本語とは大きく違うところでした。東洋学院の卒業生には、異国での何年にもわたる生活経験で得られるような知識が不足していました。そんな経験をもつ人間を必要としているのは、商業分野のみではなかったのです。ですから、ある晩、キャバレー「シャトー・ド・フルール」で夕食をとっていたワシリーに、普段着の目立たない男が、同席してよいか、と許可を求めたのも不思議ではありません。ワシリーも知っている人の名を挙げ、彼らからワシリーの経歴を聴いていると告げました。

軍管区諜報部

楽団の演奏で騒がしい「シャトー・ド・フルール」の中で、この人物はワシリーの誕生から幼年時代、その後の波乱の人生を、静かにワシリー自身に話して聞かせました。彼はまた、自身はニコライ神父に親しくまみえることはなかったけれど、ニコライ神父の周りの人々が、特に日露戦争の最中に、何度もロシア人捕虜と教会を介して交流を持ったことは良く知られていることであり、またこのことはロシア軍にとってとても有意義なことだった、と言いました。

明るく照らされた騒がしいキャバレーを抜け出て、じめじめした風の吹く、人影もまれな暗い通りに出ても、話は続きました。男はプリアムールスク軍管区総局の諜報部に関係をもっていることを明かし、ワシリーの冷静な返答を聞いて、満足しました。

「私は一生、軍に恩があると考えています。もし軍人たちがいなかったら、あのサハリン引き上げの混乱のなかで生き残れたかどうか分かりません」

「それじゃ、そろそろ恩返しと行くか？」

この新しい知人は、冗談とも本気ともつかない言い方でワシリーに応えました。もし必要があればワシリーが日本に戻ることが出来るか、サハリンに何かのコネが残っているかに彼は特に関心を示しました。結局、今のところこの新しい知人は、ワシリーに何の義務も課さないことを約束しました。

「まずは祖国の『気候』に慣れて、静かに暮らしなさい」男は忠告しました「ところで、君は、年齢からして動員令がかかるはずだが、どうだ、今のところ軍事通訳として働いてみないか？　ついでに我々の仲間に白兵戦の技を少し教えて欲しい。賛成か？　そりゃ良かった」

1917年　ウラジオストック　中央がワシリー・オシェプコフ

プリアムールスク軍管区の諜報部は、この新しい諜報要員の多彩な能力を役立てる場をもっと早く見つけることが出来たはずです。しかし、この年の三月、諜報部そのものが揺らいでいました。一九一七年の二月革命の結果、州知事ゴンダッチのみならず軍管区司令官ミシチェンコが逮捕されました。モスクワの臨時政府を代表する新たな権力機関が町に設けられました。また同時に、労働者・兵士代議員ソヴィエトが結成されました。
ワシリー自身、今や自分の本業が何であるのかが難しいところでした。日本語の細かな問題について、東洋学院の講師たちが彼のもとに相談にやってくることもありました。スポーツ協会でも、この革命を受けて町に新しく創設された人民警察の警官向けのコースを開き、参加者を募集しました。革命の発生と旧体制の権力の番人であった旧警官の解雇が、町の治安に芳しからぬ影響を与えていたのです。街の人たちは秩序と安定を求めました。この人民警察向けのコースのプログラムには「護身のための日本式格闘技、柔術」が第八項目として記載されています。コースには「教育を受けた二十歳以上の男性」が参加しました。こうしてワシリーの仕事は増えていきました。

講道館では重きを置かれなかった護身術こそ、当時ロシアで必要とされていたということを指摘しておきましょう。このことは、オシェプコフが後に、格闘技の技法を取捨選択する上で大きく働いたのではないでしょうか。その一か月前に、この辺境の地ウラジオストックのスポーツ協会の建物で、柔道の最初の国際試合が行われたこともこのコースの人気を高めました。

『遠い彼方』という名のウラジオストックの新聞はこの大会について次のように伝えています。

六月十六日、日本から到着した苫米地英俊氏ひきいる小樽高等商業学校の学生と、ワシリー・オシェプコフ氏の組織する当地の柔術クラブの会員による柔術の大会が行われた。この大会には、苫米地氏、オシェプコフ氏自身も試合に参加し、そのため、ウラジオストックのスポーツ協会のホールには大勢の人々が押し掛けた。

柔術は日本の独特な格闘技であり、日本では多数の人が学んでいるが、ヨーロッパ人にはあまり、否、まったく知られていない。

柔術の創始者でありその偉大な教師のひとりである嘉納治五郎は、それまで存在した柔術のあらゆる体系を一つにまとめ、そのうちの優れたものを選び取り、今日、日本で人気を博している姿の柔術の教理を作成した。柔術と日本人が呼んでいるのは、同国の肉体鍛錬法の一つであり、直訳によれば、「柔らかさの技」、すなわち、特別に肉体の力を緊張させることなく、容易に、敵に打ち勝つ技術を意味している。柔術は特別の筋力をまったく必要としない。必要なのは、腰と足の柔軟性を発達させるための長期にわたる訓練、冷静さ、冷徹さ、そして人体の構造に関する知識に過ぎない。この技の真の達人は格闘において、自分の力を消耗せず、勝利するために敵の力を消耗させる。ここでは敵が肉体的に有利であることは、何の意味も持たない。柔術家は、敏捷であればあるほど敵より強くなる。

敵の攻撃を巧みに逃れ、敵に急激かつ強引な動作を行わせ、好機をねらって、巧妙かつ計算された動作で、敵がいかなる抵抗も出来ないようにして、敵を叩く。一つひとつの攻撃の動作に対してそれに抗う巧妙な技法があり、すでに記したように、これらの技法は筋力にではなく、人体の構造の知識と妙技に基づいている。

厳密に言えば、柔術の達人は攻撃するのではなく、後退することによって勝つのであり、しかも同時に、敵の力が敵自身に向かうようにする。我々ロシア、あるいはフランス、米国、そのほかの諸国の格闘技（レスリング）においては、一方が行う強力な動作は、他方の強力な抵抗に直面するのに対し、柔術の経験豊かな闘士は巧みかつ速やかに退くので、敵は抵抗にあわず、慣性の法則によって、自分の動作の方向に前のめりに倒れ、バランスを失う。この状態をもう一方は己のために利用する。

しかし、このシステムの最たる長所は、あらゆる既知の格闘術のなかで、この柔術が、事実上もっとも一般人の日常生活における護身術として適していることである……

……いくつかの護身技がオシェプコフ氏によって披露された。しかも、攻撃は前から面と向かってだけではなく、背後からもなされた。

当地の柔術クラブの創始者であり指導者であるワシリー・オシェプコフ氏は日本の講道館を修了し、この学校の創始者である嘉納治五郎氏自身に優れた能力を認められ、非常に短期間で、すなわち六ヶ月で「初段」を得た。初段とは一級教師の段であり、優等の印である「黒帯」を得た。

オシェプコフ氏は、この名誉ある称号と帯を得た最初のロシア人である。柔術道場に入門するヨーロッパ人アメリカ人は多数にわたるが、これまでにこの初段を受け黒帯をつけることが出来たのは、ロシア人オシェプコフ氏、英人ウィッド氏、米人ハリソン氏、スイス人スミス氏の四名のみである。このことから、この称号がどんな意味を持つのかがわかるであろう。我々が訊ねたところでは、オシェプコフ氏は近い将来、次の階級の段を得るために試験を受ける予定である。


苫米地英俊氏がワシリー・オシェプコフと同様に黒帯の保有者であり、従って、試合のレベルは十分に高いものであったことは、言っておかねばなりません。そして、この試合の観戦のあと、柔術の奥義を学びたいと希望した観客の数が一人や二人ではなかったことでしょう。流行にのって、この新しい格闘技を教えるほかのクラブも現れました。しかし、オシェプコフ以外の誰が講道館の称号を誇ることが出来たでしょうか？　それらのクラブは彼にとって何の脅威にもなりませんでした。

彼に感銘をうけ、彼について語り始めたのは、スポーツ界だけではありませんでした。おそらく、名誉にあぐらをかくとまでは言わぬまでも、少なくとも転がり込んだ栄光に酔いしれることが出来たはずです。しかし、このとき彼は実際にどう感じていたのでしょうか？　彼の当時の仕事に、ワシリーは完全に満足しており、しかもその仕事がとても忙しく、その他のことをしたり、考えたりするには時間も体力も足りなかったのでしょうか？　彼自身、一度ならずこの疑問を自らに問い質し、それに対する心ゆくまでの回答というものを得ませんでした。

外面的には全てがうまくいっていました。彼は、自分の精神的な指導者の遺言を果たし、これからのロシアのために役にたつ、新しい格闘技を、ロシアにもたらしました。多くの人の関心を惹き、柔術への関心を高めました。そして弟子の中には才能のある者もいました。しかし、これは、彼が日本で見たものとは、まだどれほどかけ離れたものだったことでしょうか？　柔道が人間の人格を変え、従って運命を変えていく有様とは、どれほどかけ離れたものだったでしょう。彼自身が、この格闘技によって、成長し、鍛錬されたのです。

サンボへの道

どこが違うのだろう。ワシリーは考えました。日本では、この格闘技の練習を子供の時から始め、柔術が道徳的公理の面で武士道に依拠しているからか、また侍となること、本物の男となることを文字通り、襁褓《むつき》が取れない時代から教えているからか、と考えました。この格闘技は、日本人の国民性に応えるものだったので、娘たちや婦人にまで、この格闘技の技が教えられていたではないか。嘉納治五郎の妻も柔道を学び、その稽古を指導していました。

「もしかすると、自分はまだ本当に『先生』と呼ばれるまでには、成長していないのではないか？」

彼は自分を責めました。そして、すぐさま、自分の忍耐力の不足と、簡単に達成できる成果を望んでいることに気づき、自分をさらに叱りました。そしてある時には、もっと苦い思いに襲われました。

「お前は、己の眼前で、弟子たちが柔術を学びながら、変容していってほしいと願っている……しかし、そのお前は、自分が変えようとしているこの人間たちを十分に知っているのか？　祖国の入り口しか知らない、そのお前に何が分かるのか？　お前は、この広大なロシア帝国民の国民的性格というものを知っているのか？　百を超える大小の民族がその独自性を保ちながら、互いに学び合っているとしたら、その国民的性格を理解することが、そもそも簡単に行くはずがないであろう。そして、お前自身、この弟子たちがどういう人間になってもらいたいのかを、十分かつ明瞭に理解しているのか？」

この自身への問いにも未だ明快な回答は見当たりませんでした。多くのこと、本当に多くのことを、これから学ばなければならない。ロシアを旅し、見て回る。少なくともここ、ウラジオストックで最初の児童向けのグループを作って、きちんとした授業要綱を作成しなければならない。そこには、学ぶ技の順序のみならず、目的と課題、柔術の本質が込められていなくてはならない……

しかし、今はまだ日々の生活を維持していくこと、戦争が続いており、その戦争に、遅かれ早かれ、彼自身が直接的にかかわらざるを得なくなることを、考えなければなりませんでした。また、当地の人々ともっと親しくして、人々が、彼の力や腕前に感嘆するだけではなく、彼を信頼して、彼の目的や人生計画に興味をもってもらうようにしなければいけない。ワシリーと志を同じにする人を得るには、彼らが彼の話に耳を傾けるようにしなくてはならないはずです。

『日本帰りのロシア人』には、心の安らぎは、まだまだ遠いものでした。格闘技によって作られた彼の性格のなかには、絶え間ない目的の追求があり、緊張感を欠いた無為は、彼になじむものではありませんでした。彼はスポーツ協会での稽古に全力を尽くし、同時に、それに劣らぬ精力を日常生活

の様々なことに注ぎました。自分を取り囲む人間たちの間で、本当の自分として認められようと努力することは、決して容易ではありませんでした。

しかし、それでも、彼をたずねてスポーツ協会にやってくる人々が、自分を必要としているという確信が慰めになりました。彼らは、自分より強い敵とどう戦えば勝てるかという、現実的な助けをワシリーに求めました。それは、戦場で敵と遭遇した時、恐れずに戦うにはどうしたらよいか、また、突然の攻撃、ナイフをもった暴漢に抗うだけの自信をもって、暗い道を恐れずに歩くことができるか、という課題でした。

ワシリーは、とても冷静に、また良心的に弟子たちに稽古で接したので、彼らは次第に、自分たちの日々の問題や不始末を解決するうえでも、ワシリーに相談するようになりました。金銭に汚い家主や、偽物を売りつける商店主、ものわかりの悪いヒステリーな妻、親の手に負えなくなった子供などに対する悩みなどを彼は聞くことになりました。そんなとき彼は自分をコーチというよりも聖職者のように感じました。そして自分の考えを述べる前に、いつも自分の神学校時代の教師たちの教え、聖書で読んだ福音書の箴言を思い出しました。聖書の言葉をそのまま語ることはまれでしたが、彼は、日常的な問題に答えが見つけられずに悩んでいる人たちの心に福音書の精神を届けようとしました。

そして言葉によってだけでも、彼らの助けになれたときは喜びました。それでも自身が彼らの神父にはほど遠く、主の前では彼ら以上に罪深いということを、いつも感じていました。彼にはまだある種の霊的な支え、あるいは、道を逸れず正しい道をたどっているという確証のようなものが必要だったのです。そのためか、ワシリーが大きな波の音に熟睡出来ずにいたある晩、夢うつつのなかに、ニコライ神父が現れました。ニコライ神父は、灯台の光がちらちらと差し込む部屋の扉の枠のあたりに立っていました。主教の冠も頭巾も被っておらず、その白髪の頭を叱責するかのように横に振っていました。

ワシリーは飛び起きて、彼のもとに近寄ろうとしましたが、なにか分からない力が彼のあらゆる動きを麻痺させ、口を開けることすら出来ませんでした。本当はどれだけ自分の悦びのほどを伝え、自分が抱えているあらゆる疑問をぶつけ、自分の思いを語りたかったことでしょう……しかし彼はまた、霊父であるニコライ神父は、ワシリーの心の内のすべてを悟っていること、彼の行いを正しいと評価していること、咎めているのはワシリーの忍耐不足と性急さ、希望を喪失しているという罪に対してだけなのだ、ということもはっきりと理解していました。全てを読み取るような知恵にあふれた長老の視線を、ただ黙って見つめているのはとても耐え難いことでした。それを感じ取ったかのように、ニコライ神父の影は扉を離れ、暗がりに溶け込んでゆきました。しかし、その前にワシリーは、自分の髪をこの世のものではない祝福の手が触ったのを感じ取ることができました……

と、突然、ワシリーの金縛りが解けました。あるいは、目が覚めたというべきかもしれません。灯台の明かりは、リズミカルに動く閃光のように、部屋を照らし続けていました。一陣の突風が通風口を開け放ち、部屋の重いカーテンを、帆船の帆のようにふくらませました。

彼はそれからその晩、一睡もしませんでした。そして、彼はあの疑問をまだ問い続けてはいたのですが、心の中では、疑問は、外の嵐にも拘らず、晴れ上がっていました。

翌朝、ワシリーの一日はいつもと同じく、柔軟体操とランニングから始まりました。しかし、ワシリーにはいつもと変わらない港町の通りの風景が、違って見えました。夜通し続いた嵐のあとの透明な新鮮な空気が、彼の気持ちを元気づけました。心も頭も爽快に感じました。

波乱に満ちた彼の新たな人生が始まりました。彼は、この見知らぬ道に、いつものように、一人で、ただ神と変わりやすい運命だけを頼りに、踏み出しました。なにが彼を待ち受けていたのでしょうか？

エピローグ

ムラショフは口を閉じ、ちょっとあたりを見回してから、そばにあったページの開かれた本をポンと閉じた。私は思わず身じろいだ。私たちがここまで一緒に書いてきた本が閉じられたような気がしたのだ。私たちは立ち上がり、何も言わず、窓に近寄った。

人気のない通りの遥か前方を一人歩む人が見えた。未知の人生に、危険と驚くべき不思議な冒険に満ちた道に、私たちの主人公、美しく、二十二歳の青年がいま出て行くのだと、私には思えた。

彼自身もどうなるか分からない人生における、その形成と練成の期間が終わろうとしていた。今や彼は、きつく引いた弓につがえた矢のように、行動に挑む覚悟ができていた。その矢の的は、音を立てて勢いよく飛ぶ矢が向かう的はどこにあったのか？　その矢は、そこに籠められた大きな希望に応えるように飛んだのであろうか？

「それはまた今度語り合いましょう」

私の考えを読むかのように、ムラショフは私に告げた。私は、黙って頷いた。未知の秘密に満ちた新しい本が私を待っていた。そして、その本を書く上で、ムラショフの助けが本当に必要とされていたのは言うまでもない。私にとって、彼は、ワシリー・オシェプコフをサンボの創始者としてだけではなく、ひとりの普通の人間として、非凡ではあるが普通の人々のように喜び、悩み、苦しみもした、生きた人間としても知っている唯一の人物だ。

しかし、一抹の無念を感じつつ私はムラショフと会うことはもっと少なくなるだろうと思った。ムラショフは、私の限りない好奇心に明らかに疲れていた。彼は、再び私の考えが分かったかのように言った。

「この老人をしばらく放って置こうなどとは思わないでください。もちろん、私があなたを長々とした話で退屈させていなかったら、の話ですが。お分かりのように、人の一生には限りがあります。聖書にも『誰もそのときを知らず』とあります」

「何てことをおっしゃるのですか!?」私は驚いた。

「私の年齢では当然のことです」彼は私を遮りました「しかし、私はただ自分の歳のことだけを言っているのではないのです。本当に、類まれな人物であるワシリー・オシェプコフが、あたかも再び亡くなるかのように、私と一緒に葬られて欲しくはないのです。彼はずっと前から、常に私の心のなかに住んでいます。あなたには、彼についての真実を人々に伝える力があります。私にこのことを約束してください」

私は約束した。

訳者あとがき

この本は二〇〇〇年にロシアで初版が出版され、その後も版を重ねているアナトリー・フロペツキー著《И вечный бой》の邦訳である。

この本と私たちが出会ったのは、一昨二〇一三年十二月初めのことだった。和訳された物語の文章校正を依頼されたのだ。サンボやロシア正教という馴染みの薄い分野という不安もあったが、訳文の校正という仕事への興味もあって引き受けた。ロシア語原稿と共に送られて来たのは、写真入りで書物の体裁をとった邦訳のPDFで、それを基に作業を始めた。見事な訳だと感心したり、よくぞここまで文献を捜されたと敬意を表したいところも多々あったが、校正を依頼された理由もまたそれなりに理解できた。

原文を出来るだけ生かしつつ、また短い時間での翻訳校正は思った以上に困難であった。しかし、そのような作業の中、読み進む内容は段々と私たちを魅了していった。今まで全く知らなかったサンボの創始者ワシリー・オシェプコフと、日本に正教を伝え、御茶ノ水にある正教会ニコライ堂の愛称でも日本人に馴染みの深いニコライ大主教との意外な繋がり、そして柔道の創始者、嘉納治五郎の物語。幕末から明治・大正の日本を舞台としたこれらの人々の、各々の「久遠の闘い」がひしひしと胸に迫って来る。面白いと思った。

約束だった昨二〇一四年二月初旬に校正を終えた。それから一年が経ち、この仕事も過去のものとなっていた私たちのところにフロペッツキー氏より「日本で五月に出版したいので出版社を探してほしい」との依頼があった。時間的にも厳しいだろうし、難しい課題ではあったが、私たちのあの作業が活きるのならとも思った。それ以上に強かったのがこの物語の魅力を一人でも多くの日本人に知ってもらいたいという思いであった。またその後のオシェプコフがどんな人生を辿るのかと、密かな興味もあった。そんな思いが、私たちの共訳『ピクニック』でお世話になった未知谷の飯島徹氏に通じた。氏は、私たちが校正した邦訳に興味を示して下さり、また、五月の出版も不可能ではないと言って下さった。また、フロペッツキー氏も、日本版の出版にあたり、編集は飯島氏にお任せすると言われた。かくして氏の編集の下、日本版『久遠の闘い』が誕生した。原作の登場人物の一部が整理され、主要登場人物の物語がより鮮明になり、サンボや正教に馴染みのない日本人にも読みやすい本となった。

この本を手にされた方々に、明治・大正の日本で、異国にありながら各々の道を求めた方々の「久遠の闘い」が少しでも伝われば嬉しい限りである。

最後に私たちは訳者となっていて、それはある意味正しいのであるが、もう一人、第一稿を作られたホリエ・ヒロユキ氏がおられることを明記したい。そして、私たちの共訳本『ピクニック』同様、著者と私たちとの橋渡しをしていただいた東ガンナ氏に心から感謝申し上げる。

平成二十七年四月

水野典子
織田桂子

Анатолий Хлопецкий

ロシア作家連盟会員。サンボ功労マスター。

みずの のりこ

ロシア語通訳案内士。神奈川県出身。早稲田大学第一文学部卒。訳書にガリーナ・アルテミエヴァ『ピクニック』（織田桂子氏との共訳）。

おだ けいこ

ロシア語通訳案内士。兵庫県出身。神戸市外国語大学ロシア学科卒業。訳書に『ピクニック』（水野典子氏との共訳）、エカテリーナ・ビリモント『男はみんなろくでなし』（ともに未知谷）。

久遠《くおん》の闘《たたか》い
サンボの創始者V・オシェプコフと心の師聖ニコライ

二〇一五年四月二十日初版印刷
二〇一五年五月十五日初版発行

著者 アナトリー・フロペツキー
訳者 水野典子／織田桂子
発行者 飯島徹
発行所 未知谷
東京都千代田区猿楽町二-五-九 〒101-0064
Tel.03-5281-3751 / Fax.03-5281-3752
〔振替〕00130-4-653627
組版 柏木薫
印刷所 ディグ
製本所 難波製本

Japanese edition by Publisher Michitani Co. Ltd., Tokyo

ISBN978-4-89642-473-7 C0098